Jacques Pince *est un ancien enseignant. Dans chacun de ses ouvrages, il essaie, à travers un récit, de décrypter le fond des rapports humains dans leurs relations avec les événements vécus. N'occultant ni les faiblesses ni les bassesses ou évoquant les fortes personnalités, chaque histoire fait ressortir le poids des pressions politiques, sociales ou religieuses qui s'exercent sur le peuple. Les personnages dont on suit la vie, attachants ou odieux, sont ceux que l'on peut croiser quotidiennement et qui à l'occasion se transforment en bourreaux, en héros ou en lâches.*

LE GOÛT DU BLÉ

Du même auteur

Aux éditions De Borée

L'Ombre du chai
La Vengeance de Bogis
Les Blouses grises, Terre de poche
Les Premiers sillons
Tustou et Marie, Terre de poche

Autres éditeurs

Guillaume le Faydit

TERRE DE POCHE
45, rue du Clos-Four – 63056 Clermont-Ferrand cedex 2

Jacques Pince

Le Goût du blé

de Borée

TERRE DE POCHE

En hommage à monsieur Émile Merle.

I

Gustave

DE SES GROS DOIGTS boudinés plutôt habitués au maniement des outils aratoires ou aux mancherons de sa charrue brabant, l'homme terminait avec difficulté le boutonnage du col de sa chemise de cérémonie. Après quelques torsions ou haussements du cou pour donner de l'aisance au tissu, une fois le petit morceau de nacre en place, Gustave Bertaud se regarda dans la glace. L'image renvoyée était celle d'un quinquagénaire au visage carré et au front volontaire ; ses sourcils broussailleux poivre et sel barraient ses arcades, cachant en partie des yeux qui au premier abord paraissaient vifs et malicieux mais laissaient ensuite transparaître une sécheresse et un manque de chaleur comme c'est souvent le cas pour les iris bleu délavé.

Bien fait de son corps quoiqu'un peu enveloppé, il était ce qu'on appelle à la campagne un bel homme, soigné dans sa mise, coquet peut-être si on se référait à sa moustache impeccablement taillée, aux pointes légèrement relevées qui lui donnaient un air avantageux.

Satisfait de son inspection, après avoir tiré sur son gilet de velours pour mieux l'ajuster puis consulté l'heure à l'oignon attaché par une chaîne d'argent à son gousset, il se dirigea en chaussettes jusqu'à l'embrasure de la fenêtre de sa chambre. Là, sans trop s'approcher afin de ne pas être vu par les femmes qui, sous la direction de son épouse Mélanie, apprêtaient dans la cour la longue table pour un repas de mariage, il porta son regard vers le fond de la vallée, à deux kilomètres environ, vers une pièce de terre. Pensif, sa lavallière noire à la main, il en commença néanmoins un nouage méticuleux, attentif à bien laisser aux deux pans une longueur équivalente puis regarda à nouveau intensément cette terre qui s'étendait au-delà de la rangée de peupliers, sur sa gauche.

Le domaine de Bernac, son domaine, occupait les deux versants de la montagne ainsi que tous les fonds de chaque côté du ruisseau, à perte de vue, jusqu'à son coude près du pic de l'Henri. Les bois, les prairies, les vignes et les riches terres limoneuses lui appartenaient, sauf, précisément, cet arpent de terre qui, depuis toujours, était comme une épine enfoncée dans son talon. La « terre noire », comme il la nommait, semblait le narguer… Plusieurs fois, il avait bien essayé de s'en porter acquéreur, tout comme son père l'avait fait auprès du père de l'actuel propriétaire, mais la réponse avait toujours été négative ; pourtant le prix offert aurait pu être motivant car bien supérieur aux habituelles propositions d'achat de par ici… Maître Delassus, le notaire, puis son successeur, Maître Borel, avaient aussi été mis à contribution ; dépositaires de tous les secrets familiaux de la région, ils étaient à même de saisir chaque occasion pour un arrangement, mais voilà : Gaston Mahusac était resté inflexible et désormais son fils Clovis n'était pas davantage favorable à la vente ; les Bertaud n'auraient pas cette terre ! Au village, on ne vendait pas ; surtout pas à ceux de Bernac, ceux que l'on appelait un peu par dérision les « bourgeois », venus de rien, profiteurs et arrivistes… car il faut dire que la possession du domaine par cette famille était récente : deux générations seulement.

Lorsque le vieux comte de Marcenef mourut, son fils à ce moment-là étudiant à Paris était venu pour l'enterrement et avait laissé au grand-père de Gustave, qui faisait alors office de régisseur, le soin de gérer ses terres. Le jeune homme suivait, disait-on, des études de droit ; en réalité, plus assidu aux bordels de la capitale, aux maisons de jeux et aux courses à Longchamp qu'aux cours de la rue d'Assas, il dépensait largement et joyeusement – en compagnie de toute une bande d'amis – le pécule que lui dispensait son père. Bernac était pour lui le cadet de ses soucis pourvu que lui parvienne chaque fin de mois le mandat apportant la manne indispensable à sa vie de bamboche !

Un matin de janvier – c'était en 1893 –, arrivant par le train de nuit, il débarqua inopinément au domaine et déclara sans ambages au grand-père de Gustave qu'il lui fallait repartir le soir même avec huit mille francs. « Une dette de jeu », pensa le régisseur qui, flairant une bonne occasion, s'empressa de lui faire signer un billet à ordre puis, dans la foulée, obtint du notaire avec lequel il était alors en relation d'affaires le déblocage de la somme. « Monsieur Hubert, avait-il déclaré, en souvenir du comte votre père je ne veux pas vous contraindre ; aussi, cet argent ne me faisant pas défaut, vous aurez tout le loisir de me le rendre selon vos possibilités. Je ne vous calculerai pas d'intérêts, mais à la place je prendrai quelques arbres dans le bois de Fournoux. »

Le jeune homme qui, depuis la veille, ne savait pas comment il allait pouvoir honorer sa dette, qui venait de passer une nuit sans dormir et une matinée d'angoisse à attendre le retour du régisseur de chez le notaire, donna aussitôt son accord :

« Prenez donc, père Bertaud, prenez ce qu'il vous faut », avait-il rétorqué d'un ton presque condescendant à cet homme qu'il avait toujours connu au domaine, auquel son père faisait confiance et que lui-même ne considérait que comme un paysan un peu plus évolué que les autres, un peu moins fruste.

Cependant, s'il avait réfléchi un instant, il aurait pu se méfier et être un peu plus circonspect en voyant qu'un simple « bouseux civilisé », comme il disait à ses amis en se gaussant, pouvait avoir suffisamment de crédit pour se faire remettre par un notaire, dans la journée même, huit mille francs ! En trois semaines, le vallon de Fournoux perdit près de mille stères de bois ; la chênaie bicentenaire vit partir les plus beaux fûts du canton et peut-être de plus loin encore. Fierté du vieux comte, jalousement protégés depuis des générations, ces arbres étaient de cette essence rouvre qui produit des troncs droits et hauts, de ceux que Colbert avait jadis sélectionnés dans la forêt de Tronçais les destinant à la marine royale et que, de père en fils, les Marcenef n'avaient jamais osé faire couper tant il leur avait semblé qu'ils étaient comme leur famille : enracinés dans cette terre de Bernac, depuis toujours…

C'est ainsi qu'en moins de deux mois le régisseur avait non seulement encore le billet à ordre bien rangé dans un coffre, mais pouvait de surcroît rendre au notaire la somme qu'il lui avait empruntée.

Ce fut le début de la fin pour Hubert de Marcenef.

Bertaud, régulièrement, lui avait adressé scrupuleusement les mandats correspondant à sa pension plus, de temps à autre, de quoi satisfaire ses besoins festifs ou bien l'achat d'une des premières automobiles, une de Dion, et sans doute d'autres dépenses car, le rythme des demandes augmentant, l'encours dépassa bientôt la valeur des produits du domaine.

Tout se déroula ensuite très rapidement : le jeune comte se réveilla un matin avec, à payer, des billets à ordre arrivés à terme ; et il n'avait qu'un seul créditeur, Désiré Bertaud !

Son père, le vieux comte, veuf depuis le décès en couches de son épouse, avait eu trois enfants ; l'aîné, ingénieur, avait suivi Lesseps au Panama, y était tombé malade de fièvres et y était mort avant d'avoir pu être rapatrié ; de douleur, sa sœur puînée, Élisabeth, était entrée dans les ordres en abandonnant lors de ses vœux – sa dot d'entrée au couvent ponctionnée – sa part d'héritage ; resté seul avec le cadet, le vieil homme vivant retiré au domaine avait reporté tous ses espoirs sur son second fils et par conséquent Hubert se retrouvait l'unique propriétaire de Bernac.

Pris de court, sans conseils, ce dernier fut obligé de brader terres et bâtiments à son régisseur afin d'éponger ses dettes et repartit vivre définitivement à Paris, devenant gratte-papier surnuméraire aux hypothèques, place obtenue grâce à une connaissance, un vague cousin qui avait ses entrées au ministère.

La chute avait duré à peine treize mois ! Les Bertaud quittèrent alors la locaterie des Échandons et emménagèrent au château.

Au bourg, malgré l'honnêteté de la procédure, bien qu'il n'y ait pas eu spoliation, que la cause de cette vente et la faute soient imputables au jeune Marcenef, les gens furent critiques et fâchés. Les Marcenef étaient au château depuis bien avant la Révolution, leurs ancêtres avaient passé dans une relative tranquillité cette période difficile pour la noblesse, le tenant du titre et des lieux de l'époque ayant été, lors de la Seconde Terreur, protégé des exactions de citoyens venus de la ville par ses gens qui estimaient avoir en lui un maître intègre, bon, soucieux d'aider le peuple, attentif à leur vie dont il déplorait la dureté.

Dès lors, « Bernac » ou « Marcenef » devint l'appellation indifférenciée de la propriété. Dans un premier temps, rien ne fut donc pardonné aux Bertaud ; tous se liguèrent contre eux, firent bloc chaque fois qu'ils essayèrent d'arriver à la mairie, d'agrandir le domaine, d'avoir à l'égard d'un métayer une attitude trop vexatoire... le leur faisant sentir en les excluant de la vie collective – enfin dans la mesure où cela leur était possible car ceux du château avaient l'argent et... qui a l'argent a souvent aussi les hommes...

De leur côté, les Bertaud se braquèrent devant ces réactions, devinrent intransigeants, procéduriers, toujours à la limite de l'affrontement ; s'ils avaient eu Bernac pour une bouchée de pain, moralement ils le payèrent cher, et longtemps. Ils pouvaient lire dans les yeux de ceux avec lesquels ils étaient en affaires le mépris que parfois ils leur inspiraient et, loin de s'adapter, de faire amende honorable en vivant simplement, ils affichaient sans retenue leur différence, montrant ostensiblement leurs acquisitions : première brabant double soc du canton ; premier distributeur d'engrais ; puis les machines vinrent, remplaçant même les journaliers comme l'année où le père de Gustave ayant acheté une moissonneuse-lieuse, plus de vingt femmes restèrent sans leur revenu habituel de juillet...

Et puis, le temps passa, les personnes aussi, le souvenir des Marcenef s'estompa, les choses devinrent plus normales, encore empreintes de méfiance, de jalousie, mais il fallait bien vivre ensemble ; alors, pour des services, des prêts de chevaux, des coups de main, pour remplacer la batteuse en long et utiliser « la grande machine », la batteuse en travers qui ne brise pas la paille, on venait demander au château. Aussi, petit à petit, oublieux – du moins en apparence –, beaucoup dans le quotidien s'accommodèrent et engagèrent avec les Bertaud des relations de travail ou de voisinage moins conflictuelles.

Or, ce jour, Gustave pouvait rayonner : cette tache au milieu du domaine, ce champ que son grand-père puis son père n'avaient su obtenir, lui, il en avait réalisé le rattachement et, qui plus est, sans rien débourser – à part le coût de la noce qui se préparait sous les tilleuls, là, en contrebas de sa chambre !

Il revint vers le lit, s'y assit et s'apprêta à se chausser. Les souliers vernis étaient un peu vieillots, le bout pointu, le laçage à l'ancienne : ils dataient de son propre mariage – vingt-deux ans déjà ! – mais ils feraient bien l'affaire… car, à Bernac, « on n'attachait pas les chiens avec des saucisses » !

Les valets, les métayers, tous avaient en lui un interlocuteur lésinant même sur des riens, âpre au gain moins par avarice que pour que l'on ne puisse pas dire qu'on « l'avait eu », qu'il avait été grugé. En effet, en prenant puis en résidant à la propriété, les Bertaud avaient aussi acquis la suffisance, le sentiment de leur puissance, un statut social tellement nouveau pour eux que, ne sachant pas très bien comment l'assumer, ils avaient mis haut la barre en ne laissant rien passer dans les comptes, les partages, les salaires, les horaires…

Il ne fallait pas lui raconter d'histoires, au Gustave, ni essayer de le tromper !

Connaissant toutes les ficelles, il allait sur les éteules constater si les épis avaient été bien moissonnés, vérifiait les contenus des tonneaux, comptait les poules et le reste de la volaille, arrivait inopinément dans une maison de métayer pour voir comment on y vivait, si le tiroir ne cachait pas quelque produit soustrait au partage, si les armoires renfermaient uniquement le linge de la maison ou si, dans le fenil, les réserves étaient entamées avec la parcimonie permettant de terminer au mieux l'hivernage des bêtes et s'il en resterait au printemps afin qu'il puisse en négocier lui-même la vente ; ou bien, dans le fruitier où séchaient les prunes et les poires d'été conservées en prévision de l'hiver, il estimait le poids des claies, mettait à l'écart les plus belles d'entre elles et commandait qu'elles soient apportées au château…

Combien de fois, croisant sur la route une femme de métayer se rendant au marché, il l'avait arrêtée afin de compter les œufs et, au passage, il avait vérifié le contenu des panières qu'elle transportait…

Il menait de front deux vies : l'une de propriétaire terrien assidu aux labours, au fauchage ou à la direction des vendanges ; une autre de rentier surveillant les cours de la Bourse mais surtout les occasions de placements dans la région que Maître Borel, le nouveau notaire, ne manquait jamais de lui signaler.

Levé à 6 heures, sa soupe avalée, il sortait dans la cour de derrière, levait le nez pour examiner la couleur du ciel, à l'est, puis établissait pour les hommes réunis là, toujours devant l'étable, la répartition des travaux du jour, formant les équipes, donnant des instructions, faisant des reproches si ce qui avait été fait la veille ne lui convenait pas.

Pour l'instant, quelque chose le tracassait ; il pensait à cet endroit : la « terre noire ». Elle était une telle obsession qu'il ne se rendait pas encore très bien compte… elle était enfin à lui ! Posséder ce champ convoité depuis si longtemps alors qu'il ne lui faisait pas défaut était une victoire personnelle et, de surcroît, une bonne affaire.

En mariant Paul, son cadet, avec la fille de Clovis, il passait sur ce qu'il considérait comme une mésalliance afin de recevoir ces cinq hectares jusqu'alors refusés aux Bertaud, accompagnés de trois mille francs, le tout étant la dot de la petite.

Et il lui fallait placer cet argent !...

La rente d'État était bien tentante, mais le rendement un peu faible ; la sécurité, ça se payait, il le savait bien ; or, il lui fallait des intérêts consistants à ces trois mille francs car il avait pour projet de creuser un étang en bas du domaine, un étang à empoissonner... Ce terrain arrivait fort à propos pour lui permettre de réaliser en grand les travaux ; grâce à lui l'étang aurait une surface au moins double de ce qu'il avait prévu auparavant, il pourrait s'étaler tout en longueur, pas trop profond il laisserait à l'eau la chaleur nécessaire à la prolifération des carpes... Oui, un étang... il l'imaginait, en voyait déjà la chaussée... les berges aménagées avec des emplacements de pêche qu'il louerait et puis la vente à chaque vidage de deux tonnes à deux tonnes et demie de poissons... C'est que ça rapportait un étang ! M. de Laborderie, celui de Montrenoux, en retirait, lui, un bénéfice de plus de dix mille francs.

Une fois ses chaussures enfilées, lacées, il resta un instant songeur, supputant le choix qu'il allait faire concernant le placement à effectuer ; il y avait bien les mines de bauxite quelque part en Amérique dont lui avait parlé le notaire, mais il n'avait pas confiance : tout ce qui sortait de France lui était suspect ; il faut dire que sous les draps de l'armoire, ici, à côté de lui, sur l'étagère du haut, dormait une imposante liasse d'emprunts russes et que, depuis que les rouges avaient pris le pouvoir là-bas, leur papier était tout juste bon à couvrir les pots de confitures…

Il se décida subitement, comme par instinct. Il venait de penser à l'alfa ! Il avait lu sur *Le Courrier du Bourbonnais* que les actions des plantations algériennes avaient doublé en cinq ans ; et puis, l'Algérie ce n'était pas le Venezuela ou toute autre république lointaine aux régimes politiques changeants… Voilà donc une autre affaire réglée : ce serait l'alfa !!!

En définitive, ce jour était un jour heureux.

II

Mélanie

« Madeleine, ce n'est pas urgent de mettre l'huile, il n'est que 10 heures ! Attends encore et va plutôt chercher le beurre qui est au frais dans le puits !

– Paule, si tu as fini d'écosser, aide donc dehors, elles sont en retard pour poser les nappes !

– Jeanne, je t'ai déjà dit que pour préparer les plats, il ne faut pas toucher les bords sinon ça fait des traces sur la porcelaine… !

– … »

Mélanie Bertaud avait les yeux partout, les gestes courts et efficaces, le verbe haut lorsqu'il s'agissait de mener sa maison ; en ce jour exceptionnel, elle ne dérogeait pas à ses habitudes.

À la cuisine, les femmes obéissaient sans un mot, toutes à leur tâche, appliquées pour éviter la remarque qui pouvait tomber comme un couperet, incisive et sans nuances.

« Marcelle, tu ne t'es pas lavée ce matin… Tu pues, ma fille, si ça continue il faudra que je me passe de tes services », et dans son coin, pleurant déjà devant le tas d'oignons qu'elle s'appliquait à éplucher, l'intéressée baissait la tête, honteuse, alors que sa maîtresse s'intéressait déjà à autre chose.

L'œil à tout, n'hésitant pas à rabrouer l'étourdie ou la maladroite qui renversait un peu de crème, cette dernière était tellement crainte qu'elle entretenait l'empressement et l'angoisse parmi le personnel. Elle semblait avoir deux cerveaux, l'un pour le présent, l'autre pour ce qui allait suivre, et d'une manière incessante elle houspillait les filles qui aidaient la cuisinière de l'auberge du *Cheval blanc* louée pour l'occasion à préparer le repas de noces.

Sobrement vêtue d'une robe sans fanfreluches, un tablier noué sur le devant, les manches retroussées laissant voir ses deux avant-bras aux attaches fortes, elle se signalait parfois avant son arrivée par le cliquetis indiscret des trois clefs pendues à sa ceinture : la clef de la dépense, celle de la cave et celle de sa chambre.

La clef de la dépense dont elle tenait la comptabilité avec méthode, d'où elle sortait chaque jour les ingrédients nécessaires pour le service de bouche de la maison ; les repas se tenaient sur la longue table de la cuisine où maîtres et valets mangeaient sous l'œil de trois servantes qui, restaurées juste avant eux, toujours debout, devaient apporter à la demande pain, vin ou plats…

La clef de la cave de laquelle sortait parcimonieusement le vin dont les pichets, entre les repas, étaient entreposés à la dépense pour préserver le contenu restant.

Enfin, la clef de sa chambre où personne hors son mari ne pénétrait, dont elle faisait elle-même le ménage et dans laquelle elle s'enfermait parfois des après-midi entiers.

C'est que Mélanie Bertaud, c'était quelqu'un !

Née Dubourg-Desfons, lors de son mariage elle avait apporté dix mille francs-or. La modestie de la dot dans ce milieu tenait à la ruine prochaine prévisible du père de Mélanie car sa meunerie était en déclin face aux minoteries installées depuis peu dans la région. Malgré cela, pour le père de Gustave, elle apportait son nom – qui n'avait d'ailleurs de valeur que pour les nouveaux riches qu'étaient les Bertaud ; pour ceux-ci en effet, c'était la certitude qu'ils entraient dans le monde des dominants, de ceux à qui on laissait les chaises des premiers rangs à l'église, qui donnaient des subventions à l'école des sœurs et au passage desquels ils avaient toujours cru qu'il était normal de retirer son chapeau.

Les Dubourg-Desfons, c'étaient les moulins sur la Musante, les immeubles de rapport à Toulouse, une villa à Biarritz où chaque année en août ils invitaient le député Constant Brière, l'inamovible député de la circonscription dont on ne savait plus de quel bord il était tant il avait souvent changé de casquette, mais si utile à cause de ses interventions possibles à la préfecture ou à la Chambre.

Pour les Bertaud, cette union avait été une promotion sociale.

La petite Mélanie, elle, n'avait pas eu son mot à dire.

Habituée aux douceurs d'une enfance bourgeoise heureuse, protégée des aléas de l'existence contrairement aux autres enfants du village, elle vécut son arrivée à Bernac comme une épreuve. Elle passa sans transition de l'insouciance dans les dentelles à l'activité affairée d'une maison qui, sous ses apparences bourgeoises, avait conservé le mode de vie des paysans d'où, en réalité, sa nouvelle famille n'était pas vraiment sortie.

En épousant Gustave, elle avait épousé non la vie de château comme au temps des Marcenef mais un quotidien de travail auprès d'un homme dont le courage n'était pas la moindre qualité.

Levée pour la première fois de sa vie à 6 heures du matin dès le surlendemain de son mariage, elle dut habituer ses mains délicates aux tâches ménagères même si deux servantes et une souillon étaient là pour les plus gros travaux.

Elle se mit donc aux comptes du ménage, à la direction des domestiques et réglait les services des femmes des métayers qui venaient au château comme établi dans le cadre de leur contrat ; elle apprit quel était le nombre de poignées de grain à donner par canard, comment isoler la poule glousse pour qu'elle ne couve pas hors de la saison prévue ou bien quand mettre une lapine au mâle, à gérer une maison et une basse-cour, etc., toutes choses que son mari feignait d'ignorer car, pour lui, c'était là travail de femmes ; après une matinée de labours ou une sortie au haras pour faire saillir une jument, il estimait devoir trouver en rentrant la soupe prête et son assiette chaude.

Mélanie jeune fille ne savait pas grand-chose de l'amour ; c'est un sujet qui ne brillait pas par l'abondance de cours chez les religieuses. Cependant elle avait rêvé ; peut-être pas d'un prince charmant mais d'un de ces beaux jeunes hommes comme elle en avait vu une fois sur un magazine qu'une amie avait rapporté en cachette au pensionnat : l'œil noir, la raie bien tracée dans une chevelure plaquée et brillante, une fine moustache distinguée… la photographie de Rudolph Valentino avait amené dans son esprit un trouble inconnu.

Ses désirs, ses besoins avaient été étouffés tout comme les questions qu'elle aurait bien voulu poser mais sans savoir à qui ; on ne parlait pas de ces choses-là, ni au pensionnat ni à la maison, ni même avec les amies de la chorale de Mlle Dubec dont le programme vocal était aux antipodes des refrains qu'elle entendait parfois à la radio.

Et son père l'avait mariée à Gustave. Elle allait voir.

Le soir des noces, son « homme », qui avait bu plus que de coutume, sitôt arrivé dans la chambre où deux garçons d'honneur l'avaient conduit en le soutenant sous les aisselles, avait vainement essayé de la dévêtir ; il s'était donc étendu sur le dos en travers du lit et s'était enfoncé dans un sommeil profond, la respiration bientôt ponctuée d'un ronflement sonore, émettant parfois, en se retournant, un soupir d'ivrogne.

Elle, elle avait considéré un moment le corps allongé là, en caleçon, la chemise de cérémonie à moitié déboutonnée, cravate défaite… Gustave était pour elle une vision nouvelle peu ragoûtante, assez ridicule avec un pied nu, l'autre étant resté dans sa chaussure vernie. Lassée d'attendre, elle s'était déshabillée très vite, surveillant bien qu'il ne se réveille pas et la surprenne ainsi, avait sorti sa chemise de nuit, cadeau de sa tante.

Cette chemise de lin fin était pourvue sur le devant, au milieu de sa hauteur, sous l'inscription brodée « Dieu le veut », d'un orifice permettant avec discrétion de préserver son intimité pour les épreuves à venir dont elle ne savait que ce que sa mère lui avait succinctement appris : « Écoute bien ce qu'il te dit et fais ce qu'il te demande », non sans ajouter : « Pense à Dieu » ! À l'institution, le père Vincent lui avait parlé « des obligations de l'épousée, des impératifs de la maternité, comme Marie, et de la différence avec les animaux qui, eux, copulent sans honte… » Tout le mystère de ce qui allait se passer était entier…

Elle avait fait son signe de croix et s'était couchée avec précaution sur le bord du lit laissé libre ; elle s'était assoupie puis endormie… avant d'être réveillée soudainement à l'aube. Troussée sans ménagement, écrasée, sa belle chemise sur le visage, elle avait alors subi un assaut viril aussi brutal qu'inattendu. Plaquée, mordant pour ne pas crier le tissu qui lui couvrait la bouche, agrippée, fortement secouée, elle avait perçu un grognement marquant enfin sa libération.

Elle avait supporté, surprise, découvrant une violence insoupçonnée bien loin des contes de fées qu'elle pouvait avoir imaginés.

« L'homme est le maître de la femme comme Dieu est le maître de l'homme », avait-elle entendu un jour lors d'un sermon à l'église… !

Gustave était ensuite allé ouvrir les volets ; choquée, elle n'avait pas bougé. Il lui avait rabattu la chemise sur le corps en clamant : « T'es une jolie fille, tu sais ! » puis, récupérant ses habits épars, en caleçon, il avait quitté la pièce qui était désormais sa chambre à elle et où il n'était plus revenu que pour des devoirs conjugaux dont il choisissait la fréquence.

Elle n'avait même pas eu conscience de sa nudité dévoilée ; elle était restée un moment comme perdue puis s'était effondrée en larmes, remontant le drap taché de sang pour couvrir sa honte subite, cette indifférence qu'elle avait devinée dans la voix de son mari, cette solitude qu'elle avait ressentie comme la prémonition d'une vie difficile loin de ses illusions et pensées de jeune fille.

Deux heures plus tard, une servante était venue lui apporter une collation sur un plateau. Le petit déjeuner au lit, ça, elle connaissait, mais le regard ironique qui lui avait été lancé l'avait fait revenir à la réalité de la situation.

« Madame a bien dormi ? »

Elle avait réagi au mot « madame » dont elle était qualifiée ; c'était nouveau pour elle, évidemment. Cette femme allait payer ce qui avait été perçu comme une insolence dans le ton, dans le mot « madame » ! Madame, lui avait-on dit… eh bien, madame elle serait. Et elle s'était alors fait une promesse : puisqu'il lui faudrait désormais s'attacher à être vraiment la patronne, puisque madame elle était, désormais elle n'accepterait plus de sourires ironiques ou équivoques à son encontre, elle saurait se faire respecter !

Mélanie n'avait pas de belle-mère ; la mère de Gustave étant morte l'année précédente, son beau-père lui avait laissé la direction de la maisonnée.

Quelques jours après cette première matinée à Bernac, la servante – qu'elle surveillait de près, guettant la faute – avait brisé une soupière... elle l'avait congédiée sur-le-champ sans tenir compte du fait qu'elle travaillait au château depuis près de vingt-cinq ans.

Le vieux Bertaud n'avait rien dit ; Gustave non plus : la maison, ce n'était pas son affaire ; pour lui, ce renvoi était sans doute la conséquence d'une histoire de femmes. Aussi, comme il sentait en son épouse une force de caractère qui complétait bien sa propre personnalité, il n'avait pas fait un geste pour défendre celle qui avait pourtant été sa nourrice quelques années. Bien au contraire, cette décision de Mélanie l'avait conforté dans l'idée que cette dernière s'affirmait ; s'il l'avait épousée, ce n'était pas ici, comme chez les Forgeaux ou chez les Lenoir, pour tenir salon, boire le thé à 5 heures dans le boudoir ou courir les chemins à la demande de M. le curé afin de visiter les pauvres et de les sortir de l'influence néfaste des radicaux ou de ces autres courants sociaux qui empoisonnaient désormais les usines et arrivaient même dans les campagnes…

Très rapidement, transformée, reportant ses rêveries anciennes sur une réalité plus terre à terre, Mélanie avait assis son autorité et sa mainmise sur le ménage, comprenant vite que sur son homme, par contre, elle n'aurait aucune prise, qu'il resterait imperméable à tout empiétement sur son travail, sur sa vie même. Alors, se muant en mère de famille, elle avait eu trois enfants en trois ans, s'était vouée à leur éducation et avait définitivement oublié tout ce qui, à part pour eux, pouvait ressembler à de la tendresse, de l'affection ou de l'amour.

Gustave, qui ne faisait pas les choses à moitié, avait réalisé ce que son père n'avait pas pu accomplir : à l'imitation du vieux Marcenef, il fit de son fils aîné un officier, de sa fille une religieuse dotée de cinq mille francs pour son entrée au couvent ; en revanche, le dernier, Paul, loin des folles nuits estudiantines d'Hubert de Marcenef, avait dû apprendre sur le tas, durement, avec souvent pour toute pédagogie un bon coup de pied au cul, le métier de paysan.

Mélanie faisait désormais partie de la famille Bertaud et une Bertaud… si elle ne fauche pas, ne fane pas, ne porte pas le manger aux cochons, ne reste pas pour cela « les deux pieds dans le même sabot ». Elle avait la haute main sur l'éducation des enfants, le linge, les habits, la basse-cour, l'approvisionnement de la maison en contrôlant scrupuleusement ce que les métayers lui apportaient et sans oublier le potager, le verger, la préparation des conserves et confitures… Elle était parcimonieuse, parfois avare, les servantes en savaient quelque chose !

Régulièrement, elle se rendait dans les métairies, arrivant de façon impromptue, entrant dans la maison comme chez elle, furetant, ouvrant les placards ou visitant les tiroirs – comme Gustave le lui avait enseigné –, questionnant, suspectant des dissimulations.

Une fois, chez les Masseaux, elle avait surpris des enfants inconnus attablés partageant un gâteau avec le jeune Roger, le dernier de la famille. « Vous voyez, madame, s'était empressée d'expliquer la mère, très gênée, c'est l'anniversaire du petit… alors j'ai invité trois de ses camarades… »

Mélanie n'avait rien dit devant les enfants ; la remarque, ce serait pour plus tard… Par contre, elle en parla à Gustave :

« Les Masseaux sont plus à l'aise qu'on ne croit ; il faut faire attention, mon ami ! »

III

Le contrat

POUR LA « TERRE NOIRE », le contrat avait été passé deux mois plus tôt chez Maître Borel, lorsque Gustave et Clovis y avaient finalisé un accord verbal discuté devant une table de café lors de la foire aux chevaux de Larniac.

Ce jour-là, Gustave s'y était rendu moins pour vendre ou acheter que pour constater la valeur des cours, la tendance du marché, la qualité des apports et rencontrer quelques maquignons, histoire de parler, d'apprendre les nouvelles et d'entretenir des relations toujours utiles pour les affaires à venir.

Alors qu'il suivait des yeux le passage d'un percheron qu'à son pas il jugea vif et franc, lui parvinrent des éclats de voix venant d'un peu plus loin : une discussion animée se tenait entre un inconnu et Clovis, son voisin de Bernac, qui tenait les rênes d'une paire de demi-sang. Gustave s'approcha tout en restant discret et comprit que de bon matin l'homme, en versant un acompte, avait réservé ces deux chevaux à Clovis et que maintenant il renégociait, en proposant un prix moins élevé… Sans paraître prêter attention à leur échange, faisant mine de ne pas connaître Clovis, Gustave avança vers les animaux et commença l'inspection des bêtes. Il tâta les reins, là où juste à l'avant de la croupe on sent les muscles, puis se pencha pour passer la main sur les tendons de la jambe, descendit jusqu'au canon, jaugeant du regard, faisant le connaisseur. Intrigué par ce manège, l'acheteur, un peu interloqué, arrêta son marchandage et l'interpella :

« Vous faites quoi, là, au juste, monsieur ? »

Gustave lui répondit d'un ton détaché :

« J'ai cru comprendre que vous n'achetiez plus et comme moi je suis intéressé par cette paire de chevaux… »

L'homme n'hésita qu'un court instant ; lorsque, sur un foirail, on se heurte à un concurrent portant chapeau, gilet de ratine sous un costume de velours, avec une belle chaîne de montre en sautoir et chaussé de guêtres de feutre, on ne connaît peut-être pas le nom de l'intéressé mais on sait qu'il sera difficile de surenchérir sur lui. Aussi, comme revenant brusquement à la réalité de la vente, il se décida :

« Tope là, Clovis ; comme il a été décidé ce matin : deux cent cinquante… ! »

Clovis tendit à son tour la main et topa pour clore cette affaire qu'il était sur le point de perdre deux minutes plus tôt.

Gustave s'était éloigné, non sans avoir, dans le dos de l'acheteur, jeté un clin d'œil à son voisin. Un moment plus tard, Clovis s'était rendu au *Café de la Place,* cherchant Gustave du regard, et l'apercevant attablé au fond de la salle il le rejoignit pour le remercier de son intervention.

« Salut, Gustave. Je te remercie pour tout à l'heure. C'était un homme de Langlard. Je l'ai su après, ce salaud fait toujours pareil, paraît-il : il retient le matin et à midi, lorsqu'il n'y a plus d'acheteurs, il revient sur le prix convenu, demandant un rabais… Sans toi, je perdais plus de cent francs ou bien je ne vendais pas !

– Assieds-toi et bois un coup », lui fut-il répondu.

Gustave connaissait bien Clovis ; ils étaient de la classe et avaient tous deux fait leur service au 311e, avaient couru les mêmes filles aux bals de villages lors de leur jeunesse, mais, insensiblement, leurs vies s'étaient séparées.

Pour l'un, Gustave, c'était le bourgeois, le nanti, l'ami des curés ; pour l'autre, Clovis, c'était le radical-socialiste, le lecteur du *Patriote républicain* favorable au Front populaire et, surtout, celui qui lui refusait la « terre noire » !

Entre eux, c'était bonjour bonsoir, parfois une discussion sur le temps ou sur le travail d'un champ… comme ça, au croisement de leurs chemins… mais ils ne dépassaient pas la civilité normale entre habitants du même village. La société et ses barrières, les mentalités et leurs préjugés avaient fait le reste : chacun chez soi, chacun avec et dans son monde !

Gustave, de loin, fit un geste de la main en direction de la patronne, commandant une bouteille de vin ; une fillette, ça aide à rapprocher les sentiments…

Après avoir trinqué, ils burent en silence, lentement comme ceux qui savent apprécier les choses simples, retenir l'instant, en hommes de la terre pour lesquels le bonheur est souvent fait de riens suite à la peine, au travail, à l'inquiétude d'un gel ou d'une grêle et qui, parfois, lorsque le fenil est bien garni ou que les tonneaux ne sonnent plus le vide, font éclater dans des fêtes bruyantes leur satisfaction du labeur accompli.

« T'as pas encore marié ta fille ? avait demandé Gustave.

– Elle est bien jeune, tu sais… à peine dix-neuf… et je veux trouver quelqu'un de bien pour elle, pas un de ces galipiaux qui rôdent autour, un de ces bons à rien sans un sou vaillant, tout juste capables de mettre leurs mains où il ne faut pas…

– T'étais bien pareil, Clovis, à leur âge… !

– C'est vrai… et toi aussi, mon cochon ; je me souviens de ton histoire avec la fille du grand Marcel. »

Le vin aidant ainsi que l'ambiance chaude et animée du café, dans ce cadre étranger à leur quotidien, à leur champ de vie habituel, le ton était devenu convivial, oublieux qu'ils étaient alors de la différence que la société et leurs familles avaient dressée autour d'eux. Les deux hommes retrouvaient le franc-parler et les plaisanteries de leurs jeunes années.

Soudain, après avoir avalé une gorgée et jeté un coup d'œil appuyé à son vis-à-vis, Gustave avait lancé :

« Et si mon Paul mariait ta fille ? »

Clovis s'attendait à quelque demande de compensation pour le service rendu tout à l'heure, il savait aussi que Gustave ne lui parlerait pas de la « terre noire » – il ne l'avait jamais fait directement d'ailleurs, c'était toujours le notaire qui, à l'occasion, le relançait –, mais il n'avait jamais pensé à ça ; aussi fut-il très surpris, d'autant plus surpris que cette proposition grave avait été émise sur un ton presque badin.

« Gustave, ne te fous pas de moi ! »

Et Clovis, sans vraiment espérer de réponse, avait saisi à son tour son verre non pour prendre le temps de dire oui ou même de bien comprendre, mais pour ne pas avoir l'air trop pressé de donner son accord ; il entendit pourtant :

« Je te le dis comme je le pense. Paul est un bon garçon et Mélanie m'a parlé de ta fille… Alors ? »

L'autre resta estomaqué ; en quoi chez les Bertaud pouvait-on s'intéresser à la fille d'un paysan ? Il sonda Gustave du regard, y cherchant une trace d'ironie possible. Ce dernier devina à ce coup d'œil que Clovis doutait et pensait certainement à quelque boutade après ce qui venait d'être dit au sujet des galipiaux, aussi il ajouta :

« Je suis sérieux, Clovis ! »

Le ton avait changé, il était devenu soudain plus grave, plus froid.

Clovis avait senti son cœur battre plus fort, il réfléchissait à la façon de répondre, à la contenance à prendre pour ne pas perdre par une maladresse ce qui était pour sa fille une chance qu'il aurait jugée insensée quelques minutes plus tôt. Gustave, là devant lui, malgré son air bonasse, son rire franc et ses plaisanteries parfois, symbolisait un autre monde… c'était le château des Marcenef, les terres, les bois, le train de vie, le fils aîné officier, la cadette religieuse, tout ce que Clovis détestait, non les personnes mêmes mais ce qu'elles représentaient pour des gens comme lui : l'exploitation du peuple, les contraintes, l'inégalité, l'argent qui permet tout, y compris d'acheter les hommes. En un éclair il imagina les réflexions de ses amis, ceux du cercle de boules et ceux du syndicat… Il faillit dire non mais, dans une sorte de brume, il s'entendit donner son consentement.

Catherine serait à Paul ! La « terre noire » serait à Bernac !

Gustave savait ce qu'il faisait.

Au-delà de la « terre noire », ce qu'il fallait à Bernac, c'était une jeune femme d'ici qui, sans dégoût, saurait aider Mélanie à diriger les servantes, mettre la main à la pâte le matin dès 6 heures été comme hiver, torcher les enfants…

Depuis longtemps il avait fait le tour des partis possibles alentour : il y avait bien deux filles chez les Laborderie mais aucune de ces demoiselles à ombrelle et raquette de tennis ne lui semblait susceptible de convenir et en plus il aurait sans doute essuyé le refus du père ; en effet chez les Laborderie on visait plutôt la finance, les mines, les chemins de fer, au pire quelque fils de famille un peu niais qu'on aurait poussé député… c'est-à-dire, jugeait-on, bon à rien mais qui, avec le temps, pouvait par entregent et quelques occasions permettre d'arrondir le patrimoine familial.

Les Laroque avaient également une fille et ce n'était pas à cause du physique disgracieux de celle-ci qu'il n'avait pas tenté le coup… pour faire des enfants il faut de bonnes hanches et, pour s'occuper aux fourneaux ou à la basse-cour, les laiderons font aussi bien l'affaire… Non ! « Mademoiselle Solange » était portée sur la poésie, la musique et, d'après les domestiques qui en parlaient au village, c'étaient des heures entières qu'elle passait devant son piano… et ça, Gustave le détestait plus que tout !

Et puis, la fille de Clovis – il se persuadait que la parcelle de la « terre noire » n'y était pour rien –, ce n'était pas si mal… le père avait bien réussi et, devenant le beau-père de Paul, il saurait bien vite perdre toutes ses idées rouges : côtoyer l'argent fait changer bien des mentalités… !

Les pères s'étant mis d'accord, personne n'eut rien à ajouter. Les deux jeunes intéressés non plus n'avaient pas pipé mot sur le choix paternel.

Catherine n'était pas mécontente car elle avait redouté par-dessus tout de tomber sur un mari pauvre… buveur, débauché ou coureur et… surtout, brutal. Paul n'avait pas cette réputation de buveur ; chez les Bertaud on ne traînait pas au cabaret les soirs ou les dimanches après-midi !

Le garçon, lui, connaissait la jeune fille ; c'était une petite brune bien tournée ; la dernière fois qu'il l'avait vue, riant dans un groupe de filles, elle lui avait semblé de bon caractère.

Quant à elle, Mélanie se souvenait que la petite avait été rosière l'année précédente, savait que sa conduite ne faisait pas jaser, elle l'avait vue faire ses pâques… Consultée discrètement, Berthe Moricet, qui savait tout sur la vie au village, avait confirmé la bonne tenue de la promise. Pour le reste, Mélanie s'en occuperait.

Gustave n'avait pas agi à la légère… D'ailleurs, chez les Bertaud, rien ne se faisait à la légère.

Un dimanche, Paul avait donc « fait une visite » aux Bourdinots, chez les Mahusac, sa future belle-famille.

C'était prévu. Les parents de Catherine l'attendaient. Il avait apporté un bouquet de roses et, pour l'occasion, était engoncé dans un costume neuf, semblait gêné par sa cravate qui manifestement le serrait trop et portait, attachées à l'aide de petits boutons de nacre noire, des guêtres grises recouvrant le dessus de ses souliers.

« Il a l'air empaillé ! » avait pensé Clovis qui avait le jugement féroce.

Lui, pour recevoir son futur gendre, il s'était rasé au mieux, s'était même lavé les pieds et avait enfilé sa tenue de marié, celle qui ne servait plus habituellement que pour les enterrements. La mère de Catherine avait posé une nappe blanche sur la grande table de ferme dans la salle commune. La pièce était récurée de la veille et on avait mis les petits plats dans les grands. La façon de recevoir un prétendant obéissait à tout un cérémonial bien réglé. C'était selon : au moment de la demande, la froideur des parents de la fille signifiait qu'on lui laissait peu d'espoir, il ne faisait pas l'affaire ou un autre était sur les rangs ; un accueil plus chaleureux sans qu'on lui offre toutefois de s'asseoir voulait dire qu'il lui faudrait donner des preuves de sa bonne foi et… apporter quelques avantages qui seraient à discuter ; enfin, si un siège était proposé, le jeune homme avait toutes ses chances mais, si c'était sans cérémonies, ce n'était pas « gagné d'avance ».

Parfois encore, avant ces préliminaires codés, un marieur avait préparé le terrain en s'entremettant, détaillant les qualités et la situation du postulant, s'employant à voir comment serait reçue la demande et quelles étaient les prétentions des parents.

Mais, pour Paul Bertaud ce fut différent puisque tout avait été décidé entre les pères… Il fut bien sûr invité à s'asseoir ; le chocolat chaud était prêt ; on émit des remarques élogieuses sur le chic de son costume prince-de-galles ; Paul se montra plein de réserve, un peu emprunté, récitant ce que sa mère lui avait soufflé… fit des compliments pour le chocolat, finit sans façon les tartelettes puis, après une seconde tasse de chocolat qu'il manqua renverser, après l'échange de quelques phrases à bâtons rompus pleines de banalités, Mme Mahusac lui proposa une petite promenade sur les chemins des environs avec Catherine, histoire de faire connaissance… Bien entendu, une tante réquisitionnée pour l'occasion, chaperon de circonstance, les suivrait à distance, garante de la moralité, surveillant que « le chat n'aille pas au fromage ».

« Vous irez bien jusqu'au bois de Trémols, les enfants ; profitez donc du soleil en ce beau jour ! » avait-elle dit ; aussi ils étaient partis, un peu embarrassés… non d'être espionnés mais parce qu'ils n'avaient rien à se dire.

De loin, la tante se rendit compte que c'était Catherine qui avait débloqué la situation : d'abord elle prit la main du garçon puis elle n'arrêta pas de parler, de faire de grands gestes, semblant poser des questions auxquelles il paraissait répondre brièvement.

Mélanie l'apprit et questionna Paul :

« Que t'a-t-elle dit ? »

Il parla de projets d'élevage, de lapins… resta un peu évasif car il craignait sa mère ; elle, bien qu'un peu rassurée, se promit d'en savoir un peu plus.

Elle saurait s'occuper de sa bru et, s'il le fallait, la dresser : une fille qui vole un fils à sa mère, ça ne se pardonne pas facilement… D'ailleurs, elle n'allait pas tarder à se faire une idée sur cette Catherine puisqu'elle s'apprêtait à recevoir à son tour les Mahusac, et… au salon, ce qui était rare pour ne pas dire exceptionnel !

En effet, les Bertaud n'osaient pas utiliser le grand salon qui s'ouvrait sur la terrasse par de larges baies d'où on découvrait le magnifique panorama de la vallée. Du temps des Marcenef, combien de fois ces murs avaient-ils résonné lors de soirées musicales, de réceptions guindées où tous ceux qui comptaient dans le canton aux yeux du comte se retrouvaient là dans une atmosphère distinguée, feutrée, pleine de courtoisie et de cette politesse raffinée et naturelle qui est encore l'apanage de certaines familles. C'est dire que les maquignons, les arrivés depuis peu qui faisaient étalage de leur aisance nouvelle n'avaient jamais eu accès à ces fêtes… Le « beau monde » est toujours celui qui cache l'argent, qui méprise le matériel, dont l'élégance est surtout morale et parfois intellectuelle.

Les Bertaud avaient pour cette pièce la crainte de ne pas pouvoir en maîtriser l'usage, la hantise des comparaisons même si ceux qui pourraient y venir ne seraient pas les mêmes que ceux d'antan ; alors, ils recevaient à la cuisine, tout simplement. D'ailleurs, ils recevaient uniquement pour leurs affaires.

Pour Paul, ce fut autrement.

Mélanie avait fait déhousser les fauteuils, aérer longuement la salle, fait brûler du papier d'Arménie pour masquer l'odeur de renfermé qui se dégageait des tapisseries et des rideaux.

Pour la venue des Mahusac tout était prêt.

Catherine fut la seule des trois visiteurs à savoir se tenir. Clovis ouvrait des yeux tout ronds, s'arrêtant, sidéré, devant les trumeaux, les appliques dorées, les tapisseries… touchant du doigt, imperceptiblement, les marqueteries d'un précieux petit bureau, scrutant les stucs du plafond… avec une indiscrétion que seules son ignorance et sa position de père de la « promise » lui permettaient d'assumer ; pour tout autre, excédée par ce sans-gêne, Mélanie n'aurait pas hésité à lancer une réflexion. Pour la mère de Catherine, c'était plutôt le contraire : écrasée par tout ce décorum, elle rata un pas, se prit un pied dans le tapis et ne dut qu'à l'appui du bras de Gustave qui se trouvait à proximité de ne pas s'étaler de tout son long.

Catherine fut parfaite. Elle avait mis une petite robe discrète, un simple collier de perles de bois à son cou et avait relevé ses cheveux en deux cadenettes qui, pendant de chaque côté de son visage, lui donnaient un air de première communiante. Nullement impressionnée, elle salua Mélanie, puis Gustave, leur indiquant qu'elle les appellerait « ma mère » et « mon père » et se retrouva aux côtés de

Paul pour un goûter où, dans le service aux armes des Marcenef qui avait été de la débâcle lui aussi, fut servi un thé trop infusé.

Il y avait le cadre, la bonne volonté, mais pas la manière !

Gustave offrit un cigare à Clovis qui n'en avait jamais fumé et les deux hommes parlèrent de chasse, de coupes de bois, de vêlages…

Paul suivait leur discussion, opinant parfois ; contraint depuis toujours par des parents directifs aux caractères affirmés, il était – cela se sentait bien – passif, peu enclin aux initiatives. Gustave avait encore la main leste à son encontre pour allonger une taloche ou lui décocher une réprimande, même devant les domestiques… Mélanie, possessive, omniprésente, attentive au moindre détail, n'avait pas laissé son fils prendre une parcelle d'indépendance ; aussi celui-ci, jamais lâché, attendait qu'on décide pour lui, en tout.

Les trois femmes s'étaient éclipsées, parties dans le château faire le tour des pièces. Voulant en mettre plein la vue à ses hôtes, Mélanie les conduisit à la dépense, à la cave où vieillissaient quelques crus rares, puis à la cuisine admirer sa série de cuivres, à l'office, à la lingerie, ouvrant les placards pour détailler les piles de draps et de linge de maison. Ensuite elle les fit monter à l'étage, celui des chambres, afin de présenter à Catherine les lieux dans lesquels elle allait désormais habiter.

« Mais, c'est que, ma mère, nous n'avons pas l'intention de nous installer ici ! »

Catherine avait prononcé cette phrase d'une manière anodine mais d'un ton déterminé, assuré. Ce n'étaient pas des mots en l'air venus d'un coup mais les fruits d'une réflexion ancienne, délibérée, concertée peut-être…

Mélanie encaissa. La suite de la visite se fit au pas de charge ; même l'arrêt devant la récente, neuve et seule salle d'eau du château que Gustave venait de faire aménager exprès pour recevoir le jeune couple ne prit que quelques secondes.

Le retour au salon fut glacial de même que le ton sur lequel fut lancé : « Mon ami, sache-le, il paraîtrait que nos enfants n'habiteront pas Marcenef… ! » La forme employée montrait clairement que cette hypothèse allait être immédiatement écartée.

Gustave, qui venait de faire goûter une prune « de derrière les fagots » à Clovis et qui se perdait déjà dans l'euphorie que procure ce genre de breuvage, ne comprit pas tout de suite. Il fallut que sa femme répète puis précise pour qu'il se tourne enfin vers Paul qui, dans son fauteuil, lui aussi un verre de liqueur à la main, aurait bien voulu se trouver à cent lieues :

« Qu'est-ce donc que cette histoire, mon gars ? »

Paul rougit, se tortilla, commença une phrase en balbutiant tellement que personne ne comprit rien puis, comme dans un appel au secours, regarda Catherine qui, elle, ne se démonta pas et répondit intelligiblement :

« Nous avons pensé prendre les Échandons. La terre est louée, mais les bâtiments sont libres. De toute façon, nous n'avons pas besoin de beaucoup de terrain puisque nous commencerons un élevage de lapins... C'est un élevage hors sol comme il y en a déjà un du côté de Mervels ; je l'ai visité l'an dernier ; et, comme c'est d'un bon rapport, nous avons décidé de nous lancer. »

Mélanie en resta bouche bée comme si la foudre était tombée à ses pieds.

Gustave était coi avec l'air idiot de celui qui, sur le moment, ne saisit pas très bien.

Les parents de Catherine, qui découvraient eux aussi les projets de leur fille, se regardèrent, confus, prêts à formuler des excuses...

Un silence pesant s'installa dans le salon. La pendule égrenait des secondes qui parurent interminables tant la tension montait entre cette jeune pleine de prétention et les deux Bertaud qui s'étaient insensiblement rapprochés l'un de l'autre comme pour mieux faire front à l'attaque subite et inattendue.

Ce fut Gustave qui rompit ce silence ; lui, il avait toujours le même argument à l'esprit : l'argent !

Pas d'argent, ils n'auront pas d'argent… s'était-il dit ; aussi, confiant en sa décision, il questionna alors, l'air un peu ironique :

« Et pour l'investissement, les cages, les matériels, les produits pour les soins, les achats de souches… vous ferez comment ? » Le ton était interrogatif et presque triomphant, il s'attendait à une demande de financement, à un mea-culpa, à une erreur d'appréciation de la part de cette « chtite » qui parlait bien haut pour son âge – et les femmes qui parlaient d'affaires, Gustave n'aimait pas, mais alors, pas du tout et c'était bien parce que celle-ci devait entrer dans la famille qu'il allait se calmer, faire le gentil…

Mélanie n'attendit pas ; avant que Catherine prenne la parole, il fallait que par un argument massue elle lui cloue le bec :

« Et si nous avions prévu de louer les Échandons ? Ou si nous ne voulions pas vous les laisser… ?

– Alors ma mère, nous louerions ailleurs. Mais pourquoi ne pas nous permettre de nous y installer ? Nous saurions entretenir les bâtiments… n'est-ce pas, Paul ? »

Paul acquiesça ; il était dépassé par les paroles de Catherine ; aussi, inquiet de la tournure que prenait la discussion, il avait reculé un peu, s'écartant de la table.

Gustave formula à nouveau sa question à l'intention de la jeune fille. On allait voir !

« Et pour l'argent, vous ferez comment ?

– Mais, mon père, Paul a signé hier l'acte de donation de ma dot… il est à son nom et trois mille francs sont plus qu'assez. J'ai fait les comptes. Moins de la moitié suffira et pour le reste je pense que Maître Borel saura nous conseiller utilement. »

Les paroles entraient difficilement dans l'esprit de Gustave. En désordre, des idées lui traversaient la tête ; il songeait à ce foutu contrat qui était au nom de Paul, à cet argent qu'il voulait utiliser pour son étang, à ses projets… et il ne savait plus trop quoi penser de cette gamine qui ne pesait pas cinquante kilogrammes et dont les raisonnements commençaient à le faire bouillir. Quand il n'avait pas la main, quand une difficulté imprévue se présentait, il fallait qu'il réfléchisse… qu'il prenne son temps… et là c'était allé trop vite ! aussi, posant son verre, reprenant son calme, cachant son trouble et même sa colère rentrée, se tournant vers Paul, il l'interrogea :

« Tu étais au courant de tout ça ? » en montrant Catherine qui, par la même occasion, devenait le « ça ».

Paul murmura, bredouilla plus qu'il n'articula :

« Euh… oui… on en a parlé. »

Alors Gustave regarda de nouveau vers sa future bru, s'adressant à elle :

« Pour parler affaires ce n'est pas le moment. Ce sera pour demain ou pour plus tard quand vous aurez bien réfléchi ; nous verrons alors ce qu'il y a lieu de faire… Il est 6 heures et j'ai une vache à soigner. Je vous laisse. J'aurais bien voulu t'embrasser Catherine mais, tout de suite, je ne sais pas bien si j'en ai envie…

– Eh bien, moi, si ! » répliqua la jeune fille qui, en trois pas, fut près de Gustave auquel, montant un peu sur la pointe des pieds pour être à sa hauteur, elle donna deux bises sonores sur les joues.

Mélanie avait compris : Gustave ne résisterait pas !

Quant à elle, elle ne se laisserait pas si facilement piéger. Prenant l'air buté qui était le sien chaque fois qu'elle était contrariée, elle se promit de faire payer à cette écervelée ce qu'elle appelait son manque de respect et son insolence.

IV

La noce

VERS MIDI, une automobile entra dans le parc. Le conducteur était attendu avec impatience : le frère de Paul venait pour la cérémonie ! La permission qu'il avait obtenue lui laissait tout juste le temps d'un aller et retour mais c'était pour sa mère une grande joie chaque fois que Maurice – « mon beau lieutenant », disait-elle – revenait au château.

Mélanie, prévenue par une des servantes qui préparait la table sous les tilleuls, quitta aussitôt la cuisine et se précipita pour embrasser son grand. Son sourire se figea bien vite ; il n'arrivait pas seul ! Une jeune fille descendait elle aussi de la voiture, une belle blonde habillée d'une longue robe de taffetas bleu clair, portant un bibi assorti juché sur un coin de sa tête qui lui donnait un air désinvolte. La mère et le fils s'étreignirent longuement. Pour elle, son garçon était sa fierté depuis toujours, premier en classe, grand sportif, dans la botte à Polytechnique, cavalier émérite à Saumur, elle n'avait d'yeux que pour lui et ne s'en cachait pas.

S'écartant un peu, il recula pour prendre la main de la demoiselle qui attendait un peu à l'écart, puis vint la présenter à sa mère :

« Yolande, maman. C'est une amie… je t'en reparlerai. Et Yolande s'approcha pour serrer la main de Mélanie.

– Enchantée, madame. Maurice m'a beaucoup parlé de vous. »

Mélanie avait tout de suite jaugé l'arrivante : les mains peintes – comme elle disait en parlant des ongles vernis –, un parfum qu'elle estima bon à lui donner mal à la tête… « Une fille » ! pensa-t-elle, ce qui, pour elle, sous-entendait tout ce qui pouvait découler de la vie en ville… et le souvenir d'Hubert de Marcenef lui vint à l'esprit : sa hantise ! Enfin, si elle se tenait bien… ça passerait. Et puis, elle supposa que son fils savait ce qu'il faisait en amenant au château, pour le mariage de son frère, ce qui devait être quelque demi-mondaine, un caprice.

Déjà, les deux jeunes s'avançaient vers le château. Justement, Gustave sortait sur le perron, portant beau comme chaque fois qu'il arborait son costume de cérémonie ; on aurait dit que l'habit le rajeunissait, il bombait involontairement le torse, adoptait une démarche plus légère, oubliant son dos douloureux… « Un vrai dandy », pensa Mélanie qui repartait vers la cuisine, encore préoccupée par cette fille… « Il ne manquerait plus que ça ! » se dit-elle alors, son intuition lui laissant supposer une mauvaise surprise.

« Bonjour, papa ! »

Gustave embrassa son fils et aussitôt reporta son regard vers son amie, prêt à se montrer à son avantage, sensible au charme qu'elle dégageait. À la campagne, même coquettes, bien mises, les filles n'avaient pas cette aisance, ce sourire franc, sans gêne… aussi il fut ravi de se faire présenter celle-ci, cette Yolande à laquelle, pour un peu, il aurait fait un baisemain tant il resta suffoqué par son allure.

« Soyez la bienvenue à Bernac, mademoiselle… vous êtes ici chez vous ; c'est un bonheur de recevoir une aussi jolie jeune femme ! »

Yolande sourit en plissant un peu les yeux, sensible à ce compliment formulé de façon si franche et abrupte.

« C'est moi, monsieur, qui suis heureuse d'être ici. C'est vraiment magnifique et encore plus que ce que je m'étais imaginé d'après les dires de Maurice ! » Puis elle lui demanda de l'excuser… un oubli dans l'automobile. Elle tourna les talons.

« Elle te plaît, papa ? »

Gustave ne quittait pas des yeux le fessier qui s'éloignait, ondulant sous la robe légère…

« Ah ça, oui ! c'est un beau morceau… enfin… je veux dire… c'est une bien jolie fille ! »

Maurice sourit à la réflexion spontanée et vite corrigée de son père ; il enchaîna :

« Il se peut que tu la revoies souvent, beaucoup même car j'ai l'intention de demander sa main. »

Le garçon se tut, regarda son père, attendant quelque accord ou désapprobation, mais Gustave resta silencieux, sur son visage n'apparut aucun sentiment.

Maurice s'enhardit :

« Son père est directeur d'une entreprise de textiles ; elle a fait des études en Suisse… et elle travaille dans la mode, à Paris. »

Tout était dit dans cette simple phrase. C'était une présentation officielle, presque une mise devant le fait accompli tant il était facile de supposer que ces éléments étaient destinés à rassurer ses parents, à leur faire accepter ce qui avait été, semblait-il, décidé sans eux.

Mariette, une servante, s'était approchée à quelques pas, restant discrète ; elle attendait que Gustave remarque sa présence pour lui parler.

« Qu'y a-t-il, ma fille ?

– Madame vous demande. »

Il avait là un bon prétexte pour couper court à l'entretien, aussi ne se le fit-il pas dire deux fois. Il se dirigea vers la cuisine tout en réfléchissant : Catherine et ses projets ; maintenant celui-ci avec sa poupée... Il lui semblait qu'une série d'ennuis venait troubler cette journée qu'il aurait souhaitée sans nuages...

Mélanie l'attendait impatiemment ; elle l'accueillit par un « Qui c'est, celle-là ? », le ton à l'orage.

« Celle-là, comme tu dis, ma bonne, si j'ai bien compris tu en seras sans doute la belle-mère.

– Ah non ! Gustave, c'est toi le maître ici ! Tu ne vas pas te laisser mener par le bout du nez. Fais en sorte d'être désagréable avec elle comme tu sais si bien le faire parfois avec moi... et qu'on ne la revoie plus ! »

Tout d'un coup, Gustave se sentit mal dans ses souliers... il y avait bien longtemps qu'il ne les avait pas mis, le pied s'était fait à ses sabots ou à ses lourdes chaussures montantes qu'il prenait pour se rendre aux foires. Mais maintenant, en plus de ce contretemps il s'apercevait que le cor de son petit orteil gauche se réveillait...

« Ce n'est pas le jour ! » répondit-il en baissant la voix car les femmes alentour, bien qu'affairées devant les fourneaux, ne perdaient pas une miette de cette discussion qui serait le sujet tout trouvé pour des commentaires au bourg.

Mélanie était toute retournée par ce que Gustave venait de lui apprendre.

Ici, ce n'était pas dans les habitudes que les enfants choisissent seuls. Si tous les mariages n'étaient pas forcément des unions d'intérêt, de terres ou de nom, bien souvent se marier dans les environs apportait la sécurité : on connaissait, ça resserrait les liens, permettait de renforcer la communauté ! Il y avait tout à craindre des étrangers, des gens d'ailleurs… Dans ce cas-là, les commères, embarrassées, ne pouvaient entretenir les conversations, débiter leur fiel, leurs prédictions, rappeler quelques frasques ou autres fautes… Le curé devait s'assurer de la moralité de l'arrivante ou de l'arrivant, questionner habilement pour se faire une idée sur cette nouvelle brebis… et juger si c'en serait vraiment une…

« Marie-toi dans ta vallée, dans ton village et, si tu peux, dans ta rue », telle était la philosophie généralement adoptée.

Montant dans sa chambre pour s'apprêter, Mélanie se dit que les choses étaient bien changeantes depuis quelque temps. Elle n'avait pas fait toilette. Celle qui avait été élevée dans les dentelles avait oublié les fanfreluches et les tenues à la mode plus courtes et larges aujourd'hui, demain plus longues et plus serrées… Lors de ses rares sorties, elle portait presque toujours, hiver comme été, une longue robe noire de demi-saison agrémentée d'un simple collier de perles, cadeau de Gustave un jour où, ayant bien vendu un taureau, il s'était souvenu que c'était le dixième anniversaire de leur mariage.

Pour la noce, la modiste lui avait modifié un ancien chapeau, lui ajoutant un ruban et le garnissant d'une voilette qu'elle aurait voulue en la circonstance moins aérienne pour pouvoir cacher son regard qui, au fur et à mesure que l'heure avançait, devenait noir, son regard des mauvais jours, des moments difficiles, des fois où Gustave s'apercevant que le temps était à l'orage préférait s'esquiver plutôt que d'affronter sa femme.

De sa chambre, par la fenêtre, tout en s'habillant, elle voyait arriver les invités et commentait pour elle-même.

En premier, les Morturaux. Tiens, Georges a mis un haut-de-forme ! Quel imbécile ; il ne saura jamais comprendre qu'on n'est plus au temps du président Fallières… et le voici maintenant avec celle de Caubronde, il fait le beau… Quel con, va.

Ainsi son regard allait d'un groupe à l'autre. Elle détaillait, remarquait, notait les tenues, les attitudes, les rencontres, se faisant une idée ou confortant sa certitude. En ce jour, elle cachait mal son désappointement et ses réflexions n'en étaient que plus sévères.

Et il avait fallu inviter, inviter… Elle aurait voulu faire simple, ne serait-ce que pour faire payer à Catherine ses folles rêveries, mais Gustave avait établi une liste, insisté : sa position… le rang à tenir… ses relations et aussi ses projets politiques – dont il ne lui avait pas parlé ouvertement, mais qu'elle devinait étant donné quelques courriers reçus, quelques détails…

Au dernier moment, elle descendit dans l'entrée. Un sourire de pure forme sur les lèvres, complimentant l'une sur son chapeau, une autre pour son teint radieux, elle passait ainsi de groupe en groupe, jouant pleinement son rôle de maîtresse de maison car, quels que soient les soucis qui pouvaient l'assombrir et occuper son esprit, elle n'aurait jamais dérogé à cette fonction.

On était à Marcenef et au château c'était elle la patronne !

Vint l'heure de partir pour l'église. Maurice lui proposa de l'emmener dans son automobile, ce qu'elle refusa, prétextant qu'elle avait à parler à son père.

Comme chez les gens bien, le passage à la mairie datait de la semaine précédente ; il avait été bâclé, une simple formalité, réduit au minimum, les mariés ainsi que leurs parents, les témoins de chacun. Il ne fallait pas donner au maire, ce rouge de Barthélemy, vulgaire et hâbleur, la possibilité de se rengorger en lui offrant l'occasion de se mettre en avant ! Gustave, simple conseiller municipal, visait la mairie qu'il estimait lui être due compte tenu qu'il était le plus gros propriétaire de la commune, place dont son père et son grand-père avaient été écartés suite à l'affaire de la prise de Marcenef.

Sitôt assise dans le landau aux côtés de son mari, Mélanie n'attendit pas longtemps pour revenir à ce qui la préoccupait le plus pour l'heure :

« Écoute, Gustave ; qu'est-ce que c'est que cette cocotte que ton fils nous a amenée… Je ne veux pas de ça à la maison. Je compte sur toi pour le lui faire entendre ! »

Gustave ne répondit pas tout de suite ; il cacha les révélations qui lui avaient été faites concernant Yolande, sa famille, son instruction, ses occupations… Ce n'était pas le moment de provoquer une scène devant tout le monde. Chaque chose en son temps et avant tout le bonheur de ces deux, là-bas devant, dans le cabriolet fleuri que tirait Fol au vent, leur cheval bai. Car Mélanie était capable de tout… d'un esclandre, d'une remarque désobligeante, d'un geste définitif pour déconsidérer… ; il fallait attendre et voir cette affaire plus tard pour la régler si possible dans le calme et la discrétion.

« Je m'en occupe, ma chère… sitôt ce mariage.

– Oui. Je t'ai vu tout à l'heure devant elle… tu faisais ton coq… Comme d'habitude devant les femmes tu ne sais plus quoi dire ! Souviens-toi de Catherine quand elle est venue au château et qu'elle t'a embrassé d'office alors qu'elle venait de nous narguer avec ses lapins… »

Gustave laissa un peu aller les rênes ; une fois le cheval au trot, il s'attacha à bien régler son amble…

« C'est ça. Change de sujet ; occupe-toi du cheval. C'est toujours pareil, moi, je ne compte pas, pour rien même, sauf pour le travail ! continua-t-elle.

– Merde ! »

Le ton était ferme, le mot bien articulé, définitif… Mélanie connaissait, elle n'insista pas. Une autre aurait pleuré. Elle, non. Ce n'était pas par peur de faire couler son Rimmel car elle n'en mettait pas, mais par caractère. Elle durcit encore plus son regard, pressa ses lèvres l'une contre l'autre, serra son sac et regarda ostensiblement de l'autre côté de la route comme pour ignorer son homme dont elle sentait à sa gauche la force, le bloc qu'il était en tout.

Sur la place de l'église il y avait beaucoup de monde. Les curieux tout d'abord, ceux du village qui ne voulaient pas rater l'événement et également les invités venus là directement sans passer par Marcenef.

D'emblée, Gustave jaugea la foule ; c'était pour lui l'occasion d'occuper le devant de la scène. Aussi, à peine les rênes du cheval laissées à un homme qui s'empressa d'aller mettre l'attelage à l'ombre, il s'avança vers les badauds, accompagnant chaque poignée de main d'un mot, d'une remarque ou d'un petit geste, allant même parfois jusqu'à toucher l'épaule de celui qu'il saluait. Son tour fini, avant de s'occuper des invités regroupés près du porche de l'église, il annonça au premier rang, mais suffisamment fort pour que nul ne l'ignore, qu'une tournée générale attendait tout le monde au *Cheval blanc,* l'auberge de la place de la Mairie.

Du temps des Marcenef, pour les mariages ou les baptêmes, l'invitation se faisait dans les communs du château ; M. le comte offrait à boire « à ses gens », comme il disait, n'omettant jamais de préciser en parlant de certains d'entre eux : « Ils sont chez moi depuis trois cents ans… » montrant par là même combien il faisait fi de la nuit du 4 Août…

Aucun des Bertaud n'avait repris cette habitude ; ils connaissaient les limites à ne pas franchir, avaient eu l'intelligence de le comprendre.

Devant le porche, Gustave faisait maintenant le beau, allant de l'un à l'autre, poitrine gonflée, les pointes de la moustache bien rebiquées, embrassant quelques dames, complimentant les autres, saluant les hommes d'une poignée de main virile pour bien affirmer sa personnalité ; il n'y en avait que pour lui.

Mélanie, bavardant avec une amie, était restée un peu à l'écart sur le côté lorsqu'arrivèrent les trois musiciens engagés pour accompagner le cortège après la messe.

« Vous passerez par la rue Nationale puis, au coin de la place du marché, vous prendrez à gauche rue des Fossés pour revenir ensuite place de la Mairie… leur avait indiqué Gustave.

– Mais, monsieur, ce n'est pas l'habitude.

– Eh bien, aujourd'hui, ce sera comme ça ! » leur avait lancé Gustave en retournant vers ses invités pour continuer à converser avec eux.

Les musiciens étaient tout étonnés sauf Victorin, un des violons, qui traduisit pour ses compagnons :

« Rue des Fossés… c'est là qu'habite Barthélemy ! il veut le narguer ! Ça promet pour les prochaines municipales… »

La cérémonie fut magnifique. Catherine, toute menue, avait l'air triomphant ; Paul semblait tout gauche. Mélanie pleura un peu. À la sortie de l'église, sous un platane de la place, Gustave décida de la disposition des invités pour la photographie, plaçant Yolande à sa gauche. À la vue de la mariée les badauds avaient applaudi joyeusement, même ceux qui avaient une dent contre le maître de Bernac, tant il est vrai que le peuple oublie facilement dès lors qu'on lui propose un instant de rêve ou un spectacle qui le réjouit.

Au château, le repas tirait à sa fin. Mélanie avait prévu grand. Les services se succédaient, les vins aussi. Les rires, les appels résonnaient dans la cour, sous ces tilleuls où étaient habituellement plus fréquents les cris, les remarques injurieuses et les jurons de charretiers.

La goutte servie – prune du domaine cuvée 1922 –, Gustave étira ses jambes, proposa un cigare à son vis-à-vis, l'invitant à venir le fumer en marchant un peu, histoire de faciliter la digestion. En réalité il voulait être tranquille, aussi il l'amena dans l'allée qui descendait doucement vers le fond du parc.

L'homme qui l'accompagnait était quelqu'un qui « comptait » : c'était le président Pasquier, membre de différents organismes agricoles locaux – et même départementaux – siégeant à de nombreux conseils d'administration, qui avait en outre une clientèle politique importante car il était le petit-neveu de Ratier-Pasquier, l'ancien sénateur.

Afin de devenir quelqu'un à son tour, il n'avait eu qu'à se faire un prénom. « Isidore, tout le monde l'adore ! » s'écriait-il en guise de programme et de slogan politiques. En vertu de quoi il était devenu conseiller général, n'était pas avare de tournées, n'hésitait pas à salir ses vernis dans la boue d'une cour de ferme, savait intervenir en faveur d'un maire qui sollicitait une aide pour un empierrage de chemins ou l'amélioration d'une adduction d'eau, répondait à tout courrier, adressait un petit mot aux parents lors d'une naissance et ne manquait aucun enterrement. Dans ce dernier cas, avec aplomb, à ceux qui étaient venus accompagner le défunt à son dernier domicile, il déclarait combien il avait apprécié le mort, allant même parfois jusqu'à le qualifier d'ami…

Tous les deux, le propriétaire terrien et le politique influent, représentaient la notabilité de la région.

Le premier tenait la terre et ceux qui travaillaient dessus, convaincu que la propriété primait sur le travail, donnait l'aisance et l'assise sociale ; pour lui, l'ordre était garant de la moralité et l'ordre… Gustave… il l'aimait. Le second, lui, avait l'entregent, des amitiés réelles et une foule de petites gens qui, flattées avec un mot, un rien, le partage d'un verre… ne juraient plus que par lui, honorées que M. Pasquier leur rende leur salut lorsqu'elles le croisaient dans la rue ; il connaissait le dessous des cartes et, au-delà de son mandat électif, avait le pouvoir occulte, celui des arrangements d'intérêts, des avantages matériels et de considération.

Donc, fumant en silence, les deux hommes s'éloignèrent du brouhaha de la table.

De l'allée, avec le château à l'arrière, les deux rangées de marronniers ouvraient une perspective splendide sur la vallée.

Dans ce cadre, Gustave se sentait fort ; il savait que ses invités, occupés à admirer la vue, lui prêtaient une attention toute particulière, souvent après l'avoir complimenté sur son bonheur de posséder une si belle propriété.

« Tu sais que l'an prochain je tenterai la mairie. On ne peut pas laisser ce foutu Barthélemy nous diriger plus longtemps avec son équipe de culs-terreux et de bras cassés ! »

Gustave n'y allait pas de main morte dans ses propos car il savait qu'Isidore avait une dent contre le maire pour une histoire de cantonales.

« Tu as qui avec toi ?

– Brunet, Gouin – celui des Jaunets –, Esquinoux, Bravard…

– Bravard ne te suivra pas !

– Bravard ne peut rien me refuser : il me doit trois mille francs. J'ai aussi Mercier, Carbonel et Espinasse.

– Espinasse, le vieux ? Le voiturin ?

– Oui. Il est encore bien actif ; il n'y a qu'à voir comment il mène son affaire de transports… Mais, en plus de nous huit, il faudrait encore trois noms pour faire une majorité !

– Et… tu as besoin de moi pour quoi ?

– Il faudrait que tu décides Berlin et son équipe à nous rejoindre. »

Berlin était l'homme lige de Pasquier. Maréchal-ferrant de son état, agent électoral efficace pour les affichages dont il se chargeait avec les deux frères Laronde, c'était surtout dans le cadre de son métier qu'il était le plus précieux ; lors de ses déplacements professionnels dans les fermes et les écarts du canton, il profitait de l'occasion pour glisser un mot afin de mettre en avant l'action de Monsieur le conseiller général, promettant même d'intercéder pour une affaire et, comme ce n'était que rarement sans résultat, l'homme se trouvait doté d'une flatteuse réputation.

Gustave continuait, insistant pour démontrer combien cet appui pourrait lui être profitable :

« Berlin sera élu car les gens l'aiment bien. Il est de bon service… et tu es bien placé pour savoir qu'on peut lui faire confiance. J'ai même pensé à le faire premier adjoint…

– Bon… d'accord. Je lui en parlerai. »

Maintenant qu'il avait obtenu ce qu'il voulait, Gustave attendait. Le plus difficile était peut-être à venir… En effet, les « renvois d'ascenseur » étaient de mise et il était probable qu'un service allait lui être demandé.

« Tu as toujours les Échandons ; tu pourrais les louer à une famille qui vient s'installer en fin d'année ; il leur faudrait une maison et un bon jardin. C'est le sous-préfet qui m'en a parlé ; je ne peux rien lui refuser car je l'ai à ma botte ; chaque fois que je sonne, il répond présent. »

Subitement, Gustave n'écoutait plus. Son esprit allait vers la noce, là, sous les tilleuls… vers Catherine qui voulait les Échandons pour commencer son élevage de lapins… vers son étang qu'il n'aurait peut-être pas… Et ce poste de maire qui lui était dû… Tout devenait compliqué et il n'aimait pas ce qui était compliqué. En général il attendait que tout se décante dans sa tête mais cette fois-ci il lui fallait réagir aussitôt…

« Là, j'ai un problème : la petite, là-haut, et Paul doivent s'y installer… »

Pasquier fit subitement demi-tour. Gustave, tout à ses réflexions, surpris, prit alors quelques mètres de retard et dut presser le pas pour revenir à son niveau, comme on se hâte derrière celui qu'on veut solliciter. En un instant il avait perdu sa superbe, sa prépondérance : il rattrapait au lieu de guider la promenade.

« C'est ennuyeux ce que tu me dis là… même très ennuyeux… »

Gustave sentit un frisson lui parcourir le dos. Il ne fallait pas se fâcher avec Pasquier : il était tout, ici, à la préfecture, mais aussi parfois sur les foirails ; son influence était importante et pour lui presque indispensable… d'un autre côté… ; mais il n'avait rien promis à Catherine ; en même temps il ne pouvait rien lui refuser… depuis l'après-midi où elle lui avait parlé de ses projets il avait eu le temps de se renseigner sur elle. Il l'avait pressentie presque par hasard et le hasard avait bien fait les choses : la petite, malgré son jeune âge, avait la réputation d'être une sacrée bonne femme…

Il sembla réfléchir…

« Bon. Je vais voir ce que je peux faire ! répondit-il, la fin de l'année, dis-tu… j'ai peut-être une possibilité à ce moment-là : un métayer qui risque de ne pas faire long feu sur le domaine… Mélanie m'a averti, il faut que je le surveille et je vais m'en occuper sous peu. »

Le retour vers la noce fut pesamment silencieux.

Pasquier fumait en regardant au loin devant lui cette belle façade précédée d'un perron aux magnifiques pilastres de pierre auquel on accédait par un escalier à double révolution. « Confiture à un cochon que tout ça », se disait-il, pensant au maître des lieux qui ne serait jamais pour lui qu'un marchand de bestiaux enrichi, un tâteur du cul des vaches. Mais, ce vaniteux… désormais il le tenait car sa demande concernant les Échandons n'était qu'un début. Sa majorité au conseil, il l'aurait, cet imbécile, grâce à Berlin ; ou bien, il ne l'aurait pas... selon ce que lui, Pasquier, pourrait dire à son homme de main ; tout dépendait de la façon dont M. le maire Bertaud agirait.

Le conseiller général n'était pas mécontent : il y avait bien longtemps qu'un poisson n'était pas venu aussi facilement se prendre dans sa nasse !

La noce battait son plein.

Les jeunes s'étaient regroupés en bout de table et devisaient joyeusement dans les rires et les exclamations. Les plus vieux, eux, avaient déserté la terrasse pour se retrouver dans le grand salon ; Catherine et Paul les rejoignirent ; Mélanie constata alors que ce n'était pas Paul qui tenait la main de sa jeune femme mais l'inverse... encore une contrariété ! « Ce pauvre Paul, pensa-t-elle. Et cela pour une terre qui ne nous faisait pas défaut... »

Selon l'usage, sur une grande table recouverte pour la circonstance d'une immense nappe – encore un reste des Marcenef ! –, étaient exposés les cadeaux de mariage.

Toute une ostentation s'y reflétait : bijoux, missel à la couverture de cuir ornée de lettres d'or style gothique, bibelots en opaline, garniture de cheminée en bronze aux tarabiscotages voyants, ménagère de métal argenté – cadeau de la tante

Philomène, la seule à avoir offert un présent de prix –, un vase, un service à thé élégant finement brodé, un service à dessert, des couteaux à fruits, des couverts à poisson…

Mélanie regardait avec ironie cet étalage ; non seulement – selon elle – ça ne valait pas grand-chose mais encore elle pensait à ce que deviendrait cette vaisselle enfermée dans un tiroir, d'où elle ne ressortirait peut-être jamais, car ce n'était pas cette jeune prétentieuse qui donnerait des dîners ou servirait des thés dans ces mignonnes tasses chinoises…

Catherine avait sa cour. Ces dames étaient venues autour d'elle, la complimentant sur sa robe, lui souhaitant toutes sortes de bonnes choses, certaines même la prenant en aparté, lui confiant quelque secret à voix basse…

Tout le monde s'extasiait, admirant la variété des cadeaux étalés, sauf la cousine Dubourg-Desfons qui, la bouche en cul-de-poule, dédaigneuse et hautaine, avait d'un seul coup d'œil jugé l'ensemble comme n'étant que de la quincaillerie.

Mélanie regardait, regardait. Elle pestait en silence, les lèvres serrées. Elle avait su tout de suite qu'elle n'aimerait pas cette fille ; trop libre, trop effrontée, trop indépendante, trop forte de caractère… Avant même le mariage, elle avait senti que la jeune fille lui échappait, qu'elle prenait des initiatives, ce qui, pour elle, était choquant. Bien qu'aujourd'hui Catherine ait suivi la coutume en laissant à l'église les fleurs qui lui avaient été offertes, lors du mariage civil le montant de la quête n'était pas allé au curé mais aux œuvres sociales de la mairie… et ça aussi, c'était impardonnable : impensable que Barthélemy puisse avoir l'emploi de la somme réunie lors du mariage de Paul Bernac !

Alors qu'elle ruminait ainsi, Catherine allait de l'un à l'autre, charmant l'assistance par son naturel et son sourire ; un mot par-ci, un baiser sur la joue pour tante Philomène, un compliment, un merci discret par-là… ; tous la regardaient évoluer dans ce salon comme si elle en avait toujours été l'occupante, aussi, lorsque Maurice vint vers sa mère pour la complimenter sur sa belle-fille lui déclarant tout bas : « Elle est formidable… on ne dirait pas une paysanne », Mélanie lui décocha un regard terrible, celui des mauvais jours, des moments où il valait mieux s'éloigner que d'essayer de discuter. Elle pensa en un éclair : celui-ci qui nous amène sa poule et maintenant qui vient vanter sa belle-sœur… Décidément, la jeunesse n'a plus son bon sens ! Et sans répondre, elle tourna les talons pour sortir sur le perron.

En bout de table, M. Favergeau des établissements Favergeau et fils, le grossiste en tissus, discutait avec Yolande. Mélanie s'étonna : que pouvaient-ils se dire ? Lui n'était pas du genre à courir le jupon ou à faire le galant, et celle-là avec son bibi ridicule, cette oie de la ville, ne devait pas avoir une conversation bien intéressante…

Curieuse, elle s'approcha et Favergeau la prit à témoin :

« Ma chère, savez-vous que nous parlons affaires ? Cette charmante demoiselle est la fille d'un de mes fournisseurs parisiens et, je suis heureux pour vous que – d'après ce que j'ai cru comprendre – elle puisse entrer dans votre famille. »

Mélanie encaissa ; elle se força à sourire, lança une phrase de circonstance, s'éloigna, le cœur plein de rage : au château, Catherine lui avait volé la vedette et celle-ci discutait achats et ventes avec une des plus grosses fortunes du canton… Quelle journée ! Elle se replia vers la cuisine et, y entrant à l'improviste, trouva Simone la bouche pleine, un autre morceau de gâteau dans la main.

« Eh bien, ma fille, ne te gêne pas ! Fais comme chez toi ! Prends donc tes affaires et file, tu te seras payée en nature ! »

La malheureuse rougit puis fondit en sanglots ; elle se précipita dans la pièce voisine, s'effondrant sur la table où étaient amoncelés les vêtements des femmes engagées pour le service.

La cuisinière du *Cheval blanc* intervint :

« C'est un reste récupéré dans une assiette, madame… elle n'a rien volé !

– Reste d'assiette ou pas, l'intention est là », rétorqua Mélanie d'un ton sans réplique.

La jeune fille partit l'instant d'après, toute confuse, s'échappant pour cacher sa honte et sa déception de ne pas recevoir les trois francs qui lui avaient été promis.

De son côté, Gustave était radieux.

Il avait, pensait-il, son mandat de maire en poche ; tout à l'heure, la pièce montée dont Mélanie ne voulait pas était arrivée intacte malgré les cahots et les aléas du transport sur plusieurs kilomètres de chemin de terre, tout le monde avait applaudi, semblait heureux ; les trois musiciens accompagnant la noce venaient de s'installer en bas du perron pour faire danser les invités… quand une serveuse s'approcha de lui :

« Monsieur, on vous demande à l'entrée.

– Qui ?

– Dutreuil.

– Celui des Bordes ? (Et comme la fille opinait, il ajouta en maugréant, contrarié :) Il a qu'à aller se faire foutre. Dis-lui de revenir demain… »

Il jeta cependant un regard vers le portail ; l'homme se tenait debout là-bas, derrière la grille, une main sur un des barreaux, l'autre pendante tenant une casquette. Quand même, après une hésitation, Gustave s'approcha de lui, visiblement partagé entre une certaine curiosité – si c'était grave et urgent… – et l'envie de l'engueuler pour cette arrivée inopportune.

« Bonjour, monsieur Bertaud. »

En réponse, il ne reçut qu'un grognement.

Gustave et Dutreuil avaient le même âge, avaient été camarades à la communale puis leurs vies s'étaient séparées lorsque l'un était parti travailler dès ses treize ans alors que le fils Bertaud continuait ses études en ville, pour deux ans encore, chez les jésuites.

Dutreuil était revenu de l'armée en 1917, gazé. Gustave, lui, avait servi dans une maréchalerie, à l'arrière, mobilisé certes mais loin du danger, cependant blessé en 1916, au bras, par une ruade.

« Tu veux quoi ? »

Le ton était sec, l'agacement non dissimulé.

Et l'homme expliqua qu'un veau était crevé la veille, qu'en outre sa femme était malade, que pour la soigner il fallait de l'argent… et que, par conséquent, il ne pourrait pas payer la totalité du terme à la fin du mois. Gustave s'attendait à une demande de ce genre… Un coup, c'était la grêle ; un autre, un soc cassé ou une roue de charrette à changer… chaque fois une excuse pour retarder le paiement !

« Ça pouvait attendre. Fous le camp ; je passerai chez toi demain. Tu vois bien que ce n'est pas le jour ! »

Cette fois, il était furieux : Dutreuil, venant précisément au moment de la noce pour espérer une faveur, avait voulu jouer sur la corde sensible. Il faut dire que si Dutreuil était son métayer, c'était par pitié – un peu aussi parce que le curé le lui avait fait demander par Mélanie, pour faire une bonne action –, mais également et surtout parce qu'aux yeux de tous, au village, ça faisait généreux, ça faisait bien.

Tout à l'heure, dans le parc, lorsqu'il discutait avec le conseiller général, c'est justement à lui qu'il avait pensé, à lui qu'il avait alors envisagé de retirer le métayage afin de placer les protégés d'Isidore Pasquier… Mais à la réflexion il ne le pouvait pas : ce serait mal vu, trop risqué de compromettre ainsi ses chances pour la mairie, de rendre vains tous les efforts effectués pour gommer l'opinion tenace que le village gardait vis-à-vis des successeurs des Marcenef.

La soirée se terminait.

Les jeunes mariés partaient pour huit jours – un cadeau de M. Desgranges qui leur prêtait sa maison au bord de la mer –, ce qui arrangeait bien Mélanie qui avait de ce fait la semaine pour travailler son mari et arriver à lui faire prendre en grippe cette Catherine.

« Mon ami, cette journée a été un calvaire. Tu nous as mis Paul dans de beaux draps avec cette fille qui est intrigante et ne pourra que le rendre malheureux ! »

Stoïque, Gustave se taisait ; assis sur un des bancs de la cuisine, sitôt les invités partis, il s'était fait apporter une bassine d'eau tiède et, les orteils enfin libérés de leur carcan de cuir, la lavallière détachée, le col de Celluloïd de sa chemise défait, il appréciait le calme revenu. Il semblait détendu, fatigué… abordable. Mélanie, enhardie, continua :

« Tu l'aurais vue, jacassant au milieu du salon, et pia pia pia et ronds de jambe, et sourires… une vraie bécasse ! »

Doucement, Gustave massait son gros orteil gauche, y faisant revenir le sang… Il poussa un soupir, sortit de son gousset son oignon qu'il considéra avec une attention soutenue comme pour chercher une réponse sur le cadran doré et, sentencieusement, posément, il laissa tomber :

« Eh bien, moi, je crois qu'elle sera vite et bien une Bertaud ! Elle me plaît… et à toi aussi, reconnais-le, car tu aimes les caractères forts. Mais il se fait tard, tu dois être lasse et ne plus avoir tous tes esprits… Va donc dormir. Bonsoir, mon amie ! »

De colère, Mélanie lui jeta rageusement la serviette qu'elle lui avait apportée pour s'essuyer les pieds, puis elle tourna très vite les talons sans rien ajouter.

Une minute plus tard, là-haut, à l'étage, une porte claqua violemment. Gustave sourit. « Entre ces deux femmes il va y avoir de l'orage… Dans le fond, heureusement que les enfants vont s'installer aux Échandons ! » pensa-t-il.

V

Dutreuil, métayer

« TU M'AS BIEN DIT que chez les Masseaux on invite ? demanda Gustave à sa femme.

– Oui, il y avait un gâteau que le gosse partageait avec des camarades sous prétexte que c'était son anniversaire. Où va-t-on si les paysans se mettent maintenant à recevoir ! »

Elle continua son ouvrage quelques instants, puis poursuivit :

« C'est comme pour la fille Brunet… la Madeleine, tu vois, cette grande bécasse… elle va se marier. C'est sa mère qui me l'a appris hier quand elle est venue pour laver les carrelages. Tu l'aurais entendue ; elle veut faire le repas au *Cheval blanc*… avec tout un tralala… À l'entendre, on va marier une princesse. Je lui ai bien rabattu le caquet, à l'Armande ! »

D'un revers de manche, Mélanie remonta une mèche de ses cheveux et, comme Gustave restait muet, elle poursuivit :

« Si on n'y met pas le holà tout de suite, c'est dans le parc qu'eux aussi voudront finir la noce, ou faire les photos comme la chtite Pilet l'avait demandé l'an dernier ; une photo de mariage devant la façade… et puis quoi encore ! »

Gustave ne l'écoutait plus ; il était songeur. Les Masseaux… !

Il avait toujours à l'esprit la requête de Pasquier et cherchait ce qu'il pourrait lui trouver pour ses protégés. Mais il avait une bonne raison de garder ces gens-là : c'était la métairie où les bâtiments, les abords étaient les mieux tenus, celle qui lui rapportait le plus, le rendement dépassant d'un tiers celui des autres terres. Pas fainéant, pas buveur, semblait-il peu porté sur la politique, l'homme était bien entouré par sa femme et par son frère qui lui tenait lieu de valet… De surcroît, son contrat n'était qu'annuel et la crainte d'un renvoi l'aiguillonnait certainement, car cette épée de Damoclès pouvait tomber pour les motifs les plus futiles, les moins évidents comme une mauvaise mine affichée lors d'une rencontre avec le maître, un salut jugé un peu ironique peut-être, une réflexion énoncée au café et répétée par quelque jaloux malintentionné… et la sanction pouvait arriver par surprise, sans recours possible. Pourquoi donc chercher de ce côté-là ? C'était une mauvaise idée.

Pensant alors à Dutreuil, à sa venue la veille, lors du mariage, Gustave s'enquit à nouveau auprès de Mélanie :

« Et de ceux des Bordes, tu en penses quoi ?

– Pas grand-chose. Lui est à bout de souffle ; elle, elle se traîne… elle n'a jamais été très courageuse, la Marcelle, mais maintenant elle n'est plus bonne à rien. Et tu sais combien ils nous coûtent… Tout ça pour ne pas déplaire aux gens du bourg qui ne t'en seront pas plus reconnaissants, tu peux me croire. Enfin ! garde-les… pour le curé ! »

Avec elle, les questions étaient vite réglées ; elle avait ses têtes, tenait ferme les cordons de la bourse, avait depuis longtemps oublié les bons sentiments, se moquait du qu'en-dira-t-on mais il lui semblait qu'avoir de temps à autre un bon geste ou bien montrer de la commisération ne pouvait pas nuire à « ceux du château », comme elle savait que l'on disait en parlant d'eux.

Gustave partit vers les Bordes, vers chez Dutreuil.

En ce mois de mai, la nature était en avance ; constatant la vigueur des plants, il se dit que les blés promettaient. Du pont enjambant la Bruissante, le petit ruisseau du fond de la vallée, il se pencha légèrement pour regarder l'eau, comme ça, machinalement. En contrebas, assis sur la berge, un garçon pêchait.

« Ça mord ? » demanda-t-il.

Le gamin leva la tête et alors Gustave reconnut Serge, le plus jeune fils des Dutreuil. Jugeant opportune l'occasion de discuter avec lui – car à cet âge on est un peu niais, on ne se méfie pas –, il descendit le rejoindre sur la rive.

« Alors, tu t'es pris la matinée pour taquiner le goujon ?

– Oui, monsieur.

– Et… tu en attrapes ?

– J'en ai déjà sept », répondit le garçon qui, pour lui montrer, souleva légèrement le chiffon cachant le contenu de son panier.

Gustave considéra le pêcheur un instant encore puis reprit :

« Et tu n'aides pas plutôt ton père à la maison… ou bien aux champs, après la classe peut-être ?

– Oh si, monsieur. Je conduis les vaches au pré, j'aide à sortir le fumier, j'ai même appris à mener l'araire.

– C'est bien tout ça, mon garçon ! »

Sensible au compliment, enhardi et fier, ce dernier continua alors :

« Et puis, vous savez, cette année, en plus, je m'occupe de notre truie. Elle vient d'avoir douze petits… Si vous saviez comme ils sont beaux… tout roses… »

Cette nouvelle laissa Gustave songeur. Songeur et fort surpris par cet imprévu. D'où donc le métayer pouvait-il sortir cette truie et où pouvait-il la cacher ? Il n'insista pas, félicita encore Serge pour ses prises, se dit que son arrêt n'avait pas été inutile et reprit son chemin.

Il fit un détour par la « terre noire ». Pour la vingtième fois au moins depuis un mois, il s'y arrêta, monta sur une butte et du regard évalua ce que serait son étang. En définitive, Catherine et lui avaient recalculé le montant des investissements pour l'élevage de lapins, mis bout à bout les devis des travaux et étaient convenus que des trois mille francs de la dot, un peu plus de la moitié pouvait servir à l'aménagement de cet étang.

« Moitié-moitié pour la vente de la pêche ; ce seront mes intérêts ! » avait alors lancé comme une boutade celle qui décidément, pour une fille de paysan et vingt ans à peine, avait l'esprit vif et la tête sur les épaules.

Gustave avait caché cette clause à Mélanie. Ce n'était pas la peine d'envenimer la situation.

« D'accord pour le poisson mais tu me laisses dix hectares de ceux qui touchent la Chazelette et dont tu n'as pas besoin pour ton élevage ; je veux agrandir cette exploitation et cherche un preneur intéressé », avait-il répondu.

Les Bordes, que tenait Dutreuil, étaient une métairie peu importante ; treize hectares seulement dont six de terres labourables peu fertiles car mal drainées ; en plus d'une habitation basse et humide, les bâtiments se limitaient à une grange-étable dont la toiture, par endroits, laissait apparaître des faiblesses. Il fallait faire des travaux et Gustave pensait que l'occasion était peut-être venue.

Approchant du domaine, il donna de la voix et constata une fois encore, comme à chacune de ses venues, que le désordre régnait partout. Des seaux, des ferrailles, du bois, des instruments aratoires abandonnés ici et là, une charrue au milieu de la cour et la présence de la pelote de fumier d'hiver qui, à cette période de l'année, aurait déjà dû être épandue dans les champs…

Le chien, attaché, aboya. Au bruit, un volet s'ouvrit et la femme de Dutreuil passa la tête à la fenêtre. Le mari sortit de la maison presque aussitôt et se précipita à la rencontre du maître, manifestant ainsi l'intention de lui parler dehors… mais ce dernier continua d'avancer et sans hésitation, comme chez lui, poussa la porte de la salle commune.

En bout de table était assis un homme qu'il connaissait bien. Barthélemy. Le maire. Il le salua brièvement puis, l'ignorant, s'adressa à son métayer :

« Tu n'es pas à ton travail ce matin… et j'ai vu en passant que les branches taillées dans les haies sont toujours en vrac tout le long ; elles empiètent sur le pré du bas ; l'herbe pousse dessous… Dans un mois tu auras perdu le foin… et tu ne pourras même plus brûler le tout sans foutre le feu à la clôture. (Puis se tournant vers le maire :) Laisse-nous, Hector. Nous avons à parler affaires. »

Le maire se leva, donna une poignée de main au métayer, lui disant qu'ils se reverraient, et sortit. La femme se tenait près de l'évier, appuyée sur la pierre, attendant la suite et présageant une semonce de la part de Gustave qui en était coutumier. Ce dernier prit une chaise alors que le mari restait debout comme un enfant à qui on va faire la leçon.

« Assieds-toi, Georges… et toi aussi, Marcelle. »

Le couple se regarda comme pour s'interroger silencieusement tellement l'injonction était anormale ; on ne s'asseyait pas devant le maître. Qu'allait-il se passer ? Durant quelques instants, seul le tic-tac de la vieille horloge rompit le silence.

« J'ai bien réfléchi à ce que tu m'as dit hier, Georges. Tu te fais vieux et avec ton asthme tu as de plus en plus de mal à assurer le travail ; si en plus ta femme ne peut pas t'aider, comme tu n'as pas les moyens de prendre un domestique, je crois que tu ne peux plus tenir la métairie ! »

Tout de suite, Marcelle crut avoir compris ; elle se leva d'un bond, partit en sanglots, le visage caché dans un pan de son tablier relevé. Elle recula un peu, tendit un doigt accusateur et s'écria, faisant face à un Gustave sidéré par cette réaction :

« Salaud, salaud, tu nous fous dehors ! Tu n'es pas malade, toi ; tu ne sais pas ce que c'est que de tousser souvent des heures durant ou d'avoir la respiration qui siffle quand tu dors. Tu ne sais pas ce que c'est que de vivre dans cette maison où la moisissure monte jusqu'au plafond et que tu n'as jamais voulu faire assainir comme on te l'avait demandé ! »

Ce tutoiement était le retour à une jeunesse commune et dans ce moment crucial le respect venu avec le temps et les positions sociales s'effaçait. Ce tutoiement n'en était que plus tragique car il contenait le reproche de l'oubli de leur vie de gamins, lorsque les élèves de la communale partageaient les jeux et l'insouciance de leur âge.

Elle poursuivit :

« Tu le paieras un jour, tu le paieras, je te le promets ! »

Et elle sortit, laissant les deux hommes silencieux. Georges, gêné, essaya d'excuser sa femme mais Gustave lui coupa la parole.

« Je ne sais pas si Marcelle est malade, mais ce n'est pas à la langue en tout cas !

– Il faut lui pardonner, elle se fait du souci pour moi. Et puis le veau dont je t'ai parlé hier, celui qui a crevé alors que depuis près d'un mois elle l'élevait au biberon, espérant le sauver… ça lui a fait un choc.

– Rappelle ta femme. »

Ils attendirent qu'elle revienne, ce qu'elle fit quelques instants plus tard, un peu calmée.

« Au fait, reprit Gustave, la belle truie que tu nourris sans m'en avoir parlé, avec ses douze petits qui vont bientôt faire douze nourrains… tu sais ce que cela peut te coûter… Tu as lu le contrat que nous avons signé… et tu sais ce qu'il dit le contrat ? »

Marcelle détourna les yeux vers son homme comme pour l'accuser d'avoir dévoilé cet élevage caché ; sa mimique était éloquente.

« Georges ne m'a rien dit, mais tu devrais savoir qu'on ne me trompe pas facilement. On en reparlera ; je ne suis pas venu pour ça. »

La tension qui régnait dans la pièce retomba un peu. Gustave refusa un verre de vin, parut réfléchir puis regarda son métayer bien en face :

« Je te propose de venir t'installer au pavillon du parc. Quoi qu'en pense ta femme, je ne suis pas un salaud et je sais les difficultés que tu dois avoir pour tenir les terres. En outre, ton bail se termine l'an prochain et, l'an prochain, j'ai prévu de réunir les Bordes, les terres de Chazelette et même une dizaine d'hectares des Échandons… Il faut de plus grandes surfaces maintenant… tes treize hectares ne suffisent plus, même pour un homme valide. »

Dutreuil essayait de comprendre le sens de cette offre soudaine.

Le pavillon du parc était le logement de l'ancien gardien du château ; près de la grille, une petite bâtisse à étage avec un toit d'ardoises ; pas très grand mais plus sain qu'ici, certainement… Ce qui venait de lui être proposé, c'était un petit salaire, cette maison avec un jardinet et, comme travail, l'entretien : le ratissage des allées, la taille des charmilles et à l'automne le ramassage des feuilles des platanes et des marronniers. Il pensa qu'il pourrait toujours aller faire des extras ici et là, pour les foins ou les vendanges et, surtout, qu'il ne serait plus à la merci d'une grêle ou d'un mois de sécheresse…

Gustave poursuivait :

« Marcelle… tu as été couturière, je crois. Tu pourras venir travailler au château ; il y a toujours quelque chose à ravauder ou à coudre. »

Le métayer écoutait sans rien dire. Valet de ferme jeune, après la Grande Guerre il avait obtenu la possibilité de prendre en charge cette petite exploitation où, malgré les contraintes de sa condition de métayer, il se sentait libre de ses horaires, de son emploi du temps et de ses occupations. Depuis qu'il tenait ce métayage, son travail s'arrêtait aux limites de ses champs, à la porte de son étable, aux obligations dictées par les ordres reçus.

Gustave, lui, commandait les engrais, les semences, les instruments aratoires, encaissait le montant des ventes, engageait les achats et, à la Saint-Martin, sortait son grand cahier, faisait les additions, les soustractions, la balance des recettes et des dépenses puis déclarait ce qui était en excédent, qu'ils partageaient.

Georges n'écrivait rien. Comment alors se souvenir de la réalité de ce qui lui était annoncé, du prix des veaux au printemps, de celui des saillies, du nombre de sacs de blé laissés après le dépiquage, de la quantité de chaux livrée pour les amendements, à quelle foire on avait vendu les moutons… Il n'avait rien à dire ; il ne pouvait même pas porter plainte.

Gustave avait ses livres ; Georges, seulement sa bonne foi et celle-ci ne pesait pas lourd dans un des plateaux de la balance de la justice. De toute façon, contester et c'était le congé assuré… une bonne ou une mauvaise raison peut alors facilement être trouvée ou inventée.

Tout à ses méditations, Dutreuil, n'écoutait presque plus. Il pensait à ces redevances en nature toujours renouvelées, aux six livres de beurre dues par veau qui naissait et aux deux cents kilogrammes de pommes de terre à donner… aux heures passées à charroyer le fumier ou la terre, à l'entretien des chemins et des talus… et puis, pour Marcelle, les journées de lessive au château après lesquelles elle rentrait les reins cassés et les mains gourdes de froid…

Non seulement attaché à une terre qui ne lui appartenait pas, gazé à la guerre, il ne pouvait que se contenter du solde qu'on lui laissait lors des comptes de fin d'année mais encore, comme maintenant, devait obligatoirement accepter l'aumône de ce petit emploi de servitude.

Il allait changer de lieu et d'occupations mais rester le larbin à Bernac… plus ou moins, mais il le sentait. D'un autre côté, que faire ? Le matin, lorsqu'il y avait de la brume, lorsqu'il faisait humide dans la maison, il toussait si fort qu'il devait s'appuyer à un mur pour ne pas tomber tant la tête lui tournait. Et puis, de temps à autre, il crachait du sang… Ça, il ne l'avait pas dit à sa femme, mais ça lui faisait peur.

Il regarda Gustave, son costume de velours, ses bottes de cuir, son chapeau de feutre marron, son air dominateur et ses yeux qui semblaient percer les plus profondes pensées de ses interlocuteurs. Il se dit que la vie était mal faite.

« Parlez-en donc tous les deux et donne-moi vite une réponse. »

Ils avaient donc un peu de temps pour réfléchir… Gustave s'en allait mais, sur le pas de la porte, se retournant, il leur déclara :

« Pour la truie et les nourrains, je prendrai la mère et six petits ; je te laisse les autres et tu sais que c'est une fleur car je pourrais tout prendre… »

Marcelle se taisait, baissant la tête ; c'était un moindre mal comme étaient un moindre mal les venues de Mélanie qui passait directement au jardin, à l'arrière de la maison, y cueillant sans retenue les plus beaux légumes, les plus belles fleurs, les premières fraises… Elle regarda partir le maître sans le saluer, ruminant en silence une colère rentrée, de celles qui mettent longtemps à s'exprimer et qui n'en sont que plus terribles lorsque les circonstances le permettent.

Pour sa part, Gustave était satisfait de sa visite, heureux de son initiative.

Ce qu'il venait de décider concernant les Dutreuil serait bien ressenti au village, il en était certain. Et puis, les Bordes libérées, il pourrait, même s'il devait engager des frais pour les travaux nécessaires, y accueillir les protégés de Pasquier.

Mélanie ne savait rien de ce qu'il avait arrêté ; les affaires du domaine étaient réglées par son homme mais, lorsqu'elle sut que le pavillon d'entrée allait être habité, elle réagit vivement :

« Je ne veux pas de poules qui grattent autour de la maison, de linge sur un fil dans le parc, de cochonneries un peu partout ! Tu vas me leur faire un contrat de location strict et précis ; ils ne seront plus au fin fond du bocage dans leur gourbi mais à l'entrée de chez toi. »

Le lendemain, Georges vint au château. Il acceptait de laisser la métairie sans attendre. Les deux hommes se mirent d'accord sur les modalités du changement et Gustave proposa même de prêter une charrette avec un cheval pour le déménagement.

Quelques jours plus tard, en descendant au village, Gustave s'arrêta chez le père de Catherine. Après avoir parlé de tout et de rien, il déclara, au détour d'une phrase, comme s'il y pensait subitement :

« Tu sais, Clovis, que Dutreuil vient s'installer au pavillon du parc à Bernac ? J'ai eu pitié de lui ; il ne tient plus debout et un de ces quatre matins il nous aurait claqué au coin d'une haie. »

Le ton était un peu paternaliste ; le « nous aurait claqué » impliquait presque que l'homme lui appartenait. En réalité, il voulait surtout connaître l'effet produit au village par ce qu'il avait prévu de faire passer comme une action charitable et, par conséquent, une bonne opération politique profitable à sa candidature.

Clovis le rassura : les gens avaient vu cela d'un bon œil. Mais ce qui conforta le plus Gustave dans la satisfaction de son acte, c'est que les villageois avaient cru qu'il avait agi comme l'auraient fait les Marcenef lorsqu'ils avaient ce genre de complaisance à l'égard de leurs vieux serviteurs, les laissant rester dans la propriété même si leur service y était fini. Prendre la place des Marcenef dans l'esprit des villageois… ! Quelle revanche après ce qu'avaient subi son père et son grand-père !

Les Échandons à Catherine et Paul ; les Bordes débarrassées du couple Dutreuil et réoccupées à Noël ; en ce qui concernait le domaine de Chazelette, il restait à trouver un preneur pour la Saint-Martin prochaine…

VI

Le contrat de Chazelette

GUSTAVE FAISAIT SES COMPTES.

Enfermé dans son bureau depuis le matin, il alignait les colonnes de chiffres, dépenses à gauche, recettes à droite, récupérait dans son tiroir factures et reçus, établissait le bilan de cette année 1938.

L'avant-veille, lors d'une longue discussion avec M. de Laborderie, il avait appris que ce dernier transformait progressivement ses métayages en fermages et les arguments alors avancés avaient donné à réfléchir au maître de Marcenef.

« Tu comprends, Gustave, une bonne année, même en raclant tout ce que tu peux, tu as toujours les aléas des maladies, la filouterie de tes gens ou, comme l'an dernier, le rang d'orages du 15 août qui m'a couché quinze hectares de blé prêt à moissonner. »

Gustave avait écouté encore en découvrant des aspects de la gestion que l'habitude ancestrale des métayages avait occultés :

« Sans compter l'argent que tu avances en semences, engrais, cheptel… et qui, placé chez Maître Borel en bons au porteur, te fait du huit pour cent nets. »

Il laissa passer un instant, comme s'il en avait trop dit… puis ajouta bien vite :

« Quant au fermage, lui, il tombe quoi qu'il arrive… cash… sans calculs ou déductions. »

M. de Laborderie avait la réputation d'être près de ses sous et, bien qu'il n'ait que deux cent cinquante hectares, cent de moins qu'à Bernac – et encore sans inclure les bois –, il menait grand train, partait deux semaines à Biarritz chaque année, roulait en Hotchkiss 25 CV, ce qui mettait la dernière voiture de Gustave – une modeste Juva 4 – au rang de celle de l'épicier ou même, c'était un comble, de celle de l'instituteur de l'école publique.

Tout ce qui venait de Laborderie était commenté, rapporté, ses costumes faisaient jaser, tout comme les « poules » qu'il entretenait soi-disant en ville – mais là personne n'en était certain… ; on ne prête qu'aux riches !… Souvent, Gustave s'alignait sur les décisions inédites de son voisin dont il savait par habitude qu'elles rapportaient aussi gros qu'elles étaient novatrices.

Un peu distrait de ses comptes, il posa son crayon et réfléchit.

Laborderie avait sauté le pas... ; il ferait de même et, de plus, suivrait ses conseils :

« Tu gardes du métayage, ce qui te permet le contrôle ou le rapport sans engagement de ta part, comme l'entretien des haies, le bois, les travaux aux bâtiments, les roulages de pierres et la réfection des chemins, et pour le reste tu laisses faire ton homme... »

Les métayages privilégiant le capital sur le travail étaient surtout le moyen de continuer à jouir de son bien à tous les instants, à rester le maître d'une terre dont on se réservait la chasse et les initiatives culturales. Venir sur un champ un matin de labour en bottes de cuir et chapeau complétant le costume en velours, poser quelques questions à son métayer, juger de la profondeur d'un sillon, pour rien, pour voir, montrer que l'on était chez soi, puis repartir non sans avoir au passage fait une remarque sur l'attelage ou l'avancée d'un autre ouvrage, c'était l'affirmation pesante d'une domination, l'avertissement que l'on avait l'œil.

Alors, laisser le métayage, ce n'était pas simplement un changement de gestion de la terre ; le profit à en tirer passait même après. Perdre cette mainmise demandait un gros effort sur soi, l'abandon de prérogatives magistrales et sous-entendait donc la nécessité de bien choisir le fermier en engageant quelqu'un de courageux et suffisamment bon ouvrier pour vivre malgré le paiement impératif des deux termes annuels à la Saint-Jean et au 11 novembre. En réalité, ce qui chagrinait le plus un propriétaire, c'était la crainte que le montant du fermage demandé soit largement inférieur à ce que le preneur tirerait de l'exploitation !

Mais Gustave retraça aussi tous les instants pénibles de cette gestion métayère ; il se remémora ses arrivées inopinées dans une étable pour tirer sur le pis des vaches afin de constater si la traite avait été complète et si du lait n'avait pas été gardé pour confectionner du fromage ou du beurre qui échapperait au partage… ; il pensa aux petits porcelets cachés par Dutreuil, aux oies déclarées emportées par le renard mais qui, en réalité, finissaient d'engraisser chez une voisine… ; il revit certaines expressions plus ou moins fugitives perçues sur le visage de métayers auxquels il venait de commander tel ou tel ouvrage car il savait également la somme de rancœurs, de haines parfois, que ses découvertes déclenchaient, la mauvaise volonté et les travaux mal faits qui s'ensuivaient, pouvant même aller jusqu'à des procès pour des futilités et qui empoisonnaient la vie.

Sa résolution prise, il avait parlé à Mélanie des aménagements qu'il envisageait.

Celle-ci avait été surprise, de ce choix bien sûr, mais surtout qu'il la tienne au courant à l'avance, lui qui, sans jamais la consulter, avait toujours décidé seul de tout ce qui concernait le domaine. Comprenant vite ce qu'elle allait perdre avec ce changement, elle s'était montrée un peu réticente :

« Mon ami, si tu crois que c'est la meilleure solution… Mais, qui viendra m'aider pour les lessives, les carrelages, les conserves d'automne, le nettoyage de printemps, sans compter qu'au jardin nous n'avons pas de fraises comme à Chazelette ou de fruits comme aux Échandons… ni…

– Ta, ta, ta… tu sais très bien que tu peux te débrouiller sans… Dis plutôt que ça te dérange de ne plus pouvoir entrer chez l'un ou l'autre pour voir… Moi aussi, je vais bien en laisser !

– Oui, mais toi, tu vois du monde, tu vas aux foires, tu sors, tu chasses… Moi, je vais rester seule ici avec les deux filles… Tu parles d'une vie ! »

La semaine précédente, avec Maître Borel, Gustave avait donc établi un contrat où se retrouvaient quelques dispositions anciennes encadrant une gestion par fermage – compromis à son avantage évidemment – dans l'espoir que la nouveauté de cette proposition serait acceptée.

À l'étude tout avait été préparé avec attention et prudence car les terres de cette exploitation comprenaient entre autres l'essentiel des vignes de

Bernac. Situées sur un coteau, exposées au sud-est, elles étaient l'objet de tous les soins ; le cépage, renouvelé après la perte des plants phylloxérés, avait été choisi en fonction du territoire et permettait parfois d'heureuses surprises ; certaines années fastes, Gustave osait même offrir une caisse de bouteilles à ceux sur lesquels il espérait compter dans certaines circonstances.

Le temps pressait maintenant : avant la Saint-Martin il fallait trouver un remplaçant à Marcel, qui quittait Chazelette en fin de bail afin de s'installer près du bourg dans une locaterie qu'il venait d'acheter.

Pour sélectionner un repreneur, il avait eu l'embarras du choix.

Après avoir entendu trois candidats, vérifié leurs antécédents puis contrôlé leur moralité en écrivant à leur curé, il s'était décidé pour un couple de Massias venu se présenter, lui jeune et en bonne santé, elle avenante et proprette ; ces derniers avaient deux garçons dont l'un de quatorze ans lui avait semblé solide et, comme à cet âge il était d'usage de continuer dans la voie suivie par les parents, il avait pensé qu'il ferait un domestique de moins à payer par son père.

Ce 5 octobre 1939 était donc le jour convenu pour la signature.

« Prépare-toi, ma bonne. J'attends les preneurs pour cet après-midi », avait annoncé Gustave à Mélanie.

Les futurs fermiers arrivèrent au château vers 14 heures, tout impressionnés par les lieux lorsque la bonne les fit entrer dans le bureau du maître de maison où devaient avoir lieu la lecture des clauses et la conclusion du bail qui les lierait.

Dissimulée derrière une porte entrouverte, Mélanie écoutait en silence, espionnant surtout l'attitude de la femme car celle-ci est toujours la maîtresse de maison, celle qui gère le ménage, qui s'occupe de la basse-cour, du potager, de l'engraissement des oies et de leur plumaison deux fois par an ; et... c'était bien connu, une femme vaillante et propre valait bien un homme et demi ! Mélanie n'avait pas encore bien mesuré que le fermage laissait au preneur toute liberté et elle raisonnait comme elle l'avait toujours fait et vu faire chez elle lorsque, petite fille, elle accompagnait sa mère dans les maisons de leurs « gens », recevant de la métayère une pomme ou un morceau de galette pour la seule peine d'être « la petite demoiselle ».

Une fois qu'ils furent installés face à leur futur maître qui trônait derrière son bureau, le mari prit le double des quatre feuillets finement écrits que lui tendait Gustave et ce dernier commença à voix haute la lecture des différents paragraphes :

« Entre les soussignés M. Gustave Amédée Bertaud demeurant au château de Marcenef d'une part,

et M. Armand Lafranche ainsi que Marguerite Renard son épouse demeurant à Massias, d'autre part,

il a été convenu ce qui suit :

Premièrement – Le sieur Bertaud donne à cultiver à ferme pour neuf années entières et consécutives qui commencent à courir le 11 novembre 1939 pour finir à pareille époque de l'année 1948 à Lafranche Armand qui l'accepte le domaine de Chazelette, comprenant bâtiments d'habitation et d'exploitation, hangars, toits à porcs, cour, jardin clos, prés, terres labourables et vignes, le tout d'une superficie totale de trente-deux hectares. »

Une fois ce préambule énoncé, Gustave s'arrêta, regarda si son vis-à-vis suivait car il lui était déjà arrivé de faire signer de bons ouvriers mais que leur lecture hésitante empêchait de comprendre ce qu'ils lisaient et auxquels il fallait ensuite expliquer…

Celui-ci semblant déchiffrer sans difficulté, rassuré, il continua donc :

« Deuxièmement –… »

À chaque paragraphe, Gustave changeait la tonalité de sa voix afin que l'autre ne se perde pas entre les lignes.

(...) « il souffrira toutes les grosses réparations qui deviendraient nécessaires aux bâtiments de la ferme sans pouvoir prétendre à aucune indemnité ni aucune diminution du fermage... »

L'homme réagit :

« C'est... qu'il y a là un engagement important... les toitures...

– Refaites moitié-moitié en 1934 et 1936... Pour le reste, il n'y a pas de souci à se faire. »

Lafranche eut une petite moue dubitative.

« Troisièmement – Il fera sans aucune indemnité les charrois nécessaires pour le transport des matériaux employés aux réparations, à quelque distance qu'ils se tiennent. »

« C'est combien environ, cette distance ?

– L'habitude est de se servir en ville... disons cinq kilomètres... tout juste... mais seulement pour les briques ou les tuiles... le sable, on le prend dans une carrière sur le domaine voisin. »

« Quatrièmement – Il sera tenu de cultiver, labourer, ensemencer les terres labourables en temps et saisons convenables et par soles sans pouvoir dessoler, épuiser ni détériorer, de manière à les rendre en fin de bail en très bon état de culture. »

Cela allait de soi et le preneur qui avait tout intérêt à une forte production ne dit rien.

« *Cinquièmement – Il consommera sur les lieux et convertira en fumier pour l'engrais des terres affermées les pailles et fourrages, sans pouvoir en disposer pour d'autres usages ni en vendre.* »

Là encore, par cette clause, la pratique du métayage reprenait le dessus. L'homme se gratta la tête ; cette condition le privait de jouir de la paille ; une bonne année, quelques charrettes vendues, c'était bon à prendre. Il faillit faire une remarque mais Gustave avait déjà continué sa lecture.

« *Sixièmement – Il aura soin des prés qu'il irriguera, étaupinera, brochettera, de façon à les tenir en état de faulx courante.* »

Gustave reprit sa respiration, se recala dans son fauteuil ; c'était toujours un moment pénible que de lire ces textes, énoncer ces dispositions, savoir ce qui se cachait sous les mots, d'autant que les paragraphes s'enchaînaient :

« *(…) le preneur plantera chaque année douze arbres fruitiers et soixante saules…*

(…) le preneur taillera les saules qui seront employés à faire des échalas et la verge selon l'usage.

Il prendra pour son chauffage les débris de saules ou de la taille des vignes… Le propriétaire se réserve la direction entière de tous les arbres quelconques. Par suite de convention expresse, le preneur ne pourra sans permission couper, arracher aucune haie, taillis, arbre vif ou mort, même les saules qui étaient ébranchés périodiquement, mais entretiendra les haies, claies, clôtures, avec la retaille des arbres et pieds cormiers suivant l'ordre de périodicité établi.

(…) le preneur aura droit à un arbre mort par an.

Le preneur devra…

Le preneur ne pourra…

S'il plaît au bailleur…

Il ne devra tolérer aucun passage… »

Maintenant arrivaient les cas dont la non-observation pouvait entraîner des dommages et intérêts comme les obligations d'assurance contre l'incendie, le respect des droits de chasse du bailleur, assumer les pertes dues aux gelées, grêles, brûlures, sécheresse ou autres circonstances fortuites.

Mélanie toujours aux aguets remarqua que l'homme tiqua deux ou trois fois, que la femme eut envie de parler à propos des taxes, mais la longue litanie continuait.

« Ces deux-là, ou ils ne comprennent rien ou ce sont des moutons », s'était-elle dit lorsque Gustave avait commencé les articles concernant ces obligations fiscales et ces droits de passage.

« Seizièmement – Le preneur fournira chaque année gratuitement au bailleur, à titre de service : six poulets et six livres de beurre, le tout estimé à cent trente francs pour l'enregistrement du sous-seing. »

Lafranche leva la tête, hésita un peu.

« Mais… c'est un contrat de fermage, monsieur !

– Monsieur Lafranche, nous n'allons pas nous fâcher pour six malheureuses livres de beurre… Songez donc que je vous fournis un cheptel de fer de deux mille francs… et sans intérêts ! »

Il ne fallait pas discuter ; le couple avait donné son congé à Massias et, tout compte fait, ici ce bail était pour eux un progrès par rapport à la vie qu'on leur avait fait mener là-bas.

Le maître y était terrible, colérique, imprévisible mais surtout il avait tendance à s'occuper un peu trop des filles et parfois des femmes. Seules des veuves ou des vieilles acceptaient de travailler chez lui comme bonnes ; aussi, dans les métairies, lorsqu'une fille atteignait ses quinze ans, les parents se débrouillaient pour la placer dans une autre commune afin de la protéger.

« (...) le fermage, outre les charges et conditions qui précèdent, est fait et accepté moyennant un versement annuel de six mille six cents francs payable en deux termes égaux à la Saint-Jean et à la Noël de chaque année. »

Sa lecture achevée, Gustave posa ses lunettes et attendit ; souvent, les contrats donnaient lieu à controverse, à discussion d'une clause, mais cette fois-ci :

« Je signe où ? » dit presque tout de suite Lafranche.

Gustave, comme pour prendre à témoin celle qu'il savait ne rien avoir perdu de l'entrevue, lança un coup d'œil vers la porte entrebâillée au fond de la pièce. « Celui-là, c'est un bon ! pensa-t-il, mettant son doigt à l'endroit adéquat pour la signature. Pas un de ces rouges partageux qui suivraient les syndicats, ou bien un socialiste "jalousard" », comme il disait dans un jargon voulant imiter le mot « cumulard » dont il savait qu'on le qualifiait parfois.

« Ça s'arrose ! » s'exclama-t-il et, ouvrant le placard derrière son bureau, il en sortit une bouteille de fine ainsi que trois verres.

La femme fit un signe de dénégation. Lafranche ne déclina pas l'offre ; il ne fallait pas fâcher mais manifestement il n'était pas buveur car à la première gorgée il grimaça sous la brûlure de l'alcool.

Gustave le constata avec satisfaction avant de lui poser quelques questions pour éprouver encore une fois son engagement et ses connaissances mêmes.

D'abord sur le chaulage et autres amendements… Puis Lafranche indiqua que son père, vigneron, lui avait enseigné l'art de la taille. Gustave fut surpris de l'entendre parler de diverses techniques, le gobelet, la tête de saule et même de la taille à aste et cot du Médoc.

« À aste, dites-vous ? C'est quoi exactement ?

– L'aste est une branche à fruits que l'on conserve. »

Gustave sentit qu'il n'avait pas le dessus ; il crut bon de changer de sujet, mais là aussi l'homme avait un avis :

« Non. Nous, pour les pommes de terre, nous traçons les raies à l'araire ; ma femme et le gosse jetteront les tubercules derrière l'attelage et la raie sera refermée au retour lorsque, avançant dans l'autre sens, le sep recouvrira son passage précédent.

– Cela ne va pas faire beaucoup de profondeur… Ici, on a toujours fait à la houe.

– Nous, quinze jours après on repasse l'araire en décalant un peu pour former un billon bien régulier.

– Et pour butter, vous faites à la houe, je suppose ?

– Non, toujours à l'araire. Mais seulement au printemps après le sarclage. »

Et ainsi, donnant l'illusion de s'intéresser à des pratiques qu'il connaissait par cœur, Gustave testait son homme, sa façon de répondre, son assurance.

Il reconduisit les Lafranche jusque sur le perron, non sans faire remarquer au passage combien depuis là la vue était splendide, précisant où la digue de son étang allait se construire... voulant encore une fois bien marquer qu'ici il était le maître.

« Et si vous avez des difficultés, n'hésitez pas ! »

Mélanie rejoignit son mari et ensemble ils regardèrent partir le couple.

Gustave semblait *a priori* satisfait de son choix.

« Ne sois pas trop sûr de toi, mon ami, déclara Mélanie toujours méfiante (mais elle ajouta avant de rejoindre la cuisine :) La femme me semble propre, et une femme propre, c'est un bon point ! »

Gustave retourna dans son bureau, mit de l'ordre dans ses papiers et, pivotant sur son siège, reprit derrière lui, cérémonieusement, le flacon de fine et le petit verre : chaque fois qu'il estimait avoir réalisé un bon coup, chaque fois qu'une nouvelle agréable lui parvenait, il se versait ainsi une lampée et, la dernière fois... voyons... c'était au printemps dernier, en avril quand il avait fêté la chute du Front populaire…

L'automne s'annonçait beau ; les moissons avaient bien donné, en tout près de deux cents hectos, et de Laborderie l'invitait le dimanche suivant pour une chasse au faisan…

La vie était belle. Que pouvait-il lui arriver en ce début de septembre 1939 ?

Le lendemain, dans le journal, sur la une, s'étalait un bandeau dont les simples mots recouvraient une réalité terrible : « La France a déclaré la guerre à l'Allemagne. »

VII

Printemps 1940

En ce printemps 1940, Gustave était depuis quelques mois le nouveau maire du bourg. Une élection partielle avait amené trois de ses amis au conseil, faisant basculer la majorité et, enfin, après plus d'un demi-siècle d'ostracisme, un Bertaud avait accédé à la magistrature municipale…

Ce 17 juin, le bulletin d'informations terminé, Gustave, pensif, tourna un bouton de son poste de T.S.F. pour l'éteindre. Depuis plusieurs semaines les nouvelles étaient mauvaises mais le message qu'il venait d'entendre lui redonnait un peu de confiance dans le destin du pays.

« *Je fais à la France le don de ma personne…* » La phrase qui terminait l'allocution venait de se graver dans sa mémoire et lui semblait comme un bouclier face à l'ennemi, face au désordre. « Avec cet homme, se disait-il, les choses vont s'arranger comme elles s'étaient arrangées en 1916 après le Chemin des Dames lorsqu'il avait redonné espoir aux troupes. » Et puis pour Gustave et tous ceux de sa génération, ceux des tranchées et même les autres, le maréchal Pétain était en plus l'homme de Verdun, celui de la victoire.

La veille, la démission de Paul Reynaud était apparue comme une fuite en avant, un renoncement définitif, le sauve-qui-peut des politiques accompagnant le sauve-qui-peut des militaires.

Enfin un homme à poigne !

Dès cet instant, inconsciemment, Gustave se rangeait sous une bannière qui lui apparaissait comme la seule possible car il était certain que personne d'autre ne pouvait prendre une telle responsabilité : les politiques étaient déconsidérés, les militaires prisonniers ou en déroute… le pouvoir semblait vacant.

Dans le village, le moral était au plus bas, les fils et les maris étaient partis, englués dans la drôle de guerre. Au bourg, depuis huit mois maintenant ce n'était plus la paix et cependant pas la guerre, bien qu'en ville des sacs de sable aient été entassés devant les fenêtres de la sous-préfecture. La vie continuait dans cette situation bizarre et des colis partaient régulièrement pour le front où l'armée campait sur des positions qui semblaient devoir durer des années.

Les soldats étaient nombreux à venir en permission ; ils reprenaient pour un temps leurs travaux aux champs, rattrapant les retards, s'activant pour labourer, ensemencer, retrouvant en quelques jours leurs habitudes, leur univers, leur élément. Ces permissionnaires racontaient leur quotidien dans les cantonnements souterrains de la ligne Maginot, ce qui faisait sourire aigrement les vieux poilus car eux, tous ces aménagements, cagnas, tranchées, cheminements, postes de guet… ils les avaient creusés à la pelle, à la pioche… et sous les obus bien souvent.

Ceux de 1939 plaisantaient sur leur emploi du temps au front, dans l'attente et la boue, parlaient des petits trucs qui permettaient de survivre, des combines, de la débrouille, de l'arrangement des chambrées, des petits négoces… ; ils racontaient l'expectative ressentie, le désœuvrement malgré les corvées ou les sorties au-devant des lignes, pas trop loin, juste pour aller repérer à la jumelle ce qui se passait sur une côte voisine, sur l'autre rive du ruisseau… « Puis on revient pour le rapport et on est peinards pour huit jours, à faire la lessive ou piéger les lapins dans les fourrés… » Il fallait bien passer le temps !

Et Duluc, dont le régiment se trouvait dans les Ardennes, faisait le fier au café du village :

« On est aux petits oignons, les gars ; un endroit paisible, où on est « protégés par le relief », comme dit notre adjudant... des bois partout, pas de route... Par contre cet hiver, on se les est gelées ! De temps à autre on part en reconnaissance, c'est comme une excursion ; le mois dernier, à la compagnie voisine, ils ont mangé trois fois du sanglier... Tranquilles, je vous dis ! Le lieutenant nous a même apporté des graines à semer dans le potager cultivé derrière le casernement. »

Et puis, il y avait ceux qui n'avaient pas eu de chance, ceux de la classe 1900, partis en 1917 ou 1918 ; ils avaient été appelés encore une fois.

Mélanie, comme d'autres, se faisait du souci.

Paul était au front, au 202e d'infanterie ; Maurice, désormais capitaine, commandait un escadron de chars, là-bas, au nord, quelque part en Moselle.

Tout avait subitement basculé en quelques jours, en ce début mai...

En effet, pendant trois semaines, rien ; plus de courrier venant du front ; les journaux locaux parlaient de la force des armées, de positions stratégiques, de confiance dans les chefs... sauf que, en un éclair, en peu de jours, un général allemand avait percé les lignes, franchi la Meuse... la Belgique avait été envahie... Les faits relatés alors devenaient plus vagues.

Avec leur bon sens paysan, certains avaient compris :

« Dans un mois, les Boches seront à Paris ! »

Et le Gouvernement se trouvait maintenant à Bordeaux...

Gustave pensait à ses fils et se raisonnait : « Pas de nouvelles, bonnes nouvelles ! » Il avait un peu laissé ses occupations politiques pour, depuis le mois de mars, reprendre la charrue car, parmi ses métayers, seul restait Hippolyte au domaine du haut, et les femmes ne suffisaient pas pour les gros travaux...

Les chevaux étaient partis avec les hommes, dès 1939, réquisitionnés par l'armée. Enfin, pas tous. Lorsque Gustave s'était présenté au quartier de la subdivision territoriale avec sa paire de percherons et Vol au vent, ce dernier avait été retenu tandis que les autres étaient jugés trop lourds, trop peu maniables... Il les avait donc gardés, ce qui ne manqua évidemment pas d'alimenter quelques réflexions et remarques au village sur un passe-droit que sa position lui aurait permis d'obtenir.

Un peu partout, pour les labours il avait fallu revenir aux attelages à vaches mais celles-ci, lentes et souvent indociles faute d'habitude, manœuvraient difficilement et tiraient à leur rythme charrues et charrettes.

Partout, les retards s'accumulaient.

Gustave avait pris à son compte les labours de Chazelette ; ainsi occupé, il pensait moins au contexte politique et militaire, au sursaut de l'armée qu'il attendait : après tout, en 1914, Paris avait été sauvé par les taxis… Cette fois-ci il y aurait bien encore un miracle… Il oubliait les malheurs du monde derrière ses percherons qui avançaient bon train, tirant sans peine la brabant. Il aimait sentir le frémissement des bêtes puis, à son claquement de langue, l'entrée du soc dans le sol. Il communiait avec cette paire-là qu'il connaissait bien, avait longuement dressée et conduite tant de fois… Parfois, le soc butait contre une pierre profonde, le corps des animaux se raidissait sous l'effort, semblait s'arrêter puis, après un coup de reins puissant suivi d'un piétinement rageur pour mieux assurer leur tirage, dans un bruit sec de chaînes retrouvant leur tension, la charrue reprenait son avancée jusqu'au bout du sillon. L'odeur de la terre retournée et les effluves des chevaux, chauds et musqués, étaient pour lui un plaisir rare.

Ce matin-là, il se trouvait au milieu du champ des ormes lorsque de loin il vit arriver Mélanie, courant, un papier à la main. C'était une carte de Paul, une carte postale sans photo, simple carton imprimé qui devait avoir été distribué à tous les hommes de la compagnie, annonce froide et presque impersonnelle. Leur garçon était prisonnier et par le biais de ce pli donnait de ses nouvelles : « Je suis en bonne santé ; depuis hier soir on est partis à pied vers l'est ; je vous embrasse. »

Gustave lut et relut le mot griffonné au crayon de papier sur le cadre réservé au courrier et conclut :

« Ne pleure pas, femme. Prisonnier, il est sauvé. Le seul problème maintenant est de savoir quand il rentrera… »

Pendant la « der des ders », certains disaient qu'être prisonnier était la meilleure solution pour ne pas rentrer gazé, infirme ou rester mort au fond d'une marmite… Qu'en serait-il cette fois-ci ?

« Et Maurice ? »

Gustave soupira. Les chars d'assaut, il ne connaissait pas, mais il se doutait que les servants ne pouvaient pas se réfugier dans des abris souterrains bien protégés… Maurice était sûrement plus exposé que son frère, mais il fallait aussi garder espoir !

« Tu sais, papa, quand on roule, on est difficilement la cible de l'ennemi ; un char ne doit jamais être stationné », lui avait un jour confié Maurice alors qu'il lui parlait d'une nouvelle façon de combattre et des ouvrages d'un colonel inconnu, un certain de Gaulle, qui remettait en cause la stratégie défensive issue de la guerre de 1914.

Dans cette campagne retirée où toutes les nouvelles arrivaient par bribes, parcimonieusement, où seuls Gustave et M. de Laborderie possédaient un poste de T.S.F., les remous du monde étaient colportés par l'un, lus par un autre ; chacun ne les voyait que par un fils, un mari ou un proche, par les conversations du café ou les discussions à la fin du marché, le vendredi.

Malgré la proximité de la nationale, à trois kilomètres, le fond de la vallée où se nichait la commune paraissait donc à l'abri des tempêtes. Les jours se succédaient, pleins de nouvelles contradictoires. Enfin, l'espoir ; l'armistice était signé. Les hommes allaient rentrer, la guerre était finie… Pour un peu on aurait fêté cette annonce tant elle signifiait pour beaucoup le retour à la vie normale.

Il fallut déchanter.

Bien vite, avant tout le monde, le maire comprit qu'au contraire les choses allaient en s'aggravant.

Les Allemands étaient arrivés et s'installaient. Ils étaient passés sur la grand-route ; d'abord des motocyclistes vêtus de cuir noir, des side-cars armés de mitrailleuses, puis une colonne de camions suivie plus tard de soldats à pied, longs alignements sur le bord de la chaussée. De loin, depuis les hauteurs du bois de Fournoux, Gustave accompagné de Clovis avait vu ces files sans fin puis encore des camions, des blindés aussi… le tout mécanisé.

« Ils n'ont pas de chevaux, eux ? s'étonna Clovis qui pensait à tous les animaux réquisitionnés – plus de cinquante, croyait-on, dans ce seul canton – et qui ajouta, ni de bandes molletières… »

Les bandes molletières… le désespoir de Clovis dans le temps, en 1914… : si on les laçait trop lâche, il restait trop de tours à faire au niveau du mollet ; trop serrées à la cheville, elles ne couvraient plus le haut de la jambe… alors il fallait recommencer… et faire attention que la droite soit aussi régulièrement enroulée que la gauche… « Moi, j'ai connu un juteux qui, au 125e de ligne, inspectait l'habillement et coinçait systématiquement pour des corvées ceux qui avaient des molletières mal mises ! avait-il souvent ruminé, concluant : Un con, un de ceux qui nous ont fait perdre la guerre ! »

« Et vise encore ; ils n'ont pas de godillots… mais des bottes ! »

Et tous deux, incrédules, regardaient défiler ces hommes blonds parvenus en huit jours au centre de la France.

De temps à autre, dans le silence de la campagne, passait une compagnie qui se donnait de l'allant en chantant ; ce n'était pas la triste *Madelon* mais le chant d'une jeunesse ivre de son succès. Le cœur se soulevait à cette écoute… et

Clovis, qui, lors des réunions et meetings syndicaux, avait tant de fois entendu parler du fascisme, observait son voisin qui semblait subjugué par ce spectacle, cet envahissement funeste dont ils ne soupçonnaient pas encore les conséquences.

Un matin, dans *Le Républicain du Centre,* parut une carte. Une carte que Gustave mit un long moment à comprendre tant elle troublait son esprit, remettait en question tout ce que pour lui et ceux de sa classe représentait le sacrifice de 1914-1918 ; pour cette génération à laquelle, depuis l'enfance, on avait seriné que le Boche occupait une partie du pays, l'Alsace et la Lorraine, et qu'il fallait l'en chasser.

Et voilà que maintenant, ce même Boche avait coupé la France en deux, qu'il était le maître jusqu'à la frontière avec l'Espagne, qu'il s'installait.

Au bourg, une garnison allemande s'établit au *Cheval blanc* à cause de sa proximité du pont de Régnât sur la Bruissante qui était, disait-on, stratégique pour eux. En délogeant les propriétaires, faisant condamner portes et fenêtres, ils le transformèrent en caserne d'où, à longueur de journée, sortaient estafettes à moto, voitures… et devant, sur le trottoir, ils montèrent une guérite bariolée. Bientôt, aux carrefours, remplaçant les panneaux Citroën qui jusqu'alors guidaient les voyageurs ou signalaient les arrêts de cars, ils piquetèrent des pancartes avec des flèches et des signes cabalistiques que personne ne comprenait.

Un officier, raide, saluant dans un claquement de talons, vint à Marcenef rencontrer Gustave en raison de sa qualité de maire, afin de lui remettre une liste de demandes à satisfaire pour la troupe : logements, un hangar pour du matériel et des véhicules, nourriture et autres injonctions qui allaient bouleverser la vie des habitants.

« Ils sont là, chez nous, et c'est à nous de les loger et de les nourrir ! » ruminait Gustave.

Puis, l'*Hauptmann* – Gustave dut apprendre le grade de l'officier – lui indiqua les modalités de déplacement de la population et lui expliqua que pendant le couvre-feu seuls l'infirmière, le curé et lui-même pourraient circuler à condition d'être munis d'un *ausweiss.* Il lui apprit aussi que, désormais, il fallait obligatoirement immatriculer les vélos, leur apposer à l'arrière une plaque peinte en blanc et… déclarer les véhicules automobiles.

Avant de quitter la propriété, l'Allemand avait eu un regard admiratif pour les lieux :

« Ah, monsieur le maire, si seulement j'avais eu dix hommes de plus sous mon commandement et des besoins plus importants, c'est plutôt ici que je me serais installé ! »

Gustave, qui avait sa Juva 4 dans le garage, s'empressa de la poser sur cales, ouvrit le moteur et cacha la culasse, précaution inutile car seules les Citroën traction avant et l'Hotchkiss de M. de Laborderie intéressèrent les gestapistes et furent réquisitionnées dans les semaines qui suivirent.

Le *Café Horizon* fut dorénavant le point de ralliement des sympathisants des Boches.

Quelques Français vinrent y retrouver ceux qu'ils disaient tant admirer, avec leurs bottes toujours bien cirées, leurs uniformes impeccables... impressionnés par ces chars semi-chenillés qui stationnaient place de la Mairie ou devant le *Cheval blanc.* On n'avait jamais vu de tels engins, même au chef-lieu lors de la prise d'armes et des maigres défilés du 14 Juillet. Échappant à leurs parents, les gosses rôdaient autour, curieux, se pressant pour promener leurs regards sur les mitrailleuses, les phares blindés, la longue antenne radio au bout de laquelle flottait un fanion de reconnaissance. Des mères venaient les récupérer, les attrapant par un bras, parfois ponctuant leur intervention d'une calotte, sous le regard impassible des sentinelles.

Pour la plupart, les habitants s'étaient mués en ombres silencieuses, évitant dans la rue les saluts ostentatoires des soldats, attitude qui paraissait suspecte à beaucoup – « Trop polis pour être honnêtes », pensaient-ils – mais qui, à d'autres prêts à composer, était révélatrice de bonne volonté. Complaisamment, certains militaires allaient jusqu'à descendre d'un trottoir pour laisser le passage à une femme ou bien se proposaient pour aider une grand-mère à porter une charge.

À propos de grand-mère, la vieille Augustine avait failli mourir… Un matin, le jour suivant l'installation des Allemands au village, on vint en urgence chercher Gustave : la mémé, qui vivait seule et se levait tôt d'habitude, avait été trouvée sur son lit, plongée dans un profond sommeil ; personne n'arrivait à la réveiller. Le docteur Portier était au front, prisonnier lui aussi, et en son absence on ne s'expliquait pas cette situation. On laissa donc la grand-mère dormir. Tant qu'elle respirait… après tout ! Une voisine était restée à son chevet. Augustine reprit ses esprits le lendemain soir seulement et donna alors l'explication de cette léthargie : elle avait bu toute sa réserve de liqueur de cassis de peur que les occupants ne viennent la lui voler ! Malgré le contexte douloureux, l'histoire fit bien rire.

VIII

Le début de l'Occupation

GUSTAVE SE DEMANDAIT ce que faisait le Maréchal qui laissait apparemment piller et occuper le pays sans rien dire.

En septembre, il eut une première réponse à cette question : une lettre venue de la préfecture – où le préfet venait de changer – lui apprit qu'il était « nommé » maire par décision administrative. Nommé ! Il n'était donc plus élu du peuple ! Par la même occasion, la moitié de son conseil municipal était démis… Tous les opposants, Barthélemy en tête, perdaient leur siège alors qu'à leur place arrivaient le colonel Cazenave – ancien de la Cagoule – pourtant à moitié gâteux, le curé et deux autres citoyens dont Albert Patin l'épicier, anticommuniste notoire.

« Le Maréchal fait le ménage ! » s'était dit Gustave lorsqu'il apprit qu'à Saint-Varent, à Lamothe, à

Sevrin… toutes communes du canton, des décisions équivalentes avaient été prononcées.

Partout on jasa beaucoup sur ces nominations et ces destitutions…

Les thuriféraires du régime « pétainiste », comme on appelait les tenants de la politique en place, pavoisaient, heureux d'être débarrassés des rouges qui, selon eux, avaient conduit le pays à la ruine, applaudissant à cette rédemption qui permettait d'effacer la tache du Front populaire alors que désormais, d'après les premiers discours du Maréchal, allait être instaurée l'éducation d'une nouvelle jeunesse.

Quant à lui, Gustave était un peu gêné par cette désignation qui l'isolait encore plus de ceux qu'il avait « dégommés » aux dernières élections partielles et dans sa tête s'insinuait l'idée que cette cassure idéologique ne pouvait avoir que des conséquences néfastes. Il percevait confusément le sentiment de frustration qu'allait engendrer cette situation, aussi, malgré son opposition à Barthélemy et son équipe, il s'obligea à être impartial et équitable. « On ne sait jamais comment peut tourner ce genre de chose… » pensait-il et il travaillait en tant que maire comme il l'avait toujours fait pour Bernac, c'est-à-dire bien et beaucoup. Plus que jamais, il voulut être à l'écoute des demandes de ses concitoyens : rempierrages de chemins, busages de fossés, l'ajout de lampadaires dans la grand-rue et l'agrandissement du préau de l'école. S'étant promis d'honorer au mieux ce mandat que les Bertaud avaient attendu aussi longtemps, il agissait avec autorité et efficacité.

Très vite, l'afflux des réfugiés posa des difficultés.

Les premiers étaient arrivés après que le sous-préfet eut fait téléphoner pour s'informer de la situation dans la commune et déterminer le contingent pouvant y être accueilli.

En fin de matinée, ce mercredi, des curieux se tenaient sur le trottoir ; d'autres regardaient à travers les vitres du *Café des Sports* avec cette propension à la cachotterie propre aux gens de la campagne qui renâclent à trop s'engager au premier abord. Pour les recevoir, le maire était accompagné du curé, du garde champêtre et, au cas où… de trois gendarmes… !

Un autocar transportant six femmes avec leurs enfants plus un couple de personnes âgées s'arrêta devant la mairie vers midi. Tout avait été prévu pour quatre hébergements ; il fallait donc en trouver trois de plus. Les arrivants étaient groupés sur le trottoir, une valise à la main contenant sans doute tout leur bien, tout ce qui avait pu être sauvé lors de l'exode ou de l'embarquement précipité dans un convoi : deux enfants, pleurant, paraissaient perdus, l'air hagard, apparemment las, les vêtements froissés ; une des petites filles surtout retenait l'attention : elle embrassait régulièrement la poupée qu'elle tenait dans ses bras, la serrant comme pour la protéger dans ce monde inconnu où le passage sur la chaussée de l'attelage de vaches de Berduquet provoqua l'effroi d'un jeune garçon.

Avant toute chose, on leur proposa un repas.

Le *Cheval blanc* étant occupé par les Boches, Gustave fit entrer la petite troupe dans la salle du conseil municipal, décida Octave Barlurin, le boulanger, à fournir quatre pains « de deux », une femme apporta une cruche d'eau et, petit à petit, dans la demi-heure, Mme de Laborderie, la vieille Truchon et deux ou trois autres fournirent suffisamment de lait, saucisson, pâtés, cerises – dont c'était la pleine saison – pour les restaurer tous ; sans compter le curé qui, lui, n'apportait que ses paroles de commisération mais allait de l'un à l'autre en se démenant. En début d'après-midi, Gustave s'adressa à lui :

« Monsieur le curé, vous qui avez la connaissance des bonnes pensées de vos ouailles, pouvez-vous me trouver qui pourrait loger ceux qui n'étaient pas prévus ? »

« Je vous fais confiance », avait dit par téléphone le secrétaire de la sous-préfecture en annonçant qu'il faudrait prévoir six hébergements… Puis il avait raccroché un peu rapidement, ce qui n'avait pas étonné outre mesure Gustave pensant alors que le fonctionnaire devait être surchargé de travail ; il comprit plus tard qu'en réalité c'était plutôt pour éviter d'entendre un refus ou d'avoir à s'impliquer dans les difficultés qu'allait vraisemblablement rencontrer le maire.

Grâce à l'intervention rapide et efficace du prêtre, le soir venu, tout le monde fut casé ; Maître Borel hébergea une mère et son jeune fils ainsi qu'une autre avec deux enfants dans un bâtiment au fond de son parc ; un couple de retraités offrit à une autre réfugiée la chambre de leur « grand » qui était prisonnier.

« Je ne veux personne ici, mon ami ! avait décrété Mélanie qui pensait aux quatre chambres du second étage de Marcenef, ce à quoi Gustave avait répliqué :

– Eh bien, tu vois, si Dutreuil n'avait pas occupé le pavillon de l'entrée, tu n'aurais pas pu dire non ! »

Le vendredi suivant, Gustave était dans la cour du château avec Clovis venu l'aider lorsqu'au loin, au fond du parc, il vit avancer une silhouette de femme portant d'un côté une valise et de l'autre ce qu'il devina être un balluchon.

Intrigué, il suivit un instant des yeux cette apparition dont l'allure lui rappelait quelqu'un. La femme traînait péniblement sa charge, marchait avec peine, « sans doute encore une en talons hauts », se dit-il en la voyant buter contre les pierres de l'allée ; soudain, il comprit, reconnut l'arrivante et, plantant là le beau-père de son fils, il s'avança au-devant de Yolande qui, exténuée, tomba presque d'épuisement à son contact ; alors qu'elle s'appuyait à son bras, instinctivement il l'embrassa, la débarrassa de sa charge et l'invita à venir se reposer et se rafraîchir.

D'une fenêtre Mélanie avait suivi la scène et bien vite fronça les sourcils, se disant : « Qu'est-ce qu'elle peut bien venir faire ici, celle-là ! »

Gustave fit asseoir la jeune femme dans un des fauteuils de l'entrée, appela pour qu'on apporte un remontant et ce fut Mélanie qui sortit de la cuisine, un verre dans une main, une carafe de vin dans l'autre. « Mais non, Mélanie… un cordial, voyons ! » et, faisant demi-tour, il disparut dans son bureau voisin pour en ressortir quelques instants plus tard avec sa bouteille de fine.

Mélanie avait encore en tête son aversion pour celle qu'elle avait prise pour une « poule », passade de son fils aîné ; ce n'était à ce moment-là que pour une journée alors que maintenant, dans le contexte du moment, elle pressentait avec inquiétude son installation à Marcenef car, connaissant son mari, elle ne doutait pas qu'il lui offrît l'hospitalité.

« Je vous remercie beaucoup, souffla Yolande entre deux gorgées de cognac. Je vous apporte des nouvelles de Maurice », et fouillant dans son sac elle sortit une lettre qu'elle tendit à Mélanie. Cette dernière allait enfin savoir où se trouvait son « beau capitaine ».

Le courrier était daté du 8 mai.

Maurice donnait de ses nouvelles, parlait de sa dernière permission puisqu'il disait repartir le jour même pour la Lorraine, suivaient des banalités sur la semaine qu'il venait de passer à Paris, enfin il demandait à ses parents de bien recevoir Yolande.

Cette lecture avait un peu calmé Mélanie qui s'apprêtait à interroger la jeune femme lorsque celle-ci la prit de court :

« Maurice doit être en Angleterre ; je pense qu'il a dû s'embarquer à Dunkerque avec des Anglais après son dernier combat vers Montcornet. Il a pu me téléphoner avant que tout soit coupé et annonçait se replier avec une unité des Royal Marines, ou quelque chose comme ça ; je n'ai pas bien compris, la ligne n'était pas bonne. »

Gustave regarda sa femme dont les yeux s'étaient mouillés d'un coup, sans doute de joie car elle avait craint le pire après qu'eurent été connus les revers des blindés français…

Elle, reniflant dans son mouchoir, se dit qu'elle avait peut-être mal jugé Yolande ; après tout, cette fille avait certainement fait un détour pour venir leur apporter des nouvelles, ce qui était méritoire étant donné les circonstances actuelles ; oui, c'était ça : un détour car à voir ses habits, ce sac de croco, cette allure, elle l'imaginait difficilement s'installer à la campagne, même au bourg ; quant à travailler… la longueur de ses ongles et le soin apporté à leur entretien ne laissaient pas supposer la possibilité du moindre emploi manuel. Puis, soudain, elle découvrit une alliance à l'annulaire gauche de la jeune femme…

« Mais… vous êtes mariée ? » dit-elle.

D'abord hésitante, Yolande déclara sans ambages :

« Maurice et moi nous sommes mariés avant son départ. Chez moi, à la mairie du 16e. Il n'a pas eu le temps de vous le dire… Il a voulu que ce soit fait pour… le cas où… (Et devant l'étonnement qui se lisait sur les visages de Gustave et de sa femme, elle précisa :) Nous nous sommes mariés en même temps que deux autres couples ; nous six ensemble, nous étions chacun les témoins de deux des autres… des amis à lui qui partaient également. »

Cette fois-ci, Mélanie, courant presque, s'échappa vers la cuisine pour y cacher ses pleurs.

Gustave, lui, se rendit compte en un instant que la jeune femme était désormais de la famille, même si le passage à la mairie n'était que l'aval civil de cette union. Il fit un pas dans sa direction, la prit par les mains, la releva, l'embrassa et déclara un peu solennel :

« Eh bien, dorénavant tu seras notre fille et tu es ici chez toi... Quand Maurice rentrera, on vous fera une belle noce dans le parc ! »

Mélanie était revenue, les yeux rouges :

« Je vais faire préparer la chambre bleue.

– Non, la verte... la salle de bains ! » rectifia Gustave avec une mimique explicite.

Mélanie regarda celle qui était donc sa bru suivre la bonne et monter l'escalier.

D'un coup, elle se sentit fatiguée ; elle se laissa tomber dans un fauteuil. Décidément, le monde tournait à l'envers ; les événements, la guerre, l'invasion du pays, Paul marié à une paysanne qui s'occupait de lapins et, maintenant, celle-ci... Enfin ! c'était la vie.

Yolande ne resta pas longtemps à Marcenef.

La semaine suivante, rentrant de la ville où elle s'était rendue à bicyclette, elle déclara qu'elle venait d'y louer une chambre car elle avait trouvé un emploi de secrétaire.

« Il faut que je m'occupe », avait-elle dit comme une excuse.

Elle s'était fait embaucher chez Hector Favergeau des établissements Favergeau et fils, le grossiste en tissus qu'elle avait rencontré à Marcenef lors du mariage de Paul ; ce dernier avait déclaré être charmé de l'accueillir.

Mélanie n'était pas fâchée de son départ ; elle eut même un instant de crainte lorsque Gustave tenta de la retenir en lui précisant qu'elle n'était pas une charge…

La vie au château allait pouvoir reprendre son cours à l'abri des remous du temps, dans une campagne loin des troubles du monde et, sereinement, puisque la guerre était terminée, que les prisonniers allaient pouvoir rentrer et que Maurice était à l'abri en Angleterre… pensait-elle.

IX

La collaboration économique

Un matin, en revenant du marché, Catherine était passée à Marcenef voir son beau-père. Entre eux s'étaient établies des relations de confiance basées sur leur efficacité réciproque à mener leurs affaires, car la jeune femme avait réussi en peu de temps à monter un élevage rentable et bien organisé.

Tous les vendredis, elle partait à la ville vendre sa production et porter au domicile de clientes des lapins tout prêts à cuisiner. Son charreton tiré par un petit âne gris était bien connu désormais, sa place se trouvait réservée en bout de halle et, dès son arrivée, une file de femmes se pressaient à son étal.

Enfin, symbole de sa réussite, un camion était venu aux Échandons livrer des meubles qu'elle avait commandés chez Lévitan, cela au grand étonnement des voisins car de tout temps dans les fermes on se contentait des maies, placards, armoires, bancs, coffres, etc., qui se passaient de génération en génération.

Mélanie ne trouvait rien à redire, stupéfaite de l'entregent de sa bru à guère plus de vingt ans, un âge où bien souvent les filles sont encore soumises à l'autorité parentale ou bien mariées et déjà encombrées de plusieurs marmots. Deux ans de mariage avant le départ de Paul au front et pas de maternité en vue… ; cela par contre, Mélanie l'acceptait difficilement mais elle n'osait plus faire de remarques depuis le jour où, juste après les noces, elles avaient eu une discussion animée aux propos parfois violents et avaient alors de concert établi les limites de leurs rapports. Depuis, elles s'y tenaient.

« Mon père, avait dit Catherine ce jour-là, dès son arrivée après le bisou habituel, mon père, depuis quelques semaines l'approvisionnement se fait rare en ville. Pour tout ! précisa-t-elle. Les épiceries ont des rayons entiers vides de marchandises et ce matin, alors que je ne pensais demander qu'un morceau de savon de Marseille, j'en ai acheté en réalité deux kilogrammes malgré l'augmentation des prix, lorsque la marchande m'a dit qu'elle n'en aurait pas d'autres avant longtemps… »

Gustave opina. Il avait vu monter le cours de la viande, sa raréfaction étant la conséquence des réquisitions mais aussi – il en savait quelque chose – des dissimulations qui permettaient d'attendre les moments favorables aux mises sur le marché.

Quelques jours auparavant, justement, il en avait discuté avec Alphonse Bertulier.

Chez eux, de père en fils, on vendait le lait en ville. Ils avaient une carriole à bras dont les brancards étaient munis de courroies qui, passées autour de leurs épaules, les aidaient à monter la côte de Ricoutès avec moins d'efforts. Tous les matins, dès 5 heures, Bertulier partait, quel que soit le temps, transportant dans quatre bidons de vingt litres, le précieux liquide de la traite de la veille – dûment écrémé au préalable car sa femme, elle, se chargeait de fabriquer du beurre. Seule la moitié de la production était ainsi charroyée ; avec le reste, sa « bourgeoise » – comme il disait – préparait des fromages blancs, savamment salés, moulés et mis à sécher dans la chasière en plein air, ils faisaient le bonheur d'une clientèle particulière, quelques notables sélectionnés ou des restaurateurs. Avec le beurre en plus… ça payait !

En ville, Bertulier s'arrêtait à des endroits habituels précis, coins de rue, places, impasses ; il décrochait alors sa trompe pendant à une ridelle, soufflait longuement en modulant le son de façon personnalisée pour prévenir de son arrivée les habitants du quartier qui, clients réguliers, ne manquaient pas sa venue.

« Gustave, je ne sais pas où on va, mon vieux ! Les gens n'ont rien à bouffer. Je suis presque obligé de me battre car je ne peux pas fournir tout le monde. J'en suis arrivé à vendre au quart de litre… tu te rends compte ? vendre du lait au quart de litre ! »

Pour le lait, tous, à la campagne, étaient au courant : il n'était pas difficile de modifier les livraisons : une mesure d'eau dans chaque bidon chaque matin compensait celui gardé à la maison pour des fromages… Qui allait donc s'en apercevoir ou faire la fine bouche ? Les services fiscaux avaient sans doute d'autres chats à fouetter en ce temps-là.

De nouvelles têtes venaient régulièrement au village.

Gustave s'était toujours méfié des « étrangers » – comme il disait –, c'est-à-dire de ceux qui n'étaient pas de la commune ; en roulotte jusqu'alors, voleurs de poules – voire d'enfants – tant l'imaginaire permettait d'ajouter l'horrible à l'opprobre habituel et de se donner bonne conscience en attribuant des méfaits honteux à ceux que l'on chassait des maisons. Une nouvelle catégorie d'étrangers, donc, faisait son apparition : les citadins !

Les premiers, il les avait rencontrés un jour alors qu'il chargeait une charrette au bord d'un champ : deux hommes à bicyclette lui demandèrent où ils pourraient acheter des pommes de terre. Il avait longuement détaillé les arrivants ; à leurs habits, ils lui avaient paru honnêtes, polis – l'un d'eux avait même ôté sa casquette pour le saluer… Il les envoya chez Bertulier.

Par la suite, ces citadins furent de plus en plus nombreux. Régulièrement, les samedis ou dimanches, ils débarquaient dans la campagne, le plus souvent sur un vélo auquel ils avaient accroché une petite remorque…

Des habitués se présentaient maintenant directement aux Échandons, aux Paviels, à la ferme de Rancurel… à bien d'autres lieux. Ils étaient reconnus et vite adoptés car ils apportaient de l'argent à des saisons où généralement on en manquait. Parfois, au lieu d'argent ils proposaient un troc ou bien vendaient : « Vous n'avez pas besoin de souliers ? » avait-on demandé une fois à Bertulier ; Bertulier n'en avait pas besoin : ceux qui dormaient au bas de l'armoire lui suffisaient, les temps n'étaient pas aux fêtes et aux cérémonies, ses sabots renforcés de cuir faisaient bien l'affaire pour tous les jours ; par contre, il aurait bien aimé une bouteille d'huile… !

Selon les endroits, les besoins des uns, les trafics en ville des autres, le sac de pommes de terre, le panier de rutabagas, le lapin ou la douzaine d'œufs étaient échangés contre des tissus, des pelotes de laine, un pantalon, du sucre ou du café…

Toute une économie s'était mise en place avec des acheteurs citadins aux abois et des vendeurs campagnards maîtres du jeu, peu scrupuleux parfois, suffisants même de pouvoir dire non à ces gens des villes dont ils connaissaient le mépris à leur égard et savaient qu'ils les appelaient les « bouseux ».

Comme sésame, il y avait les recommandations « je viens de la part de M. Marcel » ou bien « vous savez, celui qui vous a acheté des carottes samedi dernier… » car les villageois, déjà réservés de nature, voyaient avec méfiance ces têtes nouvelles, tous ces étrangers entrant dans la cour de la ferme, regardant vers l'étable, reçus ensuite dans la salle commune pour faire peser leurs achats et payer… ce n'était vraiment pas prudent !

Bertulier, astucieux, avait trouvé une solution pour ne pas les faire entrer chez lui : il vendait sous un hangar près de sa grange ; avec deux tréteaux et trois planches, il s'y était monté une sorte d'étal sur lequel il posait sa Roberval, sa boîte de poids, son peson et tout un alignement de paniers contenant sa récolte de légumes ainsi que, souvent, celle du voisin qui, lui, n'osait pas vendre, n'avait pas le culot de demander vingt sous pour une mesure de haricots qui ne valait qu'un sou six mois plus tôt... Une boîte en bois placée à l'écart lui servait de caisse.

Et puis, on limitait ses clients car si la demande était importante, la production, elle, n'augmentait pas en proportion ; on choisissait ceux qui payaient bien, qui avaient une situation confortable, qui flattaient même, arrivant dans leur auto au gazogène monumental, sortant de beaux billets tout neufs, ceux de la monnaie d'occupation émise par les Allemands, billets sans valeur – ce qu'ils découvrirent plus tard ; billets dont la possession était nouvelle pour beaucoup qui, traditionnellement payés d'une année de labeur par des comptes de métayage étriqués, étaient plutôt habitués à manipuler des pièces ou de petites coupures. Pour la première fois de leur vie, ils avaient en main un billet de mille francs... équivalant à deux ans de travail ; aussi, sans y croire, ils frottaient le papier entre leurs doigts pour le faire crisser... C'est ainsi que certains crurent s'enrichir et entassèrent le produit de leur commerce car depuis toujours ils connaissaient l'avenir incertain... alors ils gardaient en réserve. Les plus actifs ou malins thésaurisaient donc, les lessiveuses changeant parfois d'utilisation, devenant des coffres.

Gustave avait organisé ses affaires sur une autre échelle que ses voisins. Pour lui, pas de légumes ou de poulets… D'abord, profitant des clauses des contrats de métayage, il jouait sur les ventes de bestiaux, abusant de la naïveté de femmes désormais seules sur l'exploitation ; il effectuait des échanges dans le cheptel de porcs, de moutons… déclarant des animaux pour en escamoter d'autres, en attente d'occasions dont sa connaissance du marché et ses nombreuses relations lui permettaient de profiter.

À chaque portée, il séparait la truie de ses petits sitôt qu'il pouvait les sevrer, cachant cet élevage dans une grange à l'écart, mettant le verrat à l'arrière d'une des dépendances du logis de Dutreuil, s'organisant pour écouler discrètement les abattages qu'il faisait effectuer de nuit, le groin de l'animal enserré par une corde pour l'empêcher de hurler. Désormais, ce n'était plus le « monsieur » que l'on tuait avec la cérémonie habituelle, avec la satisfaction de savoir ses carniers bien remplis ; ce n'était plus la fête d'avant avec, pendant deux jours, une équipe de femmes pour préparer saucissons, jambons, terrines, pâtés, vessies de graisse… Ensuite, une fois le cochon abattu, suivait une découpe expéditive, souvent précaire, permettant un transport rapide vers la ville dans des sacs de montagne ou des sacoches de vélo, des valises même, selon la destination finale des morceaux et la distance à laquelle la livraison allait s'effectuer.

Pour les moutons et les brebis, c'était aussi la débrouille.

Jamais au village on n'avait tué ces animaux ; ils avaient toujours été vendus lors de la foire où on conduisait les troupeaux entassés dans des charrettes ou menés à pied.

Mais un jour, un boucher vint de la ville expliquer comment, avec une pompe à air, on pouvait détacher la peau de l'animal mort, comment une fois celle-ci ainsi gonflée, son découpage devait commencer par le ventre pour ne pas endommager la peau. On tua donc à la ferme directement. M. Favergeau faisait acheter la laine par un collecteur, vendait à la filature locale qui vivotait depuis plus de vingt ans, ne produisant plus bon an mal an, péniblement, que trois ou quatre quintaux d'écheveaux ; la pénurie, les difficultés d'approvisionnement relancèrent son activité ; le tricotage devint une occupation quotidienne pour les vieilles, pour les femmes gardant les vaches aux prés et chaque fois qu'un moment leur permettait de monter quelques rangs de chaussettes, de pulls ou de ces lourdes vestes qui partaient ensuite dans les colis que la Croix-Rouge acheminait aux prisonniers.

L'écoulement de la laine avait longtemps été un revenu accessoire ; bien vite la valeur de ce produit fut connue et les prix grimpèrent.

Gustave avait là encore des disponibilités ; il fit tuer chaque semaine. Yolande, mise à contribution, acheta directement la laine pour Favergeau, ce qui supprima de ce fait la collecte. Ça se sut : « *L'argent va toujours à l'argent !* » Le proverbe trouvait là toute sa vérité ; un intermédiaire écarté, le bénéfice augmentait… Il n'y avait pas de petits profits.

Outre la peau, l'avantage du mouton sur le porc était la facilité de l'abattage : pas de bruit au moment où on l'égorge, pas besoin de grandes connaissances techniques : vingt kilogrammes, trente au maximum, ça se découpe facilement ; le carré couvert ou le carré découvert partent en côtelettes, la selle en gigots, le reste en filets, le collet sert pour des blanquettes et, comme il ne faut rien perdre, les entrailles lavées servaient pour le manger des cochons.

Sur commande, en une matinée la bête avait changé de mains et l'argent aussi. Plus besoin d'aller à la foire par nécessité. Par contre, le plus difficile, le plus périlleux était le transport de ce qui n'avait pas été vendu sur place.

Le pont de Régnât était surveillé ; un dépôt de munitions avait été installé dans le parc bien fermé du château des Moulines tout proche, ce qui expliquait cette présence armée. Alors, chaque jour, une escouade de *Chleuhs* contrôlait – plus ou moins d'ailleurs – ceux qui traversaient. Plus ou moins car, jusqu'aux événements que les « bandits terroristes » – comme disait Gustave –, provoquèrent en 1942 et surtout 1943, les habitués passaient sans peine avec un « Salut, Helmut ! » auquel répondait le chef de poste d'un « Bonjour, monsieur ; bonjour, madame » amène ; et c'est ainsi que ceux du village, devenus familiers, pouvaient se rendre en ville sans encombre.

Les rapports étaient bons ; pour certains, très bons parfois... Et des hommes, des voisins que l'on côtoyait depuis toujours, dévoilant subitement leurs sentiments, expliquaient tout le bien qu'il y avait à s'entendre avec les occupants ; des personnalités cachées se révélèrent, des copinages s'établirent. Quelques-uns disaient même comprendre ces soldats loin de leur pays qui auraient certainement bien voulu rentrer chez eux ; aussi, au moment du contrôle, ils sortaient du panier posé sur le banc de la carriole à leur côté, une sorte de péage, un gage de tranquillité, l'achat d'une complaisance qui semblait naturelle... Au fil du temps, le commerce village-ville s'était pérennisé sans heurt.

Mais, après le passage du pont, d'autres dangers guettaient.

D'abord les dénonciations. Elles étaient monnaie courante ; la gendarmerie en savait quelque chose, recevant quotidiennement son lot de courrier où se reflétaient le fiel, la jalousie, la méchanceté des anonymes qui détaillaient des comportements prétendument douteux, signalaient les paroles anti-françaises de l'un ou de l'autre.

Ensuite, les arrêts surprises sur la route… ils étaient toujours à craindre car il arrivait qu'une voiture stoppe brusquement devant le livreur, que plusieurs hommes bien renseignés ou à l'affût en descendent et, dans la tradition des bandits de grand chemin, repartent après une razzia sur la marchandise.

En ville, le boucher-charcutier de la place de la République était le principal destinataire des expéditions de Gustave qui conduisait et livrait lui-même ses abattages ; pour dissimuler son entreprise, il avait mis au point une tactique qui lui avait semblé parfaite. La charrette transportant la viande était arrêtée sur le foirail où elle stationnait discrètement derrière le pesage, le cheval attaché à une borne. Personne n'y prêtait attention car, même hors jours de foire, il y avait toujours là deux ou trois attelages en permanence soit pour des livraisons de bois de chauffe aux particuliers ou aux boulangers, soit parce que leurs conducteurs avaient dû venir en ville pour des démarches administratives, voir un médecin, chercher un sac de graines…

Laissant cheval et charrette, il allait s'installer au *Café du Commerce* d'où il envoyait un des garçons prévenir le boucher de sa présence, et ce dernier faisait alors assurer par sa femme et son commis divers transports allers retours à l'aide de cabas, paniers… jusqu'à son arrière-boutique, en passant par une porte dérobée, évidemment. Les morceaux de viande changeaient ainsi de propriétaire en toute discrétion.

La queue devant la boucherie, sur le trottoir, c'était pour les possesseurs de tickets, la clientèle inscrite, celle qui assurait l'honorabilité de la bouchère, pour ceux enfin qui étaient servis parcimonieusement ou qui, après avoir attendu vainement, mendiaient quelque rognure d'os afin d'agrémenter une soupe maigre à moins qu'ils ne dégotent un simple morceau de suif alors considéré comme un bien précieux. Par contre, ceux qui passaient par l'arrière, ou y envoyaient leur bonne, ceux qui profitaient des apports hors contingent avaient de l'entregent, une position sociale permettant d'ouvrir des portes. En ces temps incertains, la débrouille empruntait des voies plus détournées que jamais.

Sa charrette déchargée, Gustave pouvait reprendre le chemin de Marcenef ; tout était facile. Il avait seulement fallu, la première fois, y mettre le prix pour s'assurer quelques appuis ou complicités.

« Tu as payé Mauderon ? demanda un jour Mélanie, stupéfaite en apprenant que son mari avait donné vingt francs au facteur… Ça te servira à quoi ?

– À ce qu'il ferme sa gueule. À rien de plus. »

Les abattages, les arrivées de citadins, les trocs, les combines… pouvaient durer : le mécanisme était bien en place, les uns fermaient les yeux, d'autres en croquaient… La cohabitation forcée semblait inébranlable. Plus tard, les événements se chargèrent de modifier la donne.

Ce matin-là, Gustave était assis sur une chaise dans l'ancienne salle à manger de l'auberge du *Cheval blanc ;* il était à la *Kommandantur* et attendait qu'on lui délivre un *ausweiss* car, pour augmenter le périmètre de ses trafics, il devait pouvoir circuler librement hors du département.

Il était là depuis un bon quart d'heure, guettant les allers et venues des soldats dans les pièces voisines, lorsqu'il remarqua, à côté de lui, dans le tiroir de la table à demi ouvert, cinq ou six pistolets, presque en vrac, comme entassés et parfaitement visibles. Instinctivement, il détourna vite les yeux : cela sentait le piège à plein nez… La salle était fermée sur deux côtés par des cloisons vitrées mobiles qui, avant, permettaient de doubler sa surface pour des repas importants… Il était certain d'être épié. Pourtant son regard se porta à nouveau sur sa découverte… sur ces armes ; elles étaient bien tentantes ; un geste vers elles et, de visiteur sollicitant un service, il pouvait changer de statut et devenir suspect… Il regarda sa montre en soupirant : le capitaine se faisait bien attendre…

« Monsieur Bertaud… quelle bonne surprise ! »

Et l'*Hauptmann* le fit entrer dans son bureau. Derrière le fauteuil, le mur était recouvert d'une immense carte de la région, agrandie, annotée de signes divers, parsemée de petits drapeaux, les routes bien visibles passées au stylo rouge.

Gustave n'arrivait pas à détacher ses yeux de cette vision inattendue, l'officier s'en aperçut :

« Vous voyez, monsieur le maire, je me dois de connaître presque mieux que vous l'ensemble du territoire de mon commandement. Il s'y passe, savez-vous, des choses étranges dont il faut que je sois informé… et j'attends des informations éventuelles… pour le bien de tous… monsieur le maire. »

Celui-ci sentit un frisson le parcourir. Il n'était pas venu pour ça. Lui, ce qu'il voulait, c'était son *ausweiss !*

« Cigare, monsieur le maire ? »

Gustave n'en avait plus depuis longtemps, aussi c'est avec un plaisir évident qu'il se servit dans le petit coffret tendu avant d'allumer ce vrai havane, presque avidement, sans attendre, tout en se demandant comment le Boche avait bien pu se les procurer ; il savait pourtant que l'Occupation permettait les occasions de se servir gratuitement.

L'Allemand parlait parfaitement le français, articulait bien chaque mot, ce qui donnait une sorte de lenteur à sa diction et laissait percer comme une ironie, surtout lorsqu'il disait « monsieur le maire », qualité dont il n'omettait pas de gratifier Gustave dans chacune de ses phrases.

Ce dernier se sentait de plus en plus mal à l'aise ; un instant il regretta d'être venu et particulièrement lorsqu'il lui fallut expliquer le pourquoi de ce besoin d'*ausweiss.*

L'officier l'écoutait en silence et lentement, après avoir fait chauffer son cigare, fait craquer entre ses doigts sa carapace baguée, il l'alluma savamment, à petites aspirations, l'œil moqueur, regardant son interlocuteur subitement tout penaud de sa propre précipitation. Longuement, l'Allemand souffla la fumée vers le plafond, se pencha un peu sur le bureau comme pour se rapprocher et dévoiler une confidence :

« Vos petits échanges avec la ville et vos abattages dans une grange près du moulin du bois de

Fournoux ne vous suffisent donc pas… monsieur… Bertaud ? »

« Monsieur… Bertaud » avait été détaché du reste de la phrase… Ces mots résonnaient dans la tête de l'intéressé qui percevait nettement autre chose que de l'ironie dans le ton de la question. Il y décelait la lourde menace de celui qui tient sa proie sans vouloir la tuer, joue avec, profite à la fois de la surprise et d'un ascendant qu'il sait définitif et sans appel. Aussi, interloqué, pantois, Gustave fixa son vis-à-vis tout en réfléchissant : il savait donc ; que savait-il encore ? Un autre aurait bafouillé, rougi, se serait affolé, mais M. le maire était un trop vieux filou pour se laisser démonter :

« Les ventes dont vous parlez ne sont peut-être pas toutes légales, les abattages non plus… mais ils ne lèsent pas votre armée !

– C'est pour cela que je ne suis pas intervenu jusqu'à présent, monsieur Bertaud, mais voyez-vous pour nous aussi les temps sont durs. Après notre *Kriegsmarine* nous venons de monter à notre tour un bureau d'achats pour la *Werhmacht* et il nous faut des partenaires. Votre venue aujourd'hui est un hasard qui anticipe la demande que j'allais vous faire parvenir dans les jours à venir. »

L'officier le regarda fixement et, après un instant de silence, ajouta :

« Vous voulez bien, monsieur Bertaud, nous trouver chaque mois deux tonnes de bœuf ? »

Bien qu'interrogatif, le ton était comminatoire. La réponse ne pouvait qu'être positive.

Là, Gustave ne savait plus quoi dire ; il découvrait cet arrangement. Les réquisitions étaient pour lui les évidentes revendications découlant des conditions d'armistice même s'il se disait un peu partout que les Allemands abusaient des clauses. Ce qu'il ne savait pas, c'est que les armées d'occupation achetaient elles-mêmes pour leur compte.

« Vous dites deux tonnes… Il faut que je réfléchisse ! »

Une fois dans la rue, Gustave respira un bon coup. L'air frais lui fit du bien. Il avait joué avec le feu… maintenant il était pris.

Dans sa poche, son *ausweiss* le brûlait ; il avait beau se répéter que de toute façon, puisqu'il avait été démasqué, il n'avait fait qu'anticiper de quelques jours une convocation, il sentait confusément que cet engagement n'était plus tout à fait dans la continuation de ses activités, disons commerciales : son soutien au Maréchal était une chose ; l'Allemand, le Boche, c'était autre chose !

Un malaise le saisissait, indéfinissable, comme un énorme poids… et puis il évita d'y penser : la Werhmacht payait bien plus cher que les cours officiels, alors, après tout, ce serait toujours ça de récupéré sur l'occupant.

X

Paul

PAUL ÉTAIT RENTRÉ D'ALLEMAGNE.

De constitution fragile, bronchiteux, souffrant d'allergies et d'asthme, depuis son plus jeune âge il avait souvent été soigné pour toutes sortes de maladies infantiles, aussi la promiscuité due à la vie de prisonnier au stalag avait rapidement fait son effet et, suite à une toux tenace liée à une grande fatigue, un jour il cracha du sang.

Le médecin militaire du camp n'avait pas cherché bien plus loin tellement les symptômes lui parurent alors évidents : à cette époque, la tuberculose sévissait. Paul fut donc sommairement déclaré tuberculeux et, à la grande joie de sa mère, débarqua un jour du train parmi un contingent de blessés et de malades divers.

Catherine fut plus réservée lors de ce retour imprévu ; le ménage allait mal car, aux Échandons,

« le jupon gouvernant au chapeau », les us n'étaient pas respectés, pas conformes à ce qu'ils auraient dû être.

Paul s'installa donc au château pour entreprendre une convalescence que Mélanie s'employa à rendre la plus confortable et la plus efficace possible, ruminant en elle-même sa rancœur : elle verrait bien, l'autre, avec ses lapins, qui savait le mieux s'occuper de son garçon…

Cajolé, protégé, comme un coq en pâte dans le giron maternel, celui-ci reprit rapidement des forces, ne tarda pas à s'ennuyer et retourna vivre aux Échandons.

Les premiers temps après son retour chez lui, Paul avait aidé Catherine pour les travaux pénibles ou sales, curait les clapiers, évacuait les litières et apportait de la paille neuve… mais il sentait bien que l'essentiel du travail, ce n'était pas lui qui l'assumait. Sa femme, infatigable, l'œil à tout, dirigeait les deux servantes qui écorchaient les lapins pour les apporter tout préparés aux clientes le vendredi, confectionnait aussi des terrines, calculait les dates des portées tout en s'arrangeant avec un voisin pour le prêt d'un mâle, s'occupait des commandes et, après les ventes, faisait les comptes de l'élevage.

Dominé, presque inconsciemment il laissa la situation perdurer ; les lapins… il s'en rendit vite compte… ce n'était pas son truc !

C'est ainsi qu'à vélo il commença des escapades régulières jusqu'au bourg.

Ceux de son âge y étaient rares, presque tous partis ; seuls restaient quelques adolescents – d'ailleurs bien occupés dans les fermes ou les ateliers – et des « vieux vieux » – comme il les appelait – mais dont la fréquentation devenait inéluctable.

Alors, il rencontra Jean Lapointe, celui qui insistait pour qu'on l'appelle « Monsieur Jean ».

L'homme était arrivé depuis quelques semaines, de Paris, disait-il. Suffisant, cravaté en semaine, tirant son chapeau au passage des femmes, il avait loué une chambre au-dessus du *Restaurant des Cours* où, unique pensionnaire, il prenait ses repas midi et soir, fréquentait le *Café Horizon*, lieu de rendez-vous des Allemands et des pétainistes. Personne au village ne savait de quoi il vivait ; seuls les gendarmes semblaient être au courant mais ils étaient discrets ; même à Gustave qui s'inquiétait de ce nouveau citoyen, ils ne surent que formuler deux ou trois vagues allusions. Le personnage n'était pas clair, et cela se remarquait d'autant plus qu'il évoluait en milieu rural où celui qui ne ressemble pas aux autres se fait rapidement repérer.

Paul se raccrocha à lui, se flatta de devenir l'ami d'un monsieur aussi distingué et devint de ce fait lui aussi un habitué du *Café Horizon*.

« Garçon, un Picon.

– Fraise pour moi. Picon-fraise.

– Bien, monsieur Paul. Et… deux Picon, dont un fraise. »

Sur les banquettes de cuir de l'établissement, Paul retrouvait un peu de personnalité ; là, il était Monsieur Paul, le fils du maire, et peu importait le reste. Il tapait le carton, lisait les articles du journal local, commentait les discours du Maréchal et suivait, sur une carte punaisée au mur, des petites pastilles de couleur changées chaque semaine qui indiquaient l'avancée des troupes du Reich à l'est, provoquant l'enthousiasme des habitués des lieux comme fascinés par l'image que donnait l'occupant.

Son nouvel ami, M. Jean, possédait une Peugeot qui roulait à l'essence ; pour lui, pas de gazogène ! Un jour, en passant au pont de Régnât, il présenta son *ausweiss* au chef de poste qui, à sa vue, se raidit, claqua des talons et salua respectueusement… M. Lapointe était donc bien quelqu'un d'important !

Et puis, un samedi, les deux hommes partirent pour la ville.

M. Jean arrêta son automobile devant une brasserie où il fut accueilli par des exclamations d'amitié :

« Et qui nous amènes-tu là, ami ? »

Paul fut présenté avec emphase ; fils de maire, habitant un château… il eut droit à tous les égards, et même il se vit offrir une coupe de champagne. En réalité, cette réception n'était que comédie. Paul était attendu mais, dans son aveuglement, il ne le comprit pas. Les manifestations à son intention avaient été prévues, organisées. Il était tombé dans un guêpier dont il ne voyait pas les fils. Le soir, en rentrant aux Échandons, quelque peu abasourdi par toute l'attention dont il avait fait l'objet, par tous les propos qu'il avait entendus, il était convaincu d'agir pour le bien de la France en devenant informateur et agent de la Gestapo française.

Depuis, petit à petit, en discutant ici, écoutant ailleurs, questionnant habilement, pas avare pour offrir de bons coups à boire dans les cafés, Paul suscitait les confidences. Il apprenait des riens qui, mis bout à bout, lui permirent d'être confirmé comme agent important des *gestapaches* locaux, ainsi étaient appelés les individus comme lui constituant la bande du *Café Horizon*.

Cette importance lui permettait de prendre une revanche sur un quotidien terne. Profitant de ce statut qui, lui semblait-il, lui conférait une autre personnalité, il se lança dans une nouvelle vie faite de passe-droits, avec des possibilités de déplacement, de rencontres diverses où, dans le tourbillon de ses amitiés équivoques, se tramaient des affaires douteuses, des coups tordus, des actes délictueux couverts par la peur des victimes ou même parfois par leur élimination.

L'impunité en était la loi ; la délation, le moteur.

Dès lors, rétribué aux résultats, il entra dans une spirale qui l'enfonçait chaque jour de plus en plus dans l'opprobre général, surtout lorsque son engagement fut évident aux yeux de tous, lorsque par recoupements plus personne ne douta qu'il était à l'origine de certains méfaits comme quand il se murmura que l'arrestation de Perducat pouvait certainement lui être attribuée.

Ce dernier, prisonnier en Allemagne, était revenu en tant qu'agriculteur, bénéficiant d'un échange avec un volontaire pour aller travailler outre-Rhin. Cependant, le remplaçant ayant fait faux bond, il aurait dû repartir mais il préféra se cacher, habiter chez des cousins, se faisant discret, aidant aux champs, n'apparaissant plus au bourg ; alors que peu de gens connaissaient son refuge, la vieille Deslarge, au courant de la situation et jalouse que son fils n'ait pas eu la même chance, bavarda un peu partout, proférant des remarques avec cette véhémence qu'entraînent la bêtise et l'exaspération.

Paul apprit tout cela, et un matin Perducat fut arrêté, interrogé puis emprisonné avant de faire partie d'un convoi pour l'Allemagne deux mois après.

Dans le bourg, le climat avait changé. Les relations entre voisins devenaient étranges, ambiguës, faites de discussions banales, le plus souvent d'apartés à voix basse, de sous-entendus, de méfiance ; on ne savait plus qui était qui ou qui faisait quoi ; les habitués du *Café Horizon* devinrent vite suspects ; leur fréquentation, dangereuse. Paul s'en aperçut, ce qui ne fit que renforcer son engagement, sa hargne et sa participation aux exactions sur les personnes.

Catherine avait été une des premières à connaître les agissements de son mari. D'abord fâchée de cet engagement dont *a priori* elle ne voyait pas les conséquences, elle comprit tout à fait lorsque son homme, pour lequel il n'y avait pas la contrainte du couvre-feu, rentrait tard la nuit d'opération – à ses dires –, ce qui en réalité consistait à aller de temps à autre perquisitionner pour un oui ou pour un non chez certains suite à une dénonciation, une jalousie, en profitant pour se livrer à quelque rapine ou assouvir une rancœur ancienne. C'est ainsi qu'au cours d'une de ces expéditions

M. Georget, instituteur à la retraite depuis longtemps, subit une tabassée de la part d'un ancien élève… Mais, le plus souvent, ces escapades nocturnes lui permettaient de faire la fête à leur siège, au café, où bientôt des filles venues de la ville s'installèrent.

Une fois, alors qu'elle passait au pont en l'absence d'Helmut, Catherine avait dû présenter ses papiers à un nouveau chef de poste.

« Madame Bertaud… vous êtes parente avec M. Paul Bertaud ? » lui avait-il demandé. Le soldat avait appuyé sur le prénom et, suite à sa réponse positive, elle vit se dessiner sur son visage une mimique où elle crut discerner du mépris ; depuis cette scène, cette impression bizarre lui revenait fréquemment à l'esprit.

Malgré ses demandes réitérées, ses explications sur l'opinion que les gens avaient de ses actes, jamais elle ne put convaincre son mari de renoncer à son engagement.

« Ceux qui croient ce que tu me dis là sont des traîtres, des gaullistes, des salauds qui vendraient leur mère et ne méritent que douze balles », lui avait-il rétorqué plusieurs fois ; emporté comme le sont parfois les velléitaires lorsqu'on leur oppose un raisonnement qui les dépasse, il s'était même montré à ces moments-là menaçant.

Catherine n'avait pas insisté ; d'ailleurs, elle n'eut pas beaucoup à revenir sur la question : un jour Paul lui annonça que désormais il vivrait au *Café Horizon* où une chambre lui était réservée.

Depuis longtemps, il n'aidait plus pour l'élevage, aussi son départ ne fut pas ressenti comme une gêne.

Catherine se retrouvait maintenant seule.

Le *Café Horizon* devint bientôt un pendant de la *Kommandantur* ; les clients peu sympathisants avec les collaborateurs furent écartés. L'endroit était maintenant plus secret, plus redouté, les aérations de la cave avaient été murées, le stationnement des voitures interdit sur le devant et la mère Bouquet qui habitait la maison mitoyenne dut déménager. Ces messieurs voulaient de la discrétion… ; on pensa d'abord naïvement que c'était afin d'être plus tranquilles pour leurs soirées de java mais il se dit bien vite que ceux qui y étaient amenés de force n'en ressortaient pas toujours sur leurs pieds…

Souvent, dans la rue, parvenaient des éclats de rire, des chants ou la rengaine du moment largement rabâchée par le Gramophone de l'établissement :

« Je ne sais pourquoi j'allais danser
à Saint-Jean au musette
mais quand un gars m'a pris un baiser
j'ai frissonné… j'étais chipée. »

La voix claire de Lucienne Delyle arrivait aux oreilles des passants comme une insulte à leur tristesse, à leur misère parfois.

« Chantez bien, tas de salauds ! Chantez bien, ça ne durera pas ! » et les poings se serraient dans les poches, des larmes sourdaient aux yeux des femmes.

Un jour, Paul revint aux Échandons en camion.

Dans une grange, entassées en vrac saison après saison, des ferrailles attendaient un hypothétique enlèvement ; il y avait là de vieux instruments aratoires, une faucheuse démantibulée, des socs de charrue… Habituellement, ces restes d'exploitation partaient un jour ou l'autre vers les Sablons, une carrière abandonnée au bout d'un chemin de terre où s'empilait tout ce dont les gens se débarrassaient à bon compte ; c'était le dépotoir local, le « bourrier », comme on le désignait.

Paul en récupéra tout un chargement et, lorsque Catherine lui demanda avec insistance ce qu'il allait en faire, il finit par lui apprendre qu'à la gare du P.L.M., chaque semaine, des wagons entiers de marchandises étaient chargés ainsi de fer et autres métaux.

Toutes les occasions étaient prétextes à des récupérations du même genre.

C'est ainsi que chez Aristide Poirier, plombier-zingueur dont l'atelier et le dépôt étaient fermés depuis qu'il était prisonnier, Paul et ses amis vinrent perquisitionner et remplir leur camion de rouleaux de tuyaux de plomb, d'accessoires en cuivre et de plaques de zinc ; à sa femme qui tentait d'empêcher la rapine, ils répondirent en décrétant que c'était la conséquence des réquisitions.

Par ailleurs, Paul écumait les fermes aux alentours, emportant de gré ou suite à une persuasion pleine de sous-entendus les épaves qui portaient témoignage des traditions culturales passées. On n'osait pas refuser au fils du maire, la famille était connue dans le canton et puis… après tout, ça débarrassait.

Ce qui pouvait, à l'échelon local, passer pour un travail de misérables ferrailleurs était en réalité un des maillons de ce vaste réseau mis en place dans tout le pays par la Gestapo pour le piller et permettait de déverser chaque jour près de cent tonnes de métaux divers sur les quais des docks de Saint-Ouen avant leur embarquement vers les usines métallurgiques de Hoboken aux Pays-Bas.

De temps à autre, Paul venait jusqu'à Marcenef et un matin il s'y présenta dans une Delage grand luxe. Tout fier, il venait se pavaner devant son père avec ce qui lui paraissait être la concrétisation de sa réussite.

Ses parents furent surpris ; ils crurent à une acquisition récente. Gustave se montra réservé, regarda cependant le tableau de bord en ronce de noyer, les sièges de cuir, le chrome des enjoliveurs, fit le tour du véhicule impeccablement tenu avec ses pneus aux flancs blancs mais, à la grande déception de son fils, ne formula aucune appréciation louangeuse, ne posa aucune question. Lorsque ce dernier fut reparti, il se tourna vers Mélanie :

« Ça sent mauvais, tout ça, ma bonne ; ça sent mauvais… ! »

Tout en étant respectueux et adepte de l'autorité du Maréchal, il ne pouvait s'empêcher, dans son for intérieur, de désapprouver les actions de cette Gestapo française, les exécutions, les voies de fait dont on parlait à demi-mot entre amis sûrs, sans s'engager cependant tant la crainte était grande. Maire, il était le réceptacle de toutes sortes d'informations de la part de ses adjoints, d'amis, de son beau-frère Dubourg-Desfons, chacun apportant un point de vue d'où il ressortait que des haines profondes s'installaient, non plus seulement entre les couches sociales mais parfois au sein même des familles.

Mélanie ne répondit pas à son mari. Depuis longtemps détachée de la vie du bourg, restant à Marcenef où elle vivait presque sans aléa dans un quotidien dont les plus gros soucis s'arrêtaient à l'approvisionnement en huile, savon ou sucre, elle suivait un mode de vie intangible, celui qui veut que rien ne doit changer lorsque tout va bien – et tout avait toujours bien marché pour elle. Si la guerre, lointaine, était présente à son esprit – surtout à cause de l'absence de Maurice –, ici, elle ne comprenait pas le sens de tous ces bouleversements, de ces engagements politiques, de ce qu'étaient les gaullistes…

La mère de Catherine avait bien un jour essayé de lui parler de ce qui se disait sur Paul mais au lieu d'écouter, de se faire une opinion, elle réagit comme elle avait toujours réagi lorsque les Bertaud étaient mis en cause : elle s'emporta, défendit son fils alors qu'elle ne savait rien de ce dont il se rendait coupable.

« Ça sent mauvais, tout ça, ma bonne ; ça sent mauvais… ! » lui revenait cependant à l'esprit. Chez eux, l'argent, qu'il soit gagné par le travail, par les finesses de transactions ou même de manœuvres douteuses, ça se cachait. On n'étalait pas ; on investissait ; on thésaurisait ; on prenait des bons du Trésor… mais on ne l'affichait pas.

Gustave apprit enfin un jour que la voiture, cette magnifique Delage, avait été confisquée à la femme d'un dentiste de Saint-Varent ; ce dernier, arrêté un soir après une intrusion nocturne à son domicile, avait été questionné brutalement et même obligé d'ouvrir son coffre-fort contenant des lingots d'or ; depuis son arrestation, personne ne savait ce qu'il était devenu.

Et le summum pour les Bertaud fut la nouvelle qui arriva à Bernac un matin : Yolande, la belle Yolande, celle que Maurice avait épousée avant son départ – pour le cas où, avait-elle dit –, trafiquait également. Elle, elle faisait des affaires dans le tissu !

Des établissements Favergeau partaient pour l'Allemagne des camions bien bâchés mais dont on connaissait le contenu par les dires des employés ; Yolande menait maintenant l'entreprise à sa guise ; elle avait fait plusieurs voyages d'affaires à Paris et, régulièrement, les colis changeaient d'emballage, d'étiquette…

Lorsque Gustave eut connaissance de tout cela, lorsqu'il sut les quantités de métrages qui sortaient des établissements Favergeau, lorsqu'il prit conscience des bénéfices que Paul tirait de sa ferraille, il se sentit petit, tout petit, à l'écart des réalités, du sens des événements, lui qui avait cru tenir le bon filon avec ses abattages clandestins.

Il comprenait que maintenant la vie économique se réglait à une autre échelle.

Si Mélanie, elle, vivait dans un autre monde, attachée par éducation à ce cadre familial bourgeois qui donnait l'illusion d'appartenir à une sorte de caste possédante, Paul et son père, eux, s'enfonçaient par faiblesse ou cupidité dans une collaboration irréversible.

XI

On s'organise

L'Occupation avait pris tout le monde de court. Même parmi les plus pessimistes, jamais personne n'avait envisagé qu'un jour les Boches auraient atteint le pied des Pyrénées, qu'au bourg le *Cheval blanc* leur servirait de cantonnement et qu'un de leurs dépôts de munitions serait installé à quinze kilomètres de là, dans le parc du château des Moulines.

Rester silencieux, amorphes, c'était mieux que traficoter, que profiter du désarroi des réfugiés pour leur louer des taudis ou même que de s'engager dans une collaboration, seulement économique pour les uns, politique et bientôt pire pour d'autres.

Il y avait peut-être quelque chose à faire, ne serait-ce que pour ne pas avoir trop honte de soi. Ils furent d'abord deux, copains de toujours, à se parler mais à demi-mot, puis, s'étant rassurés mutuellement, à décider de s'engager, ne sachant pas au départ pour quelle action.

Ce furent Sarda et Barthélemy.

Ce dernier d'ailleurs avait quelques idées en tête depuis longtemps car il avait profité du désordre suivant la débâcle pour aller à la carrière fracturer le cadenas de la cabane à matériel. Depuis, une caisse de dynamite dormait dans son poulailler, bien cachée sous de vieux sacs de jute mais il ne savait pas comment mettre en œuvre l'explosif. Cette ignorance résumait à elle seule toute son incertitude sur les actes à accomplir.

Quant aux armes... ils avaient évidemment porté à la gendarmerie leurs fusils de chasse et les munitions ; restaient disponibles trois vieux deux-coups dont ils ne se servaient plus depuis longtemps – même pour le lapin ou le perdreau – car ces pétoires avaient une fâcheuse tendance à partir toutes seules lorsque, au passage d'une haie ou d'un buisson, les broches s'accrochaient à une branche. Au village, il devait sans doute en demeurer deux ou trois camouflées derrière un tas de foin ou de bois, graissées et soigneusement enveloppées dans un linge. Pour tous cependant elles paraissaient dérisoires et même ridicules au regard de l'armement des Chleuhs, de leurs mitraillettes luisantes portées en bandoulière et dont les sentinelles tenaient le canon menaçant bien devant elles en suivant des yeux les passants.

Un jour, se faisant une certaine violence, profitant d'une rencontre avec le curé lors de l'enterrement de la vieille Augustine – l'amatrice de liqueur de cassis –, Barthélemy le laïc et sympathisant communiste, après un instant d'hésitation, décida de parler au prêtre. Mais d'abord il fit précéder le moment où il dévoilerait ses intentions de propos banals, de lieux communs, de phrases toutes faites destinées à tester les premières réactions de son interlocuteur :

« Nous vivons une drôle d'époque, monsieur le curé. Plus rien ne va comme avant… et toute cette misère… et ces Allemands qui sont ici comme chez eux sans que rien ne les arrête plus… »

Il soupira, prit sa blague et commença à rouler une cigarette pour donner du temps, guettant comment allait répondre le corbeau, lui qui avait été désigné avec les autres bien-pensants pour siéger au conseil municipal et y remplacer les élus de gauche ; quelle serait son opinion sur les événements, sur Pétain, sur Vichy… ? Le curé se tourna légèrement, lui faisant face, le regarda droit dans les yeux et, en baissant la voix, ne s'embarrassa pas, lui, de litotes ou de formules détournées. Il martela d'un ton ferme : « Ce qu'il faudrait, monsieur Barthélemy, ce sont des hommes patriotes, courageux, aimant leur pays et non des citoyens qui ne pensent qu'à leur sécurité et à leur garde-manger. »

À cet instant, Barthélemy se trouva idiot ; il ne s'était pas souvenu que leur curé était rentré en 1918 avec la médaille militaire et une citation à l'ordre de l'Armée dont on ne savait plus très bien pour quel fait de guerre… Jamais il ne portait ses décorations, il ne défilait pas et ne participait pas aux dépôts de gerbes le 11 Novembre. Discret sur le courage dont il avait fait preuve, il laissait à d'autres le soin de refaire l'histoire, de pérorer sans fin sur la tactique qu'il aurait fallu employer, d'énoncer des « fallait que… », traitant tel ou tel général de boucher et un autre d'incapable.

D'un geste, il arrêta le prêtre qui commençait à formuler quelques idées :

« Pas ici, il faut se méfier de tout le monde… Je peux venir demain à la cure ? »

Le curé lui rétorqua, les yeux plissés de malice :

« Non, monsieur Barthélemy, pas à la cure… cela paraîtrait suspect. Vous n'y êtes jamais entré, je crois… même pas pour constater les dégâts de l'orage l'année passée lorsqu'elle a été inondée… Disons plutôt chez Mlle George. Elle était amie de votre pauvre femme si je me souviens bien, et justement demain vers 10 heures je dois aller la visiter… Nous y serons tranquilles pour parler. »

Ah, Mlle George qui vivait seule dans sa grande maison bourgeoise à la sortie de la ville sur la route de Saint-Varent, ses toilettes surannées, ses bottines et ses cols Claudine, une ombrelle l'été lorsqu'elle amenait ses arrière-petits-neveux à la messe du dimanche matin… ! Elle représentait tout le conservatisme provincial, toute la mentalité d'une caste qui vivait dans la nostalgie d'une époque révolue. Sous ses dehors convenus et ses apparents détachements des choses du temps, elle cachait bien son jeu !

« Ces pauvres petits, disait-elle, ma bonne dame, leurs parents sont morts sous les bombardements. » En réalité, elle hébergeait deux petits juifs, les avait inscrits au catéchisme et ces enfants, à part pour se rendre à l'école, ne sortaient jamais du grand parc, vivant reclus et protégés.

Comprenant qu'ils allaient s'entendre, Barthélemy accepta l'entrevue.

Une autre recrue intéressante fut le boulanger ; il possédait une voiture à gazogène fumant et empestant sur son passage, mais il avait surtout un *ausweiss* lui permettant bien des circuits. Dans les mois qui suivirent il allait servir de messager et même de taxi avec un réfugié ou un aviateur déguisé en mitron, à ses côtés dans la cabine.

Galy les rejoignit ; facteur, il voyait les arrivées du courrier, se déplaçait sans éveiller les soupçons, était susceptible d'observer et d'apprendre beaucoup de choses lors de ses tournées… Il pouvait être utile et se révéla d'autant plus précieux qu'il arriva même à persuader sa petite amie Marinette, employée au central téléphonique, d'écouter : une fois branché le jack permettant de passer une communication, il lui suffisait de manipuler une des deux clefs à sa disposition pour entendre discrètement certaines conversations – ce qui était interdit en temps normal mais le temps n'était plus normal en ce printemps 1942 !

« Bonjour, mademoiselle, je voudrais le sept – quatre et trois – à Saint-Varent… »

Ce numéro était celui de Fergeoux, un membre actif du P.P.F. Surprendre ses échanges n'apporta pas de grandes révélations, mais lorsque la Milice, dont l'homme fit partie, commença son œuvre destructrice et la chasse aux résistants, Frémont était parfois prévenu que quelque chose se préparait, qu'une réunion ou une « mission » était en vue.

Marceline Dugast, employée au central de Verfeil, petite femme culottée et décidée, paya le prix d'un engagement semblable par deux mois de prison en mai 1944 ; elle fut sans doute sauvée d'un départ en Allemagne par la Libération.

Quelque temps après, ce fut par contre au cours d'une de ses visites régulières à l'église pour consulter son confesseur que Catherine fut sollicitée :

« Ma fille, je comprends votre désarroi mais je suis sûr que votre mari se rendra vite compte de son erreur et quittera cette voie dangereuse…

– Monsieur le curé, avait répondu Catherine, je lui en ai déjà parlé ; il ne veut rien entendre et ce n'est pas faute de le prévenir… Voyez-vous, il est subjugué par ce Lapointe, ne jure que par lui et puis… (et son visage se crispa :) Je sais bien qu'il n'est pas sérieux… avec toutes ces femmes venues de la ville et qui sont en permanence au *Café Horizon.* »

Le curé réfléchissait ; il connaissait bien Catherine, l'avait vue toute petite, déjà obéissante et appliquée, aidant pour l'ouvroir, faisant ses communions régulièrement, et comme il était dans son intimité de pensées par ses confessions il savait à quel point la jeune femme était digne de confiance. Mais, d'un autre côté, ce qui s'annonçait dans les actions contre l'occupant n'était sans doute pas du travail bien féminin… !

Durant la conversation, après avoir longuement hésité, le prêtre suggéra une éventualité de résistance, de renseignements à recueillir, d'activités contre l'occupant, etc.

Il ne fut pas déçu ; pour Catherine, ce fut oui aussitôt pour un engagement sans réserve, avec la volonté peut-être de sortir de ce cercle d'infamie que les exactions des *gestapaches* commençaient à créer autour d'elle. Elle avait vu des amies s'éloigner ; d'autres ne venaient plus aux Échandons passer l'après-midi pour coudre, bavarder ou aider à préparer une commande importante... L'épicière était sèche avec elle et le facteur n'entrait plus à 10 heures pour prendre sur le pouce, au milieu de sa tournée, sur un quignon, une rondelle de saucisson accompagnée du petit verre de rouge habituel ; il laissait le courrier sur le coin du portail, coincé entre deux planches. Elle se sentait exclue, comme pestiférée.

La faire accepter dans le groupe fut difficile... Le beau-père mais surtout le mari représentaient un danger.

« J'en réponds », avait dû dire le curé.

Un jour, un inconnu sonna chez Barthélemy : un certain Henri Frémont, capitaine d'artillerie de son état. Échappé par miracle aux filets allemands lors de la débâcle, il n'avait pas voulu rejoindre l'armée d'armistice ; il trouvait d'ailleurs que ces deux mots étaient antinomiques. L'homme n'étant pas de la région, personne ne connaissait son passé. Il vivait dans une maison à l'écart du bourg, chez une tante par alliance, et pour tout le monde il était un réfugié comme un autre qui avait trouvé une place de vendeur livreur chez le quincaillier.

Venu livrer du carbure, après avoir engagé la conversation, il commença à tester son interlocuteur par quelques considérations sur la situation politique. En effet, il s'était dit que l'ancien maire, évincé du conseil municipal par l'arrêté de Pétain, ne pouvait être qu'un patriote…

Ils se comprirent, et c'est ainsi que l'ancien saint-cyrien longtemps proche d'Action française rejoignit le sympathisant communiste.

La recrue était de valeur ; lui, il sut tout de suite ce qu'il fallait faire et comment.

Partant un samedi, il passa au Sud, franchissant la ligne de démarcation, rentra deux jours plus tard porteur d'un espoir… Son contact, un camarade de régiment, lui avait promis qu'un courrier envoyé vers l'Espagne transmettrait à Londres leur demande de matériel.

La proximité du centre de munitions de l'armée allemande au château des Moulines ne pouvait que rendre le secteur important pour les services de renseignements anglais. La route principale pour s'y rendre passait par le pont de Régnât.

C'est ainsi que doucement, artisanalement, sans trop savoir comment agir, se constitua un noyau de bonnes volontés.

Le paradoxe de cette petite équipe tenait dans sa composition : le bouffeur de curés Barthélemy y côtoyait le prêtre de la paroisse qui avait amené Catherine dont le mari était agent de la Gestapo… C'étaient un refus commun de la défaite, peut-être l'amour de la patrie, le besoin de renaître en tant que citoyen qui rapprochaient au-delà des convictions de chacun.

Le monde paysan était celui qui avait payé le plus lourd tribut lors de la Grande Guerre ; la situation actuelle enlevait à ses morts ou ses gueules cassées tout le sens de leur sacrifice. Avec son bon sens traditionnel, malgré son estime pour le Maréchal, malgré les avantages que la vie rurale lui offrait par rapport à ceux des villes, la majorité refusait ce statu quo, ces contraintes qui empêchaient de vivre et coupaient le pays en deux.

Les vieux de la commune voyaient le Boche parader librement partout ; le Boche, celui-là même qui, à peine trente ans auparavant, avait meublé pour tant de générations les leçons de civisme des classes de la communale, leçons de patriotisme qui avaient pour objectif de préparer à repousser de l'autre côté du Rhin celui qui occupait l'Alsace et la Lorraine. Beaucoup parmi eux ne s'engageraient pas : quelques-uns par peur ; d'autres parce qu'ils avaient appris à ne pas se mêler de ce qui ne les regardait pas… Par contre, s'il fallait un jour aider, même modestement, ils répondraient présents.

Frémont, repassé deux fois encore en zone libre, en était revenu avec des informations précises ; il annonça d'abord à ses camarades que le terrain de largage qu'ils avaient proposé avait été reconnu, photographié par la R.A.F. d'après les coordonnées géographiques fournies, puis agréé et baptisé « héron » par les *Rosbifs* – comme Barthélemy appelait les Anglais car l'ancien maire devait encore s'habituer à les considérer comme amis, eux auxquels il n'avait pas pardonné le départ de Dunkerque et l'abandon sur le sable des plages, en 1940, de milliers de soldats français.

XII

Parachutage

Un moteur vrombissait dans le ciel.

Gustave s'était mis à la fenêtre et cherchait à discerner dans le noir de la nuit une lueur, un éclat lumineux, une ombre…

La campagne était silencieuse, on n'entendait que ce moteur, ce ronronnement régulier qui semblait narguer ceux d'en bas car, après un premier passage, l'avion avait amorcé un virage, là-bas, au sud, puis se rapprochait à nouveau, remontant vers le nord-ouest.

Le Whitney survola longuement Marcenef et s'éloigna définitivement, comme venu pour rien mais son largage accompli… discrètement.

Le terrain qui venait d'être reconnu par les Anglais s'étalait au-dessus du bois de Fournoux en formant comme un plateau, une vaste prairie large de cinq cents mètres, longue de plus de deux kilomètres, bien régulière, assez plane, occupant toute la partie haute de la colline.

Ce pacage faisait partie du domaine de Bernac. Il était difficilement accessible : à l'est, il fallait traverser le bois par un chemin au tracé malaisé serpentant entre les arbres et à l'opposé, à cause d'un à-pic dominant la Bruissante, il n'y avait qu'un sentier de chèvres au milieu des rochers, dangereux et rarement emprunté.

Seules constructions, sur l'un des côtés, deux granges vétustes servant d'abris au berger durant l'été.

Fin juin, dès les foins mis en meules, y paissaient une centaine de moutons ; cette sorte de transhumance locale permettait d'engraisser les agneaux de l'année et, à l'automne, leur vente procurait une rentrée d'argent non négligeable : Gustave les négociait huit jours avant le retour de l'estive.

Sarda, le berger, était resté là plusieurs années dans la solitude et le silence des lieux, avec quelques poules, son chien et son fusil, approvisionné toutes les semaines par un domestique de Bernac, qui, conduisant un âne bâté, lui apportait du pain, du vin… et le sortait quelques instants de son isolement.

Mais, depuis l'arrivée des Allemands, le plateau était désert.

Barthélemy connaissait bien l'endroit car, avant la guerre, chaque mois de novembre s'y déroulait une battue au sanglier. Aussi, lorsqu'il avait cherché comment résister aux Boches, il s'était dit que cette hauteur bien cachée permettant de repérer à l'avance d'éventuels arrivants serait un refuge idéal.

Il en avait parlé à Frémont, qui était alors monté reconnaître les lieux avant d'en donner les coordonnées à Londres.

Depuis qu'ils avaient appris la phrase codée qui leur indiquerait la nuit du parachutage, « *Les pommes mûrissent à la pleine lune* », ils attendaient l'annonce chaque soir, l'oreille collée au poste de T.S.F. dans le silence des maisons, les volets bien fermés, la femme ou le papy guettant au coin du jardin ou par une fenêtre sur la rue pour prévenir d'une arrivée suspecte.

Enfin, la veille, entre les crachements du haut-parleur, au milieu des sifflements du brouillage, Londres avait délivré le message.

Ce soir, pour eux, c'était donc une première !

À quatre, fébrilement, comme on part à l'aventure, dissimulant à la fois leur impatience et leur appréhension, ils se retrouvèrent à la nuit tombante à la lisière de Fournoux et, de là, ils traversèrent le bois dans le noir, un peu la peur au ventre, pour arriver enfin sur le plateau.

Là, six trous avaient été creusés en rectangle sur la longue prairie ; le capitaine en avait déterminé les emplacements et Sarda, monté à l'avance, avait tout préparé, y compris des brassées de petit bois. Seul Frémont avait une torche électrique…

Pour plus de sûreté, l'information avait été tenue secrète, réservée au noyau d'origine du groupe, car non seulement il fallait s'assurer de tout mais aussi tenir compte de l'environnement familial et passer inaperçus auprès des voisins. Sarda et Frémont étaient célibataires, Barthélemy veuf ; il manquait une personne puisqu'ils avaient calculé qu'ils devaient être quatre pour allumer les feux de repérage.

Le curé fit faux bond car, malgré le couvre-feu, il n'était pas rare qu'on vienne le quérir en pleine nuit pour les besoins de son ministère…

« Si on sait que je découche, ça va faire drôle ! » avait-il expliqué avec un petit sourire.

Aussi, bien que le capitaine Frémont ait émis quelques réserves, Catherine participa à l'action. Pour le cas, fort improbable d'ailleurs, où son mari serait revenu ce soir-là à la maison, elle l'avait prévenu que sa mère étant malade elle allait passer la nuit chez ses parents ; il aurait pu rentrer à l'improviste… Les premiers réflexes de prudence indispensables pour le combat clandestin commençaient à s'imposer.

En bordure du bois, tressaillant d'angoisse à chaque craquement, épiant le moindre mouvement, ils restèrent là en silence pendant plus de trois heures. Enfin, ils entendirent l'avion vers 1 heure du matin ; d'abord lointain, le bruit du moteur se précisa et les six petits foyers furent allumés. Catherine s'occupa des plus proches ; Sarda de ceux du milieu et Barthélemy, courant dans le noir, partit vers les autres.

Frémont se plaça au centre du pré pour lancer vers le ciel le code retenu *« Ta ta ta »*, la lettre en morse répétée cinq fois. Là-haut, le pilote fit cligner ses feux d'ailes et répondit : *« Ti ta ti ta »*… Ils avaient été vus !

Il n'y avait plus qu'à guetter… Le capitaine revint vers la lisière.

Les flammes des feux montaient plus haut que prévu au-dessus du sol et, un instant, ils craignirent d'être aperçus des environs mais l'endroit était vraiment excellemment choisi : bien que dominant la vallée, cachées par les arbres, les lueurs ne pouvaient se voir que du ciel.

Tout d'abord, une fois l'avion passé en direction du sud, ils avaient pensé que le pilote avait manqué la cible mais, le ronflement augmentant à nouveau, ils en conclurent que l'Anglais avait opéré un demi-tour… En effet, une minute plus tard, l'appareil vola encore avec fracas au-dessus d'eux, partant cette fois-ci vers le nord-ouest… les ignorant.

Rien ! ce coup-ci, c'était sûr, il les avait ratés !

Leur déception fut immense : Catherine en avait les larmes aux yeux ; ils avaient tant attendu ce moment, avaient tellement porté leurs espoirs sur ce parachutage qu'ils se retrouvaient subitement dépités, presque trahis. C'est alors que, tournant la tête, la jeune femme s'écria :

« Là… là… regardez… »

Une corolle blanche, silencieuse, se balançait dans le ciel, se rapprochait rapidement et, dans un choc qui leur sembla faire un bruit épouvantable, un conteneur tomba au sol, aussitôt caché par le parachute qui le recouvrit.

Derrière eux, ils entendaient l'avion s'éloigner, les laissant seuls avec leur destin sur ce coin de terre, subitement cois devant l'importance que leur accordait, là-bas à Londres, celui qui avait cru à leur engagement. Une sorte de fierté les saisit, fierté d'agir à la barbe de l'occupant, fierté de ce qu'ils allaient pouvoir accomplir grâce à cet approvisionnement. Cette reconnaissance les entraînait dans une action dont ils ne percevaient que difficilement les dangers ; que leur serait-il demandé en échange, jusqu'où devraient-ils aller pour assumer leur rôle ? Si Frémont était un militaire, un homme de guerre préparé aux missions, les autres découvraient la peur, la solitude, le silence et, pour Catherine, le regard des gens qui disait tant leur mépris et même leur haine alors qu'elle devait se taire et subir tout en risquant sa vie dans l'anonymat d'un combat que peu partageaient.

Pendant que Sarda, de son sabot, éteignait énergiquement les dernières flammes, ils coururent vers le tube qui gisait au sol. À son grand dam, Catherine vit alors disparaître, avec les soupentes, la belle toile blanche… Elle en aurait fait de si beaux chemisiers ! Le tout fut enterré près d'un buisson puis, ensemble, ils transportèrent le conteneur vers une des cabanes.

Une lampe-tempête fut allumée et, comme des enfants qui, un matin de Noël, découvrent leurs cadeaux, ils firent l'inventaire du trésor.

Il y avait là des pains de plastic et des détonateurs, six Sten avec leurs munitions, une liasse de billets dans une enveloppe, des lampes torches – finis les feux de bois… –, du cordon Bickford et enfin un gros et lourd carton entouré de renforts qu'ils découpèrent au couteau pour découvrir, bien protégé dans cet emballage, un poste de radio, un Mark III, pesant au moins trente kilogrammes. Ils se regardèrent, perplexes : aucun d'entre eux ne savait se servir de cet appareil !

C'est alors que dans le noir ils perçurent quelques bruissements… On courait dans la nuit, des pas précipités se rapprochaient. Soufflant aussitôt la flamme de la lanterne, complètement tétanisés, ils perçurent au-dehors, se dirigeant dans leur direction, une ombre portant sur son flanc une forme blanche… Une voix sourde héla dans l'obscurité :

« Y a quelqu'un ? »

Le capitaine sortit prudemment de la cabane, son revolver d'ordonnance à la main…

« Je suis Thierry. Bonsoir », dit une voix essoufflée.

L'arrivant était un radio qui, atterri plus loin et repérant la lumière, s'était approché, son parachute dans les bras.

Voilà qui n'était pas prévu. Il fallait l'héberger… Frémont se proposa : sa tante serait d'accord, elle recevait peu, la maison était au bout d'un chemin en cul-de-sac et seul Berthier passait devant chaque jour pour conduire ses vaches dans le pré, un peu plus loin.

Il fut décidé qu'ils reviendraient plus tard récupérer le matériel ; en attendant, ils le camouflèrent sous un reste de foin et ils étaient tous conscients que le plus facile de l'opération avait été effectué ; il leur fallait maintenant réussir le transport jusqu'à une cache sûre et pratique…

Catherine lança une proposition :

« J'ai des possibilités à la maison ! »

L'engagement de son mari la mettait *a priori* dans le camp des traîtres ou des suspects ; en revanche, la fille de Clovis avait vite su prendre sa place dans le groupe.

Cacher les Sten chez elle était une gageure, mais qui viendrait chez un gestapiste français chercher du matériel de guerre ou de sabotage ? Elle expliqua qu'elle envisageait d'installer le tout dans un faux plafond au-dessus de ses cages à lapins. Les réticences balayées, son offre fut acceptée.

Ils rentrèrent très tard chez eux cette nuit-là.

Ceux qui habitaient dans le bourg espacèrent leurs arrivées, évitant par prudence la grand-place ou les rues principales ; en effet, dans le calme de la nuit, alors que les habitants étaient cloîtrés par le couvre-feu dans leurs maisons aux persiennes recouvertes de tissu ou de papier noir, seules circulaient les rondes allemandes ou les voitures bruyantes de rires et de chants avinés des pensionnaires du *Café Horizon*.

Dès 7 heures du matin, comme d'habitude, Catherine était partie au marché avec sa carriole tirée par son petit âne gris ; Frémont avait levé le rideau de la quincaillerie et balayait le trottoir tout en lorgnant au fond de la place en direction du *Cheval blanc* pour voir si une animation quelconque ne troublait pas le va-et-vient habituel de ces messieurs en vert-de-gris et, au même moment, Barthélemy coupait quelques fleurs dans son jardin avant d'aller passer un instant au cimetière afin de dire bonjour à sa femme et lui raconter ce qui s'était passé cette dernière nuit.

Sarda, célibataire endurci, se leva à midi et alla déjeuner chez sa sœur. En passant devant la « maison boche », il cracha ostensiblement sous le regard froid de la sentinelle qui ne sembla même pas remarquer cet acte pourtant bien intentionnel.

Ses messes dites, le curé visita Marceline qui se mourait de tristesse d'être séparée de son unique enfant prisonnier en Allemagne puis, l'après-midi, assista à une séance du conseil municipal durant laquelle personne ne releva le passage d'un avion la nuit d'avant.

Le seul à s'interroger, ce fut Gustave qui en parla à Mélanie :

« Je ne sais pas ce qui se trafique mais cela fait bien trois fois depuis un mois que des avions passent par ici… Je me demande bien ce que cela cache. »

Mélanie faisait des confitures de raisins ; il n'y avait plus de sucre depuis longtemps et au raisin, si on ajoutait du miel et de la pomme pour servir de gélifiant, les pots pouvaient se conserver jusqu'à la fin de l'hiver sans trop fleurir.

« Mon ami, occupons-nous de nous… Nous avons assez de malheurs comme cela ! Mme de Laborderie m'a parlé de gens qui seraient des terroristes, des saboteurs et qui s'attaqueraient aux

Allemands… et puis je ne sais quoi encore. Il y en a aussi, paraît-il, qui soutiennent ce général qui est à Londres.

– De Gaulle ?

– Oui, c'est bien ça… et, selon elle, celui-ci enverrait des armes en France par avion. »

Gustave était au courant ; il savait aussi que des gens étaient arrêtés pour des actes de destruction mais, pour lui, c'étaient là des affaires lointaines, de la ville, pas ici, dans ce coin de campagne où tout semblait apparemment calme… Et bien qu'il pensât qu'il puisse y avoir au bourg ou dans les environs certaines personnes tentées de se dévoyer de cette façon, il n'avait pas de soupçons tant il ignorait jusqu'au fait même de ce que pouvait être la Résistance.

« Mais cet avion… quand même… ! »

XIII

Dans l'action

MAINTENANT IL LEUR FALLAIT AGIR, d'autant que le groupe s'étoffait parfois ; deux employés de la mairie furent recrutés par Barthélemy, copains de syndicat, politiquement engagés et habitués à l'action ; l'un d'eux avait subtilisé un tampon encreur tout en le déclarant perdu. La mention « État français » fit penser à Frémont qu'il pourrait être utile un jour pour actualiser un imprimé ou une pièce d'identité…

Le premier à être mis à contribution fut Sarda.

Sa musette sur le dos, il partait le matin vers un coin de champ, se postait sur un surplomb juste au-dessus de la route pour compter les camions qui se dirigeaient vers le dépôt de munitions du château des Moulines. En effet, lorsqu'un train arrivait à la gare de Verfeil, son déchargement faisait l'objet d'un véritable camouflage et il était impossible de déterminer le contenu de tous les transports qui partaient dans diverses directions.

Renseigner sur celle du dépôt de munitions était la mission principale du groupe du capitaine Frémont. Avec le temps, Sarda avait mis au point une tactique d'observation ; dans le flot des allers et retours, les camions qui arrivaient chargés se repéraient facilement : en bas de la côte de Ricoutès, le chauffeur devait rétrograder en seconde et, au bruit du moteur, notre homme ne se trompait pas. Sur une feuille de papier il notait, alignant consciencieusement les bâtonnets, plus longs pour les semi-remorques, sur une ligne à part lorsque la bâche laissait apparaître des formes géométriques de véhicules ou de matériel.

Un jour, la quête fut plus importante ; sur trois remorques, il crut apercevoir des affûts de canon. Les Chleuhs installaient probablement une D.C.A. ! Les passages répétés des avions de la R.A.F. ne devaient pas être étrangers à cet aménagement. Cette information était à transmettre d'urgence…

Catherine servait souvent d'agent de liaison pour acheminer des messages, surtout depuis qu'un autre groupe non loin de Chalmont ne pouvait plus émettre lui-même ; en effet, là-bas, une femme intriguée par l'antenne installée récemment dans le jardin de son voisin devant une maison inoccupée s'était empressée d'en parler à son frère qui n'avait rien fait de mieux que d'en parler au café. Les Allemands à leur tour ne mirent pas longtemps à l'apprendre : les bonnes âmes ne manquaient pas, connues ou inconnues, toujours prêtes au mal, regards cachés derrière un rideau, espionnant, corbeaux délateurs, minables et méprisables, révélateurs des mesquineries qu'une petite ville peut générer dans une vie sociale fermée.

Le radio l'avait échappé belle mais le poste, lui, bien que dissimulé à la cave, avait été trouvé… Depuis lors, le groupe était muet.

Pour ce travail, Catherine opérait à vélo, transportant ses livraisons sur son porte-bagages. Ainsi elle traversait le pont de Régnât sans difficulté, laissant au passage un lapin tout écorché au chef de poste puis continuait sa tournée. Celle-ci terminée, au retour elle s'arrêtait une fois près d'une borne kilométrique, une autre non loin d'un poteau téléphonique ou du parapet d'un pont… Là, après s'être assurée d'être seule, elle s'accroupissait dans le fossé, faisant semblant de satisfaire un besoin naturel, et en profitait pour récupérer un tube d'aspirine à un endroit prévu bien précis. D'un coup du plat de la main, elle estourbissait alors un des lapins restants puis lui enfonçait le tube entre les dents. En retraversant le pont, elle saluait Helmut comme si de rien n'était, non sans remarquer le regard indiscret et insistant de l'homme vers ses genoux qui se découvraient lors du pédalage. Grâce au lapin tout préparé donné à l'aller, elle pensait ne pas avoir à craindre une fouille.

Deux heures plus tard, Frémont avait le message.

« Titititi ti tatitati tatatata titati. »

Thierry s'était levé à 5 heures pour le rendez-vous fixé par Londres.

Ses écouteurs collés aux oreilles, dans le silence de la nuit et le gel de ce matin de novembre, à la faible lueur d'une ampoule pendant à un fil accroché à une solive du grenier, trois fois il répéta son indicatif. Pas de retour.

Il vérifia à nouveau l'étalonnage de son appareil, les connexions vers l'antenne qui sortait par le vasistas et allait s'accrocher au toit de la grange d'en face.

Fébrilement, il reprit son appel, sachant que tout retard était un instant supplémentaire pour un repérage gonio.

Devant lui, sur la table, se trouvait le message codé à envoyer, soixante-quinze groupes de cinq lettres et, posé juste à côté, le carton contenant les codes, les procédures et les quartz préréglés sur les fréquences à utiliser selon les jours, carton qui devait être détruit en premier en cas d'alerte.

« Enfin… Je les ai !

– Tatita… vous pouvez émettre. »

De sa main experte, Thierry expédia le message en un temps record, tapa « envoi terminé » et coupa le contact.

Malgré le froid et la brièveté de ce travail, il était en nage.

Le danger était sournois ; impossible de savoir si le poste avait été repéré, si dans trois minutes n'allait pas déboucher dans le chemin un camion de soldats venant encercler la maison… Il y avait réfléchi souvent. Il connaissait le prix à payer pour cet engagement mais qu'était sa vie au regard de celles que les renseignements fournis ainsi contribuaient peut-être à sauver ou des pertes qui pouvaient en découler pour l'ennemi.

Reclus de jour et de nuit chez la tante de Frémont, tuant le temps en d'interminables parties de cartes ou d'échecs avec la vieille dame, empruntant les livres de sa bibliothèque, il ne sortait que de nuit sur le chemin devant la maison afin de se dégourdir et faire un peu d'exercice. Son travail l'occupait moins de cinq minutes par semaine, parfois même moins, mais il était le complément indispensable, les oreilles et la voix de ceux qui agissaient sur le terrain ; sans lui, leur isolement les aurait rendus inopérants.

Un autre groupe approché par les camarades du syndicat opérait sur le mont de Bellerive. Ce jour-là, il leur avait fait savoir que le lendemain un aviateur anglais serait à convoyer vers la ligne de démarcation. Barthélemy, un parapluie sous le bras en signe de reconnaissance, devait le récupérer à midi, à l'arrivée du car Saurer assurant la correspondance avec la gare de Verfeil. Attendant donc sur le trottoir comme prévu, celui-ci vit défiler les premiers voyageurs, regarda le chauffeur monter sur le toit du véhicule pour faire passer de la galerie quelques vélos et bagages, lorsque son cœur battit tout à coup ; l'émotion sans doute car c'était le troisième colis qu'il réceptionnait en un mois !

Un inconnu dans la force de l'âge apparut sur le marchepied. Vêtu d'un bourgeron noir, d'un pantalon de velours côtelé, de galoches et une vieille musette au dos, il aurait pu être quelque ouvrier agricole venant prendre un engagement si un détail n'avait attiré l'attention : il était roux de cheveux, mais alors d'un roux si éclatant que malgré la casquette certainement destinée à cacher cette chevelure il semblait qu'on ne voyait qu'elle…

« Eh bien, se dit Barthélemy, pour se faire repérer il n'y a pas mieux… »

Une femme le tenait par le bras. À peine descendue à son tour sur la route, elle jeta un regard circulaire, cherchant son contact : l'homme au parapluie.

Traversant alors jusqu'au trottoir puis passant près de Barthélemy, elle lâcha le bras de son compagnon, l'abandonnant pour entrer dans le bazar tout proche.

Lorsqu'elle en ressortit quelques minutes plus tard, ils avaient disparu.

L'ancien maire avait conduit l'Anglais chez lui pour attendre à l'abri la fin de l'après-midi car ils avaient rendez-vous à 6 heures seulement sur le mail, derrière le poids public, là où un camarade le prendrait en charge.

Quelques heures à patienter.

L'Anglais ne refusa pas un verre de vin mais l'un ne parlant pas français ni l'autre anglais, le temps s'écoulait lentement dans le silence de la cuisine troublé seulement par le tic-tac de l'horloge.

« Moi, Philip… avait dit l'aviateur en se touchant la poitrine de la main.

– Euh… moi, c'est Hector ! »

Le Britannique sortit de sa poche un paquet de cigarettes. Des anglaises ! une aubaine, depuis longtemps ici personne n'en avait même plus souvenir de l'odeur ; beaucoup avaient remplacé le fin tabac blond par de la barbe de maïs qui, mélangée au gris, permettait de faire durer la ration.

Barthélemy accepta la première, l'alluma et aspira la fumée avec délice ; voyant la satisfaction affichée de son hôte, l'Anglais lui en offrit une deuxième et une autre encore, si bien qu'en fin d'après-midi, au moment d'aller au rendez-vous, le paquet était presque vide.

« Pour toi, monsieur » et, disparaissant dans une poche de veste, le paquet changea de propriétaire.

Prudemment, d'abord par la rue du lavoir puis par l'arrière du jardin du presbytère, Barthélemy accompagna son colis jusqu'au poids public.

Debout près d'une brouette remplie de fumier, Dutreuil attendait. Les deux hommes ne s'attardèrent pas ; Dutreuil avec sa brouette et l'aviateur s'éloignant vers Marcenef par le chemin des jardins, Barthélemy, un instant hésitant, décida qu'au lieu de rentrer chez lui directement il pourrait passer place de la Mairie. Avant d'aller se faire sa piqûre quotidienne d'insuline, il avait encore du temps devant lui pour aller boire un canon au *Café des Sports* !

Un barrage imprévu était installé au coin de la rue Nationale. C'était une première au bourg. Ce barrage, pensa-t-il alors, avait sans aucun doute dû être monté à la suite d'une dénonciation ; dans ce patelin où tout le monde se connaissait, peut-être même que la chevelure rousse flamboyante avait été remarquée… Trop tard pour faire demi-tour et puis, après tout… ses papiers étaient en règle… que risquait-il ?

Des soldats contrôlaient uniquement les identités des passants tandis que deux d'entre eux sondaient une charrette de foin à l'aide de leur baïonnette.

Serein, Barthélemy sortit sa carte et la présenta au sous-officier qui vérifia la concordance entre la photographie et le porteur.

Soudain, alors que tout se déroulait normalement, l'Allemand renifla, renifla encore, tout en se rapprochant de Barthélemy

« *Engländer, Engländer… schnell* » et à cet appel deux *Feldgrau* se saisirent de l'imprudent qui, en un instant, avait compris : il sentait le tabac blond, et ce d'autant plus que celui-ci était introuvable dans le commerce depuis des années. Il fut poussé contre un mur, fouillé sans ménagement et tout de suite le *Feldwebel* découvrit le paquet d'anglaises.

À minuit, il était encore à attendre, menotté à un radiateur dans le couloir du *Cheval blanc*. Un soldat assis à une table le surveillait tout en feuilletant un journal.

La riante auberge d'avant-guerre, cadre de tant de noces et de banquets, avait bien changé. Dans le bâtiment régnait un silence de cathédrale seulement rompu de temps à autre par des éclats de voix venant des étages où on savait que la troupe avait ses chambrées. Les fenêtres, condamnées par des planches clouées, rendaient les lieux encore plus sinistres.

Un bruit de moteur dans la cour, et deux hommes en manteau de cuir noir débouchèrent dans le hall, salués par le planton qui se leva pour un *Heil* sonore. Ils entrèrent dans le bureau de l'*Hauptmann,* en ressortirent peu après et, passant près de Barthélemy, lui jetèrent un bref regard avant de s'engager dans l'escalier menant au sous-sol.

Un instant plus tard, fermement maintenu, c'était au tour de ce dernier d'emprunter le même chemin.

Une fois à la cave, il fut ligoté de force sur une chaise aux pieds scellés dans le sol.

Un souvenir le saisit : c'était ici même qu'en 1933 ou 1934 – il ne se souvenait plus exactement – il avait aidé à des centaines de bouchages après une récolte exceptionnelle… Mais cette pièce n'était plus dévolue à la garde des vins de l'auberge ! Elle avait été débarrassée des anciens casiers à bouteilles laissant maintenant place à des chaînes pendant aux murs à côté de deux crochets de boucher ; dans le coin à gauche, une baignoire crasseuse et maculée de taches rougeâtres était à moitié remplie d'une eau glauque.

Barthélemy remarqua sur la table devant lui quelques outils, tenailles, marteaux, une vrille ainsi que deux ou trois petits crochets de fer. La parabole d'une lampe de bureau, juste face à son visage, lui cachait le fond de la pièce.

Il n'avait pas peur ; il avait eu tout le temps de réfléchir à son affaire et de préparer sa défense. Il allait raconter avoir croisé l'Anglais par hasard ; ce dernier lui aurait demandé son chemin et il l'aurait conduit jusqu'au poids public. Pour la peine, il aurait reçu le paquet de cigarettes…

Des témoins pourraient confirmer ; en route ils avaient croisé Perdigot qui les avait salués.

Il s'en tirerait… il en était certain !

Par contre, un point le chagrinait beaucoup plus ; cela faisait plus de six heures qu'il aurait dû faire sa piqûre d'insuline et un retard pareil – il le savait depuis toujours – c'était grave pour lui.

« Où est l'Anglais ? »

La question arriva, prononcée d'une voix froide et sèche, une voix qui semblait sortir de nulle part car la lampe de bureau maintenant allumée devant ses yeux l'aveuglait totalement.

« Je l'ai rencontré devant l'épicerie, il m'a demandé où était le lavoir, je l'y ai conduit et l'y ai laissé. »

Dans son esprit, reconnaître l'avoir vu ne pouvait que le servir. Il pensait risquer une peine de prison comme ceux de la ferme de Bellevue qui avaient hébergé un homme recherché et en avaient pris pour deux mois…

« On t'a vu à l'arrivée du car de Verfeil… On sait comment il était habillé : il avait bien une veste noire et portait une musette ?

– Oui, c'est ça, confirma Barthélemy toujours à son schéma de défense.

– Qui était la femme qui l'accompagnait ?

– Je ne la connais pas. »

Il était tombé dans le piège ! Son histoire ne tiendrait pas. Il était bien à l'arrivée du car puisqu'il avait vu la femme…

« Tu vois bien que tu n'as pas rencontré l'Anglais par hasard puisque tu attendais à l'arrivée du car ! »

Sa tête commençait à tourner. Il n'avait pas mangé depuis midi ; cette lumière lui faisait mal aux yeux ; il n'arrivait plus à suivre les questions qui se succédaient maintenant l'obligeant à se couper, à revenir sur ses premières déclarations, lorsque subitement le premier coup tomba. Puis encore deux, des gifles allers-retours ; l'une d'elles manqua la joue et toucha l'œil soudain ébloui par un éclair bleu… Sa paupière éclata, il sentait sa pommette gonfler.

« Où est l'Anglais ? » La question revenait maintenant régulièrement, insistante, ponctuée de nouveaux coups violents et de plus en plus précis.

Sa mâchoire craqua, sans doute fracturée… Il ne pouvait plus fermer la bouche, il avait le goût âcre du sang dans la gorge.

Ces deux-là étaient pressés d'expédier leur besogne.

Un aviateur, c'est un soldat précieux, difficile à former et l'ennemi connaissait le prix d'un de ces spécialistes, pilotes, radionavigants, mitrailleurs… d'où cet acharnement, cette urgence et cette volonté de capture, voulant en finir le plus rapidement possible avec ce vieux qui n'allait pas tarder à tout dire.

Le « vieux » ne réagissait plus ; la nuque lourde, les oreilles bourdonnantes, il avait les yeux pochés, le nez écrasé et un terrible mal de tête. Il percevait des mots, recevait des coups, aperçut une flamme, sans doute un briquet car on lui souffla de la fumée dans le visage et, aussitôt après, une cigarette fut écrasée sur sa joue.

Il hurla sous la brûlure, se débattit mais en vain, ses liens étaient solides.

Sonné, il laissa tomber sa tête en avant et soudain il sut qu'il allait mourir. Il souhaita que tout cela se termine rapidement, son esprit s'égarait, il semblait désormais insensible aux brutalités.

C'est alors qu'il se rendit compte qu'on lui détachait une main.

Enfin c'était fini ! Il pensa qu'on le libérait.

Mais il sentit une petite piqûre sous la lunule de son majeur et une douleur atroce le déchira jusqu'au coude. Avec un crochet de fer, on venait de lui arracher l'ongle !

« Où est l'Anglais ? »

Son hurlement devait résonner bien au-delà des limites de la pièce, mais les deux hommes ne s'en préoccupèrent pas.

À nouveau, cette fois-ci sur l'index, ce fut la même petite piqûre. Il comprit qu'on allait lui arracher tous les ongles les uns après les autres. Il n'en pouvait plus, les idées se bousculaient dans sa tête : Sarda devait être passé chez lui avant le couvre-feu ; ne l'ayant pas trouvé, il avait sans doute averti les autres… Et puis il se rappela que lorsque les soldats l'avaient emmené, au loin il avait vu la mère de Catherine devant la boulangerie ; s'il fallait, elle avait informé sa fille… et puis d'autres aussi l'avaient vu.

Dans son malheur, le pauvre homme avait encore le ressort de penser à la sauvegarde de ses camarades ; Dutreuil et Philip, eux, devaient être loin dans la campagne, partis pour le rendez-vous avec le passeur…

« Marcenef », lâcha-t-il dans un souffle avant de s'abandonner à la limite de la perte de connaissance, tachant le sol de son urine, gémissant.

Apparemment satisfaits, ses tortionnaires le lâchèrent, le laissant tomber par terre comme on lâche un sac ; le contact avec le froid du ciment lui fit du bien ; sa langue avait encore enflé et il comprenait pourquoi : le manque d'insuline commençait à se faire sentir.

Au-delà de sa douleur, du bourdonnement de ses tempes, un état second le gagnait, une sorte d'inconscience qui lui permettait de dépasser le seuil de sa souffrance. Sa respiration faiblit. Il s'évanouit, seul, abandonné là par ses bourreaux qui, leur proie vaincue, partaient exploiter sans délai le renseignement extirpé. Barthélemy était en leur pouvoir ; pour eux, ce n'était que partie remise, ignorants qu'ils étaient de son diabète, du coma qui s'annonçait et de l'issue fatale qui allait suivre, ils pensaient avoir tout loisir de le faire encore parler le lendemain.

XIV

Une nuit tragique

Le capitaine Frémont avait tout de suite connu l'arrestation de Barthélemy.
De la réserve située à l'arrière de la quincaillerie, il pouvait voir le poids public et de là il avait constaté le bon déroulement du passage de l'Anglais entre ses deux camarades. Mais, lorsqu'il était sorti sur le trottoir, c'est avec inquiétude qu'il avait aperçu Barthélemy se diriger vers ce qui était une vraie souricière : le barrage allemand mis en place au coin de la rue Nationale…

Ce fait inhabituel ne pouvait être fortuit ; un suspect avait dû être repéré en ville pendant la journée et ce contrôle devait s'opérer en présence d'un informateur. « Pourvu qu'il ne s'agisse pas de l'Anglais d'aujourd'hui », s'était-il dit avec angoisse et pressentiment.

Faisant mine de balayer devant la boutique, de ranger ses balais de coco suspendus au mur, il avait donc assisté à l'arrestation de l'ancien maire et prit aussitôt ses dispositions.

Avisant le jeune garçon de la voisine, Gilbert, qui jouait avec son vélo, il lui demanda d'aller jusque chez Catherine :

« Tu sais, celle qui vend des lapins…

– Mais c'est loin, monsieur. »

Frémont sortit de sa poche une pièce de vingt sous :

« Tiens pour ta peine. Tu vas lui dire que j'ai besoin de lapins, que c'est urgent. »

Cette phrase était convenue entre eux ; elle comprendrait…

Heureux, le gosse partit sans se faire prier alors que lui-même allait prévenir Sarda qui servirait de relais pour Galy, chargé à son tour de prévenir ses camarades de la poste.

Deux heures plus tard, tout le groupe était sur ses gardes, chacun sur une position de repli, caché chez des parents ou dans la campagne, sauf Sarnin, le cheminot, qui, en déplacement, ne put être joint.

Ensuite, Frémont rentra chez sa tante ; Thierry fut installé dans une grange à l'écart et lui-même, avant de se sauver, démonta l'antenne puis entreprit de dissimuler le Mark III qui, enfermé dans une lessiveuse, fut glissé dans le tas de fumier attendant au fond de la cour d'être répandu dans le jardin.

« Tante Delphine ! il faudrait aller chez Mme Levieux… elle t'attend.

– Mais, mon garçon, je n'ai pas prévu de sortir cet après-midi.

– Tante, j'insiste. Faites-le pour moi. »

La vieille dame ne savait rien des activités de son neveu mais elle n'était pas dupe. D'abord le radio, maintenant cette fuite précipitée… et puis un commis quincaillier ne sort pas le soir en bravant le couvre-feu. Elle n'avait jamais posé de questions mais Henri était bien de la race de son mari, l'adjudant-chef mort à Verdun le jour même où il venait d'être promu lieutenant sur le champ de bataille pour remplacer l'officier tué la veille.

« Marcenef… ! Ce n'est pas possible ! »

L'*Hauptmann* Muller, sidéré, regardait les deux agents de la Gestapo qui venaient de lui indiquer où se cachait l'aviateur dont on leur avait signalé l'arrivée par le car de midi.

« M. Bertaud… M. le maire Bertaud à qui j'ai payé pas plus tard que lundi dernier pour plus de deux mille six cents francs une livraison de viande… »

Puis, prenant conscience de son devoir, malgré l'heure avancée de la nuit, il hurla un ordre tout en agrafant son ceinturon.

Là-haut, dans les chambrées, en un instant ce fut le branle-bas et, presque aussitôt, les hommes furent prêts, assis alignés à l'arrière des camions qui allaient les transporter à Marcenef.

Le convoi s'arrêta à l'entrée du parc.

Silencieusement, les soldats sautèrent du hayon et en trois groupes commencèrent leur approche du château. Une dizaine contourna le bâtiment et établit à l'arrière un périmètre de sécurité pour surveiller ; personne ne s'échapperait par là.

Le *Feldwebel* en conduisit d'autres vers les communs pour fouiller alors que les derniers, sous la direction de leur officier, se présentèrent sur le perron et, à coups de crosse, commencèrent à enfoncer les deux vantaux de la porte d'entrée.

Bien vite, une lumière s'alluma au premier étage et Gustave, en chemise de nuit, apparut en haut de l'escalier, ébahi par cette intrusion sauvage.

« Ne faites pas un geste, descendez jusqu'à moi, je vous prie, monsieur Bertaud. »

Ce dernier, décontenancé, vint se poster devant l'*Hauptmann,* attendant des explications.

« Nous recherchons un Anglais, un aviateur… Des renseignements font état de sa présence à Marcenef. »

Gustave resta muet, fit seulement non de la tête, manifestant son incompréhension devant cette accusation… Lui, héberger un Anglais !

Un soldat fit un pas en avant dans sa direction, posa le canon de son arme sur sa poitrine, appuya un peu pour le faire reculer et l'obliger à s'asseoir dans un fauteuil.

Puis, ce fut Mélanie qui descendit en robe de chambre, croisant dans l'escalier les soldats qui, après avoir rapidement parcouru au rez-de-chaussée la cuisine, le cellier et le bureau, montaient au premier, fusil à la main. Les portes des chambres claquaient, le plafond retentissait des courses en bottes sur les parquets.

« Que se passe-t-il, Gustave ?

– Ma bonne, il paraîtrait, d'après ce que vient de me dire monsieur… (et il insista sur le mot) que nous cacherions un Anglais.

– Un Anglais ? Quelle horreur ! »

À son tour elle fut poussée et forcée de s'asseoir.

Il y eut un instant de silence ; là-haut, les *Feldgrau* avaient fait le tour de l'étage et, au bruit, ils se trouvaient maintenant au grenier, déplaçant avec fracas vieux meubles et restes anciens entreposés là.

L'*Hauptmann* souriait ironiquement, attendant le moment où M. le maire – si habile en affaires – serait confondu. Il regardait autour de lui avec curiosité.

« Ah, monsieur le maire, vous avez un bien beau poste de T.S.F. ! »

Et, s'approchant du meuble en noyer qui combinait tourne-disque et radio, il se pencha vers le cadran pour vérifier sur quel canal était positionnée l'aiguille.

« Monsieur Bertaud, dites-moi donc, je vous prie, à quel émetteur correspond cette fréquence.

– Radio-Paris, évidemment.

– Et vous écoutez qui, monsieur Bertaud, sur Radio-Paris ? »

L'*Hauptmann* s'amusait à ses dépens, c'était visible.

Gustave savait parfaitement que le poste était calé sur Radio-Paris… Il avait bien essayé plusieurs fois de prendre Londres mais, entre le brouillage et tous ces messages ridicules et incompréhensibles, il avait renoncé. Pour lui, c'étaient là fariboles destinées à quelques désespérés dissimulés dans les forêts ; d'ailleurs, qu'espéraient pouvoir faire ces gens-là contre l'armée allemande si organisée et si puissante ?

« J'écoute tous les jours M. Harold Paquis ; c'est un patriote et un grand Français qui n'a à recevoir de leçons de personne… »

Déjà, les premiers soldats redescendaient.

« *Na und ?* demanda l'officier.

– *Kein Mensch.*

– *Wie sind die Betten in den Schlafzimmern aus ?*

– *Leer, überzogen und kalt.* »

Les chambres étaient donc inoccupées, sans doute depuis longtemps.

L'officier eut l'air déçu, il fronça les sourcils, d'autant que par la porte donnant sur la cour entrait justement le *Feldwebel* revenant des écuries et qui, de la main, lui adressait un geste de dénégation.

L'*Hauptmann* Muller se tourna alors vers Gustave :

« Je crois, monsieur Bertaud, que nous avons été abusés. Les renseignements qui nous ont été fournis sont erronés. (Puis il ajouta comme pour énoncer une banalité :) Il n'y a personne ici mais… hier… vous n'auriez pas vu un Anglais ? »

Il n'eut pas besoin de réponse ; l'air ahuri de Gustave était si expressif qu'aucun comédien n'aurait pu envisager faire aussi bien.

« Il me reste, monsieur, à vous demander de m'excuser pour ce dérangement nocturne et pour ces quelques… dégâts à votre porte. »

Il pivota alors vers Mélanie, claqua les talons :

« Mes hommages, madame. »

Et, faisant demi-tour, il lança un ordre ; ses hommes sortirent aussitôt, laissant là les deux époux médusés.

Les Allemands n'allèrent pas bien loin.

Manifestement, au château ils ne savaient rien : à la *Kommandantur*, le prisonnier avait parlé, il y avait donc quelque chose à Marcenef ! Mais alors, où ? À l'entrée du parc, non loin du portail, dans cette maison qui semblait habitée puisque du linge séchait sur un fil et un vélo était posé contre le mur… ?

Un soupçon saisit l'officier.

En prenant à son tour l'aviateur en charge, Dutreuil avait permis à Barthélemy de se libérer ; cette solution d'accompagnement avait été trouvée car, dans le bourg, avoir un invité à table le soir, ou même un dimanche, pouvait paraître louche aux voisins. De plus, à la nuit tombée, il fallait, pour arriver jusqu'au rendez-vous en pleine campagne avec le passeur, malgré le couvre-feu, emprunter des rues où souvent le Chleuh patrouillait.

Par contre, loin de toute habitation, les abords de Marcenef étaient plus discrets.

Dutreuil avait donc conduit l'Anglais jusqu'au pavillon du parc où Marcelle avait préparé la soupe. Tous les trois dînèrent tranquillement et, comme ils avaient du temps devant eux, ils prirent même une petite gnôle à la fin du repas.

Dutreuil avait là sa revanche sur le Boche qui l'avait gazé, sur sa vie de malade ; pour lui, c'était un second combat, un engagement volontaire combien plus courageux que lorsqu'en 1914 il était parti contraint et forcé. Il ne pouvait pas être d'une grande aide mais, lorsque Barthélemy était venu le trouver, il avait su que c'était là un nouveau sens à donner à son existence.

Vers 10 heures du soir, les deux hommes s'étaient éloignés dans la nuit. L'objectif à atteindre se trouvait au fond de la vallée, à quelques kilomètres, au carrefour de la D. 11 et de la D. 19. La voiture attendait. Après avoir souhaité bonne chance à l'*English,* Dutreuil reprit le chemin de Marcenef où il y fut vers minuit, plus tôt que prévu car la pleine lune lui avait permis de couper par les bois. Par contre, de ce fait, Sarda qui le guettait au bord de la route ne put pas le prévenir de l'arrestation de Barthélemy.

Sa femme s'était couchée dès son départ ; il la rejoignit et c'est en plein sommeil qu'ils furent réveillés par l'arrivée des camions. De leur fenêtre ils assistèrent à la perquisition du château, se demandant ce que les Allemands pouvaient vouloir à Gustave. Puis, au moment où les soldats allaient repartir, Georges dit à sa femme :

« Heureusement que je suis rentré plus tôt sinon je leur tombais tout droit dans les pattes ! »

Pan, pan, pan !

Trois coups violents ébranlèrent la porte qui ne tarda pas à être enfoncée par quelques coups de crosse et de botte.

Ce fut l'envahissement de la maison jusqu'à leur chambre où ils furent surpris puis conduits jusqu'au rez-de-chaussée.

Les soldats fouillaient maintenant la cave, le grenier, l'autre chambre, le cabanon du jardin… Tout y passa en un temps record.

Il ne pouvait rien y avoir contre eux, pensèrent-ils : l'Anglais était loin.

« Nom ?

– Dutreuil, euh… Georges Dutreuil, monsieur l'officier.

– Eh bien, Georges Dutreuil, puisque vous n'êtes que deux dans la maison, dites-moi donc pourquoi il y a encore trois assiettes sur l'évier et, si je vois bien, trois couverts. (Prenant un des verres à digestif et le portant à son nez pour sentir :) Trois personnes ont bu de l'alcool ici, ce soir. »

La vaisselle ! Ils n'avaient pas pensé à la vaisselle sale ; cet instant de trouble, ce moment de silence où la réponse aurait dû venir toute seule si un voisin par exemple était venu partager leur dîner, l'officier les perçut. Sans attendre, il décida de l'obliger à répondre.

« Ce troisième convive ne serait pas un aviateur anglais par hasard, monsieur Dutreuil ? »

Et sous le regard affolé de Marcelle, il pointa la cravache de cuir qu'il tenait à la main vers le visage du mari. Puis vlan, sans prévenir un coup violent s'abattit sur la joue de Georges, faisant sourdre un peu de sang.

« Vous n'avez pas le droit… vous n'avez pas le droit… Mon mari est malade ! »

Marcelle avait réagi comme d'habitude, avec véhémence selon son caractère ; elle vint se placer contre le bras de son homme qui, pour ne pas chanceler, s'était appuyé à la table. Deux soldats se précipitèrent pour la tirer sans ménagement vers le fond de la pièce d'où elle assista, impuissante, à la suite de la scène.

« Où est parti l'aviateur ? »

Le ton n'était plus à l'ironie comme avec Gustave. L'Allemand savait qu'il avait la main et, dans son français guttural et approximatif, les mots venaient sèchement :

« *Ach so*… alors ? »

Dutreuil se redressa, affrontant l'officier du regard. Dans un moment de fierté, pour une provocation ultime et désespérée, Georges Dutreuil, l'orphelin, l'ancien garçon de ferme dont le titre de gloire était d'avoir tenu une métairie à lui tout seul pendant près de vingt ans, déclara avec le calme de celui qui n'a plus rien à perdre :

« L'Anglais… ? il a foutu le camp. Et vous ne l'aurez pas… tas de salauds ! Tas de salauds ! » Et c'est en hurlant à la face de l'Allemand qu'il termina son invective.

Marcelle se débattit, tentant d'échapper aux poignes qui la retenaient, criant :

« Tais-toi ! (Puis :) Non ! non… non, non… ! » lorsque son mari fut traîné dehors.

Le soleil se levait. Ce serait un beau jour d'automne.

Georges avait prévu d'aller aux champignons l'après-midi ; le vent frais de l'aube le saisit et, lorsque d'une cordelette on lui lia les mains derrière le dos, serein, il regarda une dernière fois vers le fond de la vallée, vers la colline et le bois bouchant cet horizon qui avait été toute sa vie les limites de son travail, de sa servitude envers ceux du château. En un instant, il revit le cadre de ses amours, son pays où étaient ses amis, où il avait élevé ses fils partis maintenant et tout devint noir lorsqu'un bandeau fut posé sur ses yeux.

Marcelle, forcée de rester dans la maison, s'était assise ; elle appuya son front sur la table où la veille encore leur dernier repas s'était déroulé ; elle avait envie de pleurer mais les larmes ne venaient pas ; des sentiments bizarres la saisissaient faits de colère mais surtout d'interrogations, d'incompréhension… Pourquoi les Boches s'étaient-ils arrêtés ici en sortant du château ? Comment avaient-ils su ? Et dans son esprit, une conclusion se faisait jour, évidente : le fils était de la Gestapo, les parents ne pouvaient qu'être complices de l'occupant.

D'ailleurs, Gustave ne se privait pas de louanger l'action du Gouvernement.

Elle pensa que son mari allait être conduit en prison ; là-bas, avec le froid, la promiscuité, une mauvaise nourriture, sa santé allait encore se dégrader.

Elle entendit des commandements, un silence suivit et un ordre bref :

« *Feuer !* »

Une courte rafale dont elle ne saisit pas immédiatement la raison. Elle alla jusqu'à la fenêtre.

Georges gisait sur le sol, une rigole de sang s'échappant de sous son pyjama s'écoulait lentement dans l'allée. Comprenant subitement, elle se précipita dehors en hurlant, tomba à genoux contre son mari et l'embrassa tout en sanglotant alors que non loin de là, leur forfait accompli, les soldats indifférents à la scène remontaient dans leurs camions.

Le groupe de Frémont apprit les deux décès vers midi : pour Barthélemy grâce à l'indiscrétion d'un ouvrier plombier venu travailler à la *Kommandantur* et qui, par hasard, aperçut l'évacuation d'un corps ; pour Dutreuil par les on-dit du bourg où les langues se déliaient en suivant le raisonnement de Marcelle : il y avait eu dénonciation émanant du château.

Catherine découvrit les soupçons pesant sur ses beaux-parents. Elle connaissait la vérité mais, par prudence, elle ne pouvait rien dire.

Par contre, ce qui tracassait le plus tous les camarades, c'était de savoir qui avait pu être l'informateur des Allemands. À la réflexion, bien vite, un nom revint : celui du chauffeur du car. Frémont promit de se renseigner sur l'homme mais en attendant il fallait aviser.

Dès lors, la discrétion, le secret, les codes à respecter, les consignes de sécurité à mettre en place devinrent leur credo. Frémont devint Claude ; Sarda, Victor ; Galy, Jaurès car il admirait l'homme, et pour Catherine parfois malicieuse, ce fut Alice… à cause du lapin blanc.

Fini ce qui paraissait facile, fini l'engagement volontaire et quelque part irréfléchi, pour l'honneur… Le Boche avait frappé fort ! C'était la guerre et ils y étaient entrés librement, sans contrainte extérieure ; désormais il leur fallait vivre ce destin et, dans le destin de leurs compagnons de lutte, ils voyaient le leur tout en s'interrogeant sur la façon dont eux-mêmes auraient réagi. Certains, anxieux, se réveillaient la nuit ; d'autres doutaient, se sentant incapables de continuer et puis, lorsque le moment était venu d'agir, lorsqu'il fallait porter un renseignement, prévenir, aider à distribuer ces feuilles ronéotées délivrant des paroles d'espoir, la peur s'évanouissait, la confiance revenait, l'action reprenait ses droits.

XV

Arrivée de renforts

LE CODE AVAIT ÉTÉ ENVOYÉ sitôt que le bruit de l'avion avait été perçu ; au signal de Claude, les lampes torches furent allumées pour baliser le terrain.

La manœuvre au sol était toujours la même mais des améliorations matérielles avaient été apportées au fur et à mesure des parachutages, permettant même des atterrissages comme celui du 15 mars précédent. Un homme était alors descendu de l'avion, un homme de Londres sûrement envoyé pour mettre de l'ordre dans la coordination d'une Résistance où des tensions politiques ici et là faisaient parfois douter que tous agissaient pour le bien d'une même cause ; il avait aussitôt disparu dans le noir, escorté par cinq maquisards armés… tandis qu'un aviateur, John, qui patientait dans une ferme depuis une bonne semaine, avait profité du taxi pour rentrer en Angleterre. Pendant ce temps, l'avion, « frère de mission », avait tourné sans cesse dans le ciel pour donner le change et éviter le repérage du terrain.

L'équipe était maintenant bien rodée à cette tâche ; avec le temps, tous avaient même appris à reconnaître le type de l'appareil qui se présentait. Ce soir, c'était sûrement un Halifax au moteur bruyant, rageur même, prenant son virage d'approche plus largement que les Whitney.

Quatre parachutes furent largués.

À la récupération, les trois hommes annoncés étaient là.

Dans la bergerie, Claude se présenta puis présenta ses camarades qui arrivaient enfin, chargés du container que le vent avait emporté presque jusqu'au bout du pré.

Lorsque le premier arrivant se nomma, Catherine n'en crut pas ses oreilles, en oubliant presque de retenir l'identité des deux autres.

« Commandant Bertaud mais pour tous ici je serai Mercier. »

Bertaud… son beau-frère ! le mari de la blonde Yolande, celle qui vendait des draps aux Boches mais qui, disait-on, les leur faisait essayer avant.

Maurice fut surpris de voir sa jeune belle-sœur dans la Résistance, fut fâché lorsqu'il apprit les trafics et la collaboration économique que son père entretenait avec l'occupant, devint blême à l'annonce des méfaits de Paul et de son engagement qu'il assimila à du banditisme.

« Paul n'a jamais eu le moindre sentiment politique… Il a dû tomber sur plus malin que lui et il a suivi, comme un faible qu'il a toujours été. »

Lorsque Catherine lui parla de son épouse Yolande, il fronça les sourcils, demanda des précisions puis partit d'un grand éclat de rire. La jeune femme avait trouvé ce prétexte de mariage pour se faire accueillir mais il n'était en rien uni à elle.

« Comme ses parents avaient eu le temps de fuir et qu'elle se retrouvait seule, je lui avais dit de venir se réfugier vers ici… mais cette histoire de mariages pluriels… quelle farce ! »

Drôle d'époque que de voir cette famille Bertaud partagée entre deux idéologies, deux orientations politiques si différentes, deux conceptions opposées de l'honneur du pays.

D'un côté, Gustave, pétainiste convaincu malgré ses réserves, et Paul avec son engagement équivoque ; de l'autre, elle, élevée depuis son jeune âge dans la tradition ouvrière et syndicale, se retrouvait avec l'aîné des fils Bertaud, l'officier d'active qui venait pour une mission précise : organiser la destruction des voies de communication menant au château des Moulines et ainsi entraver les transports de munitions à partir de ce dépôt.

En quelques mois, la donne avait changé ; le petit groupe inexpérimenté et hétéroclite des débuts s'était transformé en une équipe structurée, cloisonnée et efficace dans le renseignement ou l'aide aux réfugiés.

En février 1943, sur l'affiche proclamant le recrutement des hommes pour aller en Allemagne au Service du travail obligatoire, le dernier article précisait les menaces en cas de désertion : « Tout refus de se présenter est passible de la prison. »

Malgré cet avertissement, l'annonce avait fait s'échapper vers le camp – désormais bien installé sur le plateau – quelques jeunes du bourg et des environs : le fils Berthier, l'apprenti menuisier, Léon Defour et son cousin, ouvriers agricoles au domaine des Échelettes, et bien d'autres venus de plus loin s'engager dans ce combat dont ils ne soupçonnaient pas la dangerosité.

Leur impréparation, leur inculture complète de ce que la clandestinité supposait comme précautions de vie et discrétion entraînèrent des captures.

Les Allemands avaient quadrillé efficacement le secteur mais c'étaient la Gestapo française et ses délateurs qui, agissant en secret, firent le plus de mal : un dimanche, Dessouches était descendu du camp afin de rendre visite à sa mère malade, puis était allé au stade pour jouer au foot avec l'équipe de son village ; à son arrivée aux vestiaires, il fut cueilli et emmené par deux soldats ; on ne le revit plus vivant, il avait disparu comme tant d'autres.

La veille de cette arrestation il avait dû y avoir des bavardages au *Café des Sports* et, sans doute mêlé aux consommateurs, un des agents français au service des Boches avait tout entendu.

Le capitaine Claude tenait sa troupe, mais l'armement était trop archaïque et insuffisant puisque les deux tiers des maquisards n'avaient pas d'arme ; quelques-uns possédaient encore des fusils de chasse soustraits à la confiscation mais, vu leur jeune âge, peu en avaient une pratique réelle.

Il était particulièrement attentif à la façon dont se comportait Catherine car la situation familiale de celle-ci le préoccupait au plus haut point. Malgré son engagement sans faille jusqu'à maintenant, il craignait un faux pas, une indiscrétion et pour tout dire ses réserves lors de l'arrivée de la jeune femme dans le groupe n'étaient toujours pas toutes levées.

Pourtant, elle ne voyait que rarement son mari.

Un soir, il vint à l'improviste aux Échandons ; vers 20 heures, à la nuit tombée, deux voitures débouchèrent à vive allure dans la cour de la ferme et, dans un grand bruit de freins, s'arrêtèrent presque contre le mur de la maison. Catherine, surprise, resta clouée sur place, sans réaction devant ce qui se présentait comme une perquisition ; elle n'eut même pas le réflexe de se sauver par la porte de derrière et les champs comme elle se l'était tant de fois promis en pensant à Dutreuil. Des éclats de voix, des appels et des rires lui parvenant, alors elle osa regarder par la fenêtre et aperçut Paul accompagné de quelques-uns de ses amis. Tout apeurée, tétanisée par cette visite inhabituelle, elle recula, s'appuyant contre le buffet. Paul entra le premier, remarqua l'attitude de sa femme et s'en étonna :

« Tu n'as pas l'air heureuse de me voir, ma chérie ! »

Ces uniformes, ces bérets ornés de cet insigne si haï, ces armes que maintenant les hommes posaient sur la table laissaient imaginer d'autres intrusions plus violentes, plus meurtrières parfois, jamais innocentes…

« Tu ne m'embrasses pas ? »

Il s'avança et elle ne put refuser ce contact, ravalant le dégoût qu'il lui inspirait, sachant combien les filles du *Café Horizon* devaient être plus aguichantes qu'elle avec ses mains gercées et son tablier de paysanne.

Le baiser donné, elle se détourna sèchement pendant que les hommes – elle ne comprit pas pourquoi – applaudissaient joyeusement et, les uns après les autres, s'approchaient d'elle pour se présenter en lui serrant la main.

Elle reçut froidement ces mots et ces salutations, le toucher de ces mains qu'elle savait tachées du sang de morts ou de torturés, pour de l'argent ou au nom d'opinions politiques qu'ils suivaient en écho à une propagande à laquelle beaucoup ne comprenaient rien. Ce qu'ils avaient compris par contre, malgré leur esprit souvent primaire, c'était d'être suffisamment opportunistes pour choisir un camp où les occasions de s'affirmer semblaient si faciles.

« Nous mangerions bien quelque chose... Du lapin par exemple ! » ajouta Paul tout en regardant vers ses copains qui, encore une fois, se mirent à rire.

Elle pensa alors que son élevage et son commerce étaient l'objet de la risée de toute cette bande pour qui le travail quotidien – souvent le matin dès 6 heures – devait passer pour une occupation médiocre.

« Je n'en ai pas de prêt mais je peux vous faire une bonne omelette. »

Elle insista sur le mot « bonne ». Catherine avait repris ses esprits et se dit qu'il fallait amadouer ces hommes, donner le change. Dans la soupente, au-dessus des cages, était cachée la dernière livraison de Londres, deux caisses d'armes et d'explosifs ; aussi il ne fallait pas que par son attitude elle éveille leurs soupçons et qu'ils s'avisent de faire des recherches ou même pire... De la part de Paul elle devait s'attendre à tout et son état d'épouse ne pèserait pas lourd à côté de la cause qu'il s'employait à défendre.

« C'est ça ; fais-nous une omelette ! »

Une sorte d'ironie filtrait sous ce propos. À cet instant, elle eut peur… Elle était à leur merci… ils pouvaient jouer avec elle puis, s'ils connaissaient son engagement… elle n'osait imaginer.

L'un d'eux alla ouvrir le coffre d'une des voitures, y prit un grand panier qu'il revint poser sur la table rapidement débarrassée des armes qui l'encombraient. Il en sortit une miche de pain, un jambon entier, trois boîtes de foie gras, du champagne et une bouteille de cognac. Paul, faisant le maître de maison, mit un couvert succinct et la bande s'installa pour un repas sur le pouce comme un casse-croûte.

Une fois son omelette servie, Catherine resta debout près de la table, évitant de s'approcher de la chaise de Paul de peur qu'il se permette quelque geste un peu osé, peut-être pour faire encore le malin et provoquer l'hilarité de ses amis.

Le repas s'éternisait, les discussions, animées, véhémentes, évoquaient l'emploi du temps du lendemain : la préparation d'une fête pour un anniversaire – le 20 avril, crut-elle comprendre pensant à une surprise – et plus tard – là encore elle n'en sut rien de plus – une affaire datant de la semaine précédente et un partage qui avait laissé des jalousies parmi eux.

Vautrés à leur place, mangeant grossièrement et buvant plus que de raison, ils offraient un triste spectacle avec leurs propos orduriers.

« Il n'y a rien à boire ici, bordel ! »

Paul se leva, partit vers la cuisine et se dirigea vers le placard.

Catherine le suivit et, pendant qu'il cherchait de la boisson, elle sortit d'un tiroir une petite boîte en bois qu'elle lui tendit. C'était un minuscule cercueil d'à peine vingt centimètres de long, gravé sur le dessus des initiales P.B.

« Tiens. J'ai reçu ça il y a une semaine. Ça va te faire réfléchir. »

Paul regarda et s'esclaffa :

« Si tu crois que cette connerie va m'impressionner, tu te trompes… D'ailleurs, celui qui l'a envoyée n'a qu'à se manifester… »

Et de la main il tapota la crosse de son pistolet pour montrer qu'il ne craignait personne.

À cet instant, Catherine comprit définitivement quel pleutre était son mari. Il lui fallait une arme pour se croire fort, capable de dominer, d'asseoir sa personnalité falote. À partir de ce jour, alors que précédemment elle avait plusieurs fois essayé de le sauver, il devint pour elle un étranger. Et si, surtout au début de leur mariage, un peu d'amour lui était venu pour souder une union qu'elle n'avait pas choisie, depuis longtemps le manque de caractère de son époux l'avait déçue avant que son engagement politique ne le détache entièrement d'elle.

Il la laissait libre, heureusement ! elle avait tant à faire pour racheter par sa conduite ce nom de Bertaud qu'elle portait.

C'est avec un grand soulagement qu'elle vit la bande repartir vers 2 heures du matin.

Maintenant qu'elle était barricadée dans sa ferme isolée, loin de tout secours possible, son côté pessimiste prit le dessus, ses nerfs lâchèrent d'un coup.

Elle s'effondra, en larmes.

Rétrospectivement, elle pensa qu'elle n'avait pas eu la présence d'esprit de se sauver dès l'arrivée des voitures, alors qu'à cette fin elle avait préparé une échelle posée en permanence sur l'embrasure de la fenêtre de sa chambre. D'un autre côté, quelle aurait été la réaction de Paul s'il ne l'avait pas trouvée à la maison ?

Elle se demandait si elle aurait la force de continuer son engagement. À chaque instant, dans tous les actes du quotidien, elle suspectait un regard, une attitude, se retournait pour voir si elle était suivie. Au passage du pont de Régnât, elle avançait maintenant avec crainte pour le contrôle de ses papiers, le cœur battant : Helmut avait été remplacé et l'*Unterfeldweber* Straub n'était pas un plaisantin ; pour voir si elle n'y dissimulait pas quelques denrées interdites, il avait même lardé de coups de baïonnette le matelas du landau de Mme Bergaut qui conduisait son bébé en ville chez le médecin. Et combien de fois, en revenant d'une réunion ou d'une distribution de tracts, n'avait-elle pas tremblé à l'évocation de Barthélemy et de ce qu'avait dû être son agonie, au souvenir du sort du jeune Tarpin fusillé au pied d'un talus ou de celui de Dutreuil pour qui résister était une revanche venant donner du sens à sa médiocre vie. Par bravade, elle s'était même mise inutilement en danger : revenant du marché avec dans la poche de sa blouse le morceau de craie qui lui servait à marquer sur une ardoise le prix de ses lapins, elle n'avait pas hésité à dessiner sur le mur derrière la mairie un grand v dans lequel elle traça une croix de Lorraine ; elle n'avait pas remis la craie dans sa poche que deux *Feldgrau* débouchèrent au coin de la rue. Cinq secondes, à cinq secondes près s'était joué son destin… et chaque fois qu'elle y repensait, un poids se formait dans sa poitrine ; elle serait probablement morte pour un dessin !

Et le reste de la nuit, malgré sa fatigue extrême, elle ne put fermer l'œil ; en plus de sa peur rétrospective et de son angoisse pour l'avenir, trop de questions et de doutes l'assaillaient. Elle était seule, il n'était plus temps de reculer, d'abandonner… Elle s'était engagée, elle tiendrait.

XVI

Jours d'espoir

Après maints contacts radio, c'est en mars 1944 qu'arrivèrent enfin les armes tant attendues. Deux containers leur furent parachutés et permirent d'équiper les trois groupes que Claude commandait. C'était cet envoi que Catherine avait entreposé au-dessus de ses cages à lapins le soir où son mari était venu aux Échandons avec ses complices.

Deux mois plus tard, une réfugiée lorraine parlant couramment allemand qui s'était rendue à la *Kommandantur* pour obtenir un *ausweiss* entendit et arriva à comprendre quelques bribes de conversation venant d'un bureau voisin. Inquiète de ce qui semblait se tramer, elle fit en sorte que Frémont soit prévenu et, le soir même, le camp de Fournoux fut abandonné. Les maquisards se replièrent hâtivement vers un hameau à l'écart où des bâtiments inutilisés offraient un abri rustique mais suffisant.

Il était temps. Le surlendemain, trois compagnies de *Feldgrau* aidées d'un groupement de miliciens encerclaient le plateau. Ils le trouvèrent vide mais, en fouillant partout, découvrirent un dépôt d'ordures, des feuillées, des restes de foyer… ce qui ne leur laissa plus de doutes sur l'utilisation des lieux durant les mois précédents. Plus encore, les emplacements de parachutages aux alignements bien marqués par un piquetage les rendirent fous de colère. Au retour, les miliciens trouvèrent Marcellin qui, à son habitude, faisait des fagots dans le bois ; selon eux, si proche du plateau, ce dernier ne pouvait en ignorer l'occupation ; ils assouvirent leur rage sur lui, le fusillant contre un arbre, dérisoire victime expiatoire d'une troupe perdue dans son aveuglement.

Un matin, vers 6 heures, les guetteurs aperçurent deux hommes qui approchaient de leur nouveau cantonnement.

Ils les observèrent à la jumelle et constatèrent que chacun d'eux portait un panier et un fusil en bandoulière. Après quelques hésitations sur le chemin à suivre, ceux-ci arrivèrent vers la première des maisons servant de refuges. C'étaient Bertulier et le vieux Estreaux qui « montaient au maquis », déclarant qu'ils avaient décidé de venir aider les petits jeunes et puis qu'ils en avaient marre de voir les Boches au bourg. Ils apportaient des provisions.

Depuis longtemps déjà, les paysans des alentours aidaient les maquisards, « les terroristes », comme il était écrit dans le journal ; désormais, il y avait peu de familles qui n'avaient un jeune dans les bois et pour lequel étaient réservés une miche, un poulet tout cuit, des haricots, du jambon… tout ce qui avait échappé aux réquisitions ou venait des abattages clandestins. L'arrière du socle de la Croix-des-missions, non loin du bourg, après le cimetière, servait de lieu de dépôt ; l'endroit était pratique car facilement contrôlable de l'orée du bois, afin d'éviter les souricières et les patrouilles. Des fermes peu coopératives envers la Résistance avaient été prétendument attaquées selon les plaintes déposées à la gendarmerie. En réalité, contre de l'argent, les soi-disant agresseurs voulaient seulement acheter un mouton, du pain, de quoi survivre, l'hiver surtout lorsque la neige empêche tout déplacement qui aurait laissé des traces aisément repérables.

Dans les jours qui suivirent arrivèrent Sauvaget, Mathurel et même Desplanques que l'on disait pourtant pétainiste car en 1940 il avait arboré quelques mois une francisque au revers de son veston.

Les affichages sauvages que les camarades apposaient le soir sur les murs, contre les poteaux électriques, et glissaient sous les portes, malgré la peur d'être surpris par une patrouille, commenceraient-ils à porter leurs fruits ?

Car la propagande venue de Londres ne pouvait suffire.

« *Radio-Paris ment,*
Radio-Paris ment,
Radio-Paris est allemand », répétait à l'envi le speaker londonien d'une voix ironique semi-chantante.

Il fallait faire savoir sur place, partout et à tous, que des hommes et des femmes étaient capables de se dresser contre l'occupant, de le combattre. Le terreau paysan était à travailler, à conquérir, tant la propagande officielle, les journaux assenaient de contre-vérités, tant tout ce qui était écrit avait longtemps été pour l'homme de la campagne la voix de la vérité.

Un changement paraissait difficile à obtenir ; la prudence traditionnelle du rural, presque quatre ans de présence allemande, le soutien à Pétain sans faille depuis le début semblaient avoir soudé les consciences.

À leur façon, Catherine, ses amies et certaines clientes, en laissant des tracts au marché, sur un banc, au pesage, une affiche dans les toilettes... participaient à cette reconquête des esprits qui s'opérait petit à petit.

Thierry était de plus en plus à la tâche. Finies les vacations hebdomadaires de vingt secondes.

Presque tous les jours, malgré le danger des repérages gonios, il émettait des messages porteurs de renseignements collectés aux alentours...

« Trois wagons bâchés immatriculés W.W.W. N.14.B. et W.W.W.N.14.C. (...) Six automitrailleuses et vingt camions dont trois de troupes partant vers le nord sur la D.17. (...) Convoi de blindés en stationnement à Saint-Varent. »

Il ignorait qui avait noté ces mouvements et comment ils seraient exploités. Mécaniquement, sans se poser de questions, le radio tapait ses *titi* et *tata* et, fébrilement, rangeait ensuite son poste dans une valise qu'il allait dissimuler dans un coin de grange.

Y compris à Marcenef, à tous les niveaux les mentalités changeaient, vaguement on entrevoyait des événements nouveaux.

Une première prise de conscience s'était opérée dès 1942 lorsque le débarquement en Afrique du Nord semblait avoir commencé un encerclement des forces d'occupation.

Son pragmatisme, son sens des choses avaient fait réfléchir Gustave.

Si forte que soit l'Allemagne, pourrait-elle tenir contre une coalition qui commençait à aligner les victoires ? Ces conflits armés dans le pays même entre les factions opposées, pétainistes contre gaullistes, l'inquiétaient.

Gustave s'était un jour ouvert à Mélanie :

« Ma bonne, les Allemands sont en difficulté. »

Dans le journal qu'il venait de lire en ce mois de mars 1943 était signalé leur repli devant Stalingrad. Son esprit ouvert et critique ne se satisfaisait pas de l'information présentée presque banalement, paraissant comme un fait de guerre anodin, sans conséquence. Aussi, ne pouvant écouter facilement Londres, le soir il prit l'habitude de caler sa T.S.F. sur Radio-Sottens ; la liberté d'expression des Suisses tranchant avec les discours de Radio-Paris apportait chaque jour des nouvelles invraisemblables par rapport aux discours officiels. Depuis des semaines et des mois, il avait suivi sur une carte la progression de la Wermacht et comprenait maintenant quelle pouvait être la gravité des pertes allemandes après un siège de six mois dans l'hiver russe.

Clovis, qui n'ignorait rien des engagements de sa fille, le mena petit à petit vers des positions moins tranchées.

Les terroristes combattaient l'ennemi ; il en convint.

Et les miliciens qui étaient dans l'autre camp ? Là, il hésita un peu ; Paul le mettait dans une situation troublante qu'il ne savait pas trop comment définir. Les *gestapaches* n'étaient pas tous de ceux qu'il considérait au départ comme des patriotes. Les exactions, les crimes, les vols et violences… n'étaient pas des actes de patriotisme.

Lui, s'il s'était rangé dans le camp de Pétain, c'était par fidélité au passé du Maréchal mais il suivait sa politique de loin, comme chaque fois qu'on se satisfait d'idées reçues, que l'on est certain du besoin d'une pérennité de l'ordre établi.

Dans la rue, il voyait le regard fuyant des gens qui changeaient de trottoir à son approche, remarquait des bonjours rapides, sentait confusément une atmosphère lourde. Habitué depuis toujours à une certaine exclusion sociale, il ne s'en était pas trop formalisé au début mais par Clovis il apprenait quels étaient désormais les sentiments de ses concitoyens : la frustration, la honte de l'Occupation, les rations – le pain tombé à trois cent cinquante grammes par jour – entretenaient une haine grandissante. Les nantis – et ceux de Marcenef ne pouvaient qu'en être –, ceux qui tenaient le haut du pavé, qui traficotaient en gros, paraissaient devoir être voués à toutes sortes de vengeances le jour où…

Avec la prudence qui avait toujours été la sienne, il commença, petitement mais sûrement, à abandonner quelques relations qui pouvaient devenir embarrassantes. Il laissa à un négociant de Verneix le soin de continuer les livraisons de viande et autres denrées à la Wermacht. Au conseil, à la grande surprise des participants, il proposa que la commune aide un peu plus les réfugiés, se démena pour faire rentrer d'Allemagne des ouvriers agricoles, allant même jusqu'à proposer le nom du fils Marty, son principal opposant politique de jadis. Il essayait de se trouver une virginité nouvelle. Après tout, il n'avait pas été de la Gestapo, ni de la Milice, n'avait dénoncé personne et ses trafics – bien qu'un peu plus importants que la moyenne – étaient aussi le fait de tant de ses concitoyens…

Au bourg, il ne se passait pas une semaine sans que de nouveaux tracts ne soient semés, sur le mail, aux abords du marché ; une fois même, une affiche avait été collée sur l'une des vitres de la porte d'entrée de la mairie. Elle portait un sigle qui allait devenir célèbre, un grand v à l'intérieur duquel figurait une croix de Lorraine ; le slogan accompagnateur était explicite : « Résistez ».

Toute cette propagande constituait des piques pour l'occupant, des insultes inadmissibles pour les collaborateurs qui ne se privaient pas de honnir « ces bandits qui sont à la solde des bolcheviks ou des forces judéo-anglaises ». L'un portait plainte pour l'inscription de graffitis sur son mur *« Vive*

De Gaulle » accompagnés, et désormais trouvés partout, du v et de sa croix de Lorraine. Un autre écrivait aux Allemands parce que des croix gammées avaient été peintes sur la porte de son garage…

Les gendarmes mettaient peu de zèle et d'efficacité dans ces recherches – ni d'ailleurs dans celles qui leur étaient demandées par la Gestapo –, à tel point que l'*Hauptmann* sermonna l'adjudant ; ce dernier promit de faire de son mieux, mais sitôt après prévint Frémont avec lequel il avait des relations secrètes très régulières depuis plus d'un an ; dans son service, il s'ingéniait à bloquer les enquêtes et, dans la mesure du possible, avertissait même des suspects lorsqu'il était au courant d'une probable perquisition.

Le 6 juin 1944, une rumeur courut dans le pays. Une information apprise on ne savait comment se répandit malgré la prudence devenue habituelle dans les conversations : *« Les Américains ont débarqué en Normandie ! »*

Le mot « Américains » était prononcé comme si on parlait d'un mirage, d'une hypothèse lointaine, presque chimérique, marquée à la fois d'espoir et d'imaginaire.

Les Américains, dont l'entrée en guerre en 1917 avait fait basculer l'issue du conflit.

La peur d'afficher sa joie rendait presque anodin cet événement que tous attendaient pourtant depuis le débarquement en Afrique du Nord.

Le 9 juin, vers 10 heures du soir, très lentement, une Traction avant passa devant le *Café Horizon* et, rageusement, deux Sten balayèrent la terrasse et la vitrine de rafales avant que l'auto ne disparaisse au coin du mail. Le vent avait tourné, il fallait que ces « messieurs » le comprennent…

Le pont de Régnât sauta le mercredi suivant.

Maurice avait profité de ces quelques mois depuis son arrivée pour repérer les lieux. Entraînée aux plasticages, l'équipe du S.O.E. qu'il commandait était désormais en mesure de remplir sa mission puisque les Allemands commençaient à transférer leurs effectifs et leur matériel vers le Nord, vers les plages du débarquement.

Le pont avait été leur premier objectif.

Ensuite, deux jours d'affilée, les aiguillages de la gare furent plastiqués, ce qui empêcha toute manutention. De nouveaux explosifs étaient maintenant mis en œuvre ; les charges, disposées dans des boîtes ayant la forme de palourdes, avaient évidemment reçu l'appellation de clams ; ces boîtes étaient munies d'aimants permettant une adhérence facile sur les parties métalliques, alors que la mise à feu était simplifiée grâce à des crayons détonateurs dont on pouvait régler le retard.

Jugeant sa mission terminée, Maurice repartit par une filière préparée à l'avance.

C'est avec tristesse que tous virent s'en aller leur camarade. Catherine embrassa tendrement son beau-frère ; leurs retrouvailles avaient été simples, leur séparation les déchira, tant pour la jeune femme subjuguée par la personnalité de cet homme – en cela si différent de son mari – que pour l'officier qui avait apprécié en elle cran et détermination.

Pas un instant Maurice n'avait souhaité que sa présence fut connue à Marcenef ; il avait pris assez de risques en revenant se battre sur place et ne voulait pas aussi mettre sa famille en péril.

Cette même semaine, des manutentionnaires du dépôt de munitions rejoignirent le maquis. En plus des renseignements sur les emplacements des hangars, ils avaient mis en place un certain coulage, sortant, à la faveur de déplacements, quelques matériels sensibles. C'est ainsi que trois *Teller minen* en forme d'assiette se retrouvèrent dans la cache d'armes de Catherine.

Ensuite, ce fut un mécanicien de Saint-Varent, qui, après son travail à l'atelier, quitta précipitamment son logement : il avait mélangé de la potée d'émeri à l'huile fournie au parc de camions du château des Moulines. Le lendemain, il commençait une nouvelle vie au maquis dont l'activité, d'ailleurs, était de plus en plus importante.

Une fois, deux motards d'une patrouille allemande furent pris pour cibles à un carrefour ; une autre, Philibert Lesage, le responsable local du P.P.F., qui revenait de passer la soirée avec ses amis au *Café Horizon,* fut abattu devant son portail.

Toutes les nuits, des poteaux téléphoniques étaient sciés, ce qui coupait la ligne à des endroits différents ; une matinée perdue à chercher le lieu en question puis le temps de la réparation… autant de gêne pour l'ennemi.

L'*Hauptmann* prit cinq otages. Le notaire, deux instituteurs et Mimile, le bedeau, furent arrêtés puis assignés à résidence, leurs familles servant de caution si jamais ils disparaissaient.

Les lignes téléphoniques ne furent plus prises pour cibles mais, le vendredi, vers minuit, quinze kilomètres plus au sud, un grand feu d'artifice réjouit une bonne partie des habitants d'une hauteur à l'ouest du bourg : des détonations avaient suivi le passage d'au moins trois avions et le château des Moulines, bombardé, c'étaient des tonnes de munitions qui partaient en fumée… Cela péta deux jours de suite à intervalles irréguliers selon la progression de l'incendie.

Dix-huit camions étaient arrivés au dépôt dans la semaine pour y être chargés et avaient semblé prêts à repartir. Ils sautèrent eux aussi.

Le capitaine Frémont et ses hommes avaient bien mené leur travail de renseignement.

Radio-Paris ne pourrait pas accuser Londres et ses alliés de semer la terreur dans la population civile comme elle ne se lassait pas de le répéter après chaque bombardement d'usine ou de centre de triage de chemin de fer.

À chacune de ces occasions, obtempérant sans états d'âme, M. le maire Gustave Bertaud faisait apposer sur le panneau municipal des affiches reçues de la préfecture sur lesquelles on pouvait lire, par exemple : « *Monsieur le Maréchal demande au pays de s'incliner devant les centaines de familles ouvrières mises en deuil par l'odieuse agression anglaise.* » Une autre fois, elles représentaient une carte de France en rouge parsemée d'incendies causés par les Alliés. Le lendemain de cet affichage-là, ce furent les Allemands eux-mêmes qui vinrent déchirer les feuilles : dans la nuit des inconnus les avaient maculées de peinture bleue, dessinant le désormais habituel v orné de la croix de Lorraine.

Dès lors, à la suite de toutes ces attaques, le Boche fut partout dans la campagne, comme un nid de guêpes bousculé du pied ; sans cesse des automitrailleuses patrouillaient, contrôlaient les carrefours, des camions de troupes partaient, revenaient et s'enfilaient sous le porche du *Cheval blanc*, dans une activité intense dont la population dans sa presque totalité ignorait la raison.

Par contre, la Résistance veillait.

Frémont avait installé un guetteur, le père Cazeneuve, armé de jumelles, vigie bien cachée dans le grenier de la maison de vignes que Camuret, le forgeron, possédait sur la colline au-dessus du bourg. De là-haut, il notait – comme Sarda sur la route – ce qu'il voyait derrière les murs de la *Kommandantur* et tous les soirs, sa surveillance terminée, il allait rendre compte de ses observations. Une fois pourtant il n'attendit pas la fin de la journée pour quitter son observatoire : une voiture gonio stationnait dans la cour de l'ancien hôtel et son antenne ronde pivotant lentement était donc à la recherche d'un émetteur. La voiture n'était certainement pas là par hasard ; « ils » devaient savoir qu'un poste se trouvait dans les parages…

Cazeneuve ne connaissant pas les horaires des rendez-vous que Thierry avait avec Londres fit plusieurs allers-retours devant la maison où il devait se trouver, faisant tinter la sonnette de son vélo pour attirer l'attention du radio.

Ce dernier, pour éviter les repérages, diversifiait ses lieux d'émission, désertant de plus en plus souvent son refuge chez la tante de Frémont. Un camarade se chargeait de son côté de déménager son nouveau poste plus petit et plus discret – il pouvait même être scindé en trois éléments tenant dans une musette – que le Mark III du début.

Le transport était risqué : un barrage imprévu, une fouille – même succincte – et le porteur était perdu... et c'était souvent Sarda qui se chargeait du convoyage.

Le capitaine, reprenant le principe de la cachette employée le jour de l'arrestation de Barthélemy, préconisa d'utiliser une brouette remplie de fumier : le poste était rangé dans une boîte en fer de gâteaux secs enfouie dans le chargement. Traversant le bourg comme pour aller à son jardin, une fourche bien plantée dedans pour accréditer plus encore la prétendue activité, impavide, Sarda passait devant les patrouilles des Boches.

Ainsi, de semaine en semaine, l'appareil se retrouvait dans le cabanon de jardin de Sarda, le poulailler de Birebent, la grange de l'Adèle Vieillefonds – qui n'en sut jamais rien d'ailleurs.

Après les environs, dans ce bourg bien calme jusqu'alors, ce furent soudain de la part de l'occupant un déchaînement de contrôles dans les cafés, sur le marché, à la descente des cars, des rafles subites sur les trottoirs, des arrestations pour des riens : un oubli de papiers, une attitude jugée suspecte... L'insécurité dont les soldats commençaient à être victimes était reportée sur la population.

Les gestapistes, à leur tour agités, allaient et venaient en voiture, circulant à grande vitesse comme pour impressionner les passants mais, semblait-il, avec moins de suffisance et de morgue que les mois précédents.

Leur *Café Horizon* fut protégé, les fenêtres du premier à leur tour condamnées, murées par des briques.

La chape de plomb que la pesante et omniprésente propagande ennemie et collaboratrice avait coulée sur le pays depuis quatre ans paraissait s'entrouvrir. Les gens sentaient que quelque chose devait couver. Ce n'était plus le train-train d'un quotidien vécu avec peur et résignation car les attaques successives contre la Gestapo et l'explosion du pont de Régnât semblaient prémonitoires d'événements nouveaux.

XVII

Mi-août 1944 au bourg

MOINS ARROGANTS depuis quelque temps et sans doute brusquement pétochards, les *gestapaches* furent les premiers à déménager.

Le 18 août à midi, les trois voitures qui, dans la matinée, avaient été garées devant le *Café Horizon,* démarrèrent de concert, lourdement chargées, les passagers des places arrière leurs armes pointées vers l'extérieur par les vitres ouvertes.

Bouchard, Yvetot et Petoulet qui chauffaient leurs rhumatismes sur un banc de bois devant la mairie regardèrent, ironiques, ce déménagement.

« Les rats quittent le navire… et ils ont chaud aux fesses. »

Comme pour une parade, un ultime défi, les véhicules s'éloignèrent lentement vers le mail puis, contraints à un détour à cause du pont détruit, prirent à gauche à la sortie du bourg pour rejoindre la départementale 17, itinéraire dorénavant seul possible.

Non loin, un poste avancé du maquis était installé à une corne de bois ; le capitaine Frémont avait choisi cet endroit car les arrivants découvraient les lieux au dernier moment après un virage ; obligés de ralentir, ils devenaient plus vulnérables. Ses hommes par contre, bien camouflés, avaient en plus derrière eux une sente dissimulée par les arbres pouvant leur servir d'échappatoire. De faction à cet endroit depuis deux jours, sans se manifester ils avaient laissé passer plusieurs motos ou véhicules isolés. Ils espéraient un plus gros coup et ne voulaient pas, par précipitation, griller leur position d'embuscade.

Ils avaient creusé des trous derrière un talus. Les trous… ! L'armée française en connaissait toutes les possibilités, position du tireur couché, à genoux, poste de mitrailleuse, de guet ; depuis 1918, toute l'instruction s'était ingéniée à apprendre aux recrues la technique « de l'enterrement ». Aussi c'est dans un emplacement réglementaire indiqué par le capitaine que le F.M. 24-29 avait été installé.

Soudain, vers 13 heures, alors que dans la chaleur d'août certains semblaient somnoler, Verdier, de guet à un kilomètre environ sur une hauteur surplombant les alentours côté bourg, agita frénétiquement son mouchoir et ajouta à son signal toute une gesticulation – sans doute imprudente, mais dénotant une arrivée importante.

Vite, les hommes se saisirent de leur arme, prirent leur poste de combat et Galy, qui avait été désigné chef de poste, ajusta ses jumelles sur la sortie du virage :

« Trois voitures... »

Encore quelques secondes, et les hommes les aperçoivent : deux Citroën anonymes, suivies d'une autre automobile par contre bien familière... C'est une Delage et de cette Delage, ils en connaissent parfaitement l'actuel propriétaire... Donc, pas de doute sur l'identité de ses occupants ni, par voie de conséquence, des passagers et conducteurs des deux voitures qui précèdent.

Galy prit sa décision sans hésiter. Sur son ordre deux hommes ripent un tronc en travers de la chaussée et reviennent précipitamment vers leur abri sous les fougères.

« À toi, Éric. »

Un cliquetis sec et la culasse du F.M. est armée.

Le tireur cale bien son corps, s'arrange pour être dans l'axe du canon, incline un peu la tête et se positionne en face du viseur réglé à deux cents mètres.

Le garçon est un peu nerveux ; il connaît le fonctionnement de son arme mais n'a jamais tiré car, bien que reculé, le refuge du groupe est encore trop proche d'habitations et les détonations auraient attiré l'attention. Malgré son inexpérience, au commandement « Feu ! » le jeune homme lâche avec application une longue rafale qui balaye la départementale par un tir d'enfilade.

La première voiture est passée ; la seconde, par contre, est atteinte : elle fait un écart et se renverse dans le fossé avant de s'embraser aussitôt. Le conducteur de la troisième, qui suivait de loin, entreprend en urgence de faire demi-tour, laborieusement, la manœuvre étant entravée par l'étroitesse de la chaussée.

Le fusil-mitrailleur continue de lâcher ses rafales, par à-coups ; entre chaque tir, le canon est ramené dans l'axe de la chaussée. La fumée de la voiture qui brûle perturbe la visée et la Delage, bien que peut-être touchée, parvient finalement à s'éloigner.

Pris sous le feu, le premier conducteur, lui, a accéléré et foncé tout droit pour s'échapper ; malgré un ultime coup de frein désespéré, il ne peut réagir lorsque, derrière la courbe de la route, l'auto vient en pleine vitesse percuter le tronc d'arbre placé en travers. Dans un fracas de tôle et de pneus éclatés, la Citroën se soulève et retombe sur le côté. Les occupants n'ont pas le temps d'ouvrir les portières ou de tirer. Trois, quatre… décharges de chevrotines retentissent presque simultanément, transpercent la carrosserie, faisant éclater le pare-brise et les vitres. Le moteur a calé, plus rien ne bouge dans l'habitacle ; un bras ensanglanté pend par une portière et la main, après un spasme, lâche un revolver qui tombe au sol. Une odeur d'essence se répand… c'est fini !

L'attaque a duré moins d'une minute.

En toute hâte, Galy fait récupérer les armes des morts, interdit qu'on touche aux valises et sacs entassés sous les pieds des passagers arrière, et l'instant suivant, dans le calme revenu en ce coin de campagne, les maquisards se replient silencieusement et en bon ordre, laissant derrière eux deux voitures en flammes et les corps de quelques-uns de ceux que les circonstances avaient transformés en pillards, tortionnaires ou meurtriers dans l'impunité d'une époque où ils avaient fait la loi.

Les Boches, eux, quittèrent le bourg deux jours plus tard, très exactement le lendemain du débarquement en Provence.

La veille, leurs préparatifs furent fébriles ; la cheminée du *Cheval blanc* fuma sans discontinuer, le feu effaçant les preuves des courriers anonymes de dénonciation, des interrogatoires peut-être aussi… et de toute la paperasse qu'en presque quatre ans l'administration allemande du canton avait pu accumuler de turpitudes, de lâchetés, de servilité de la part des collaborateurs : financements, achats de denrées, participations diverses au profit de l'occupant, fichages individuels, prémices de la mise en place de cet ordre qui devait durer mille ans !

Cazeneuve, toujours à son poste, vit entasser sous les bâches des camions des cartons, des paquetages, tout un fourniment de matériel, d'armes, tous les éléments de vie de cette petite troupe qui avait cru s'installer comme chez elle. Leur convoi, protégé par deux automitrailleuses, prit la route en fin de matinée.

Le capitaine Frémont les laissa passer sans réagir ; il était trop peu armé et savait qu'ils étaient attendus un peu plus loin par un groupe important et mieux équipé.

Tout à coup, le bourg sembla vide. Les gens ne se rendaient pas compte, les conversations se déroulaient à voix basse, par habitude, avec des regards tout autour pour épier une surveillance dont ils avaient compris que la plus dangereuse était celle qui ne se montrait pas. Ce calme subit paraissait étrange comme si brusquement une autre vie allait recommencer mais dont personne ne pouvait donner le signal.

Au début de l'après-midi, les passants de la rue Nationale virent déboucher au coin des murs qui bordaient les jardins du chemin des Échelettes une Traction noire arborant sur son pare-brise un drapeau tricolore et sur chaque aile la mention F.F.I.

en grosses lettres blanches. Elle roulait au pas et était suivie d'une équipe de vingt-deux hommes et femmes.

En tête, M. Frémont ! le garçon quincaillier, un pistolet au ceinturon, portant un képi de capitaine, suivi de Sarda et Desplanques, ses adjoints au maquis. « Qui l'eût cru ? » Et puis d'autres visages connus de voisins jeunes et moins jeunes desquels on n'avait plus de nouvelles depuis des semaines, dépenaillés, mal rasés, portant un équipement hétéroclite, tous en armes… et parmi eux, des femmes !

Catherine, la bru Bertaud – « c'est-y pas Dieu possible ! » –, et avec une mitraillette au côté… En plus, près d'elle, Marinette Flanchu, hilare selon son habitude, sa bicyclette à la main et son air de gamine, mais dont on apprit plus tard qu'elle avait, un soir de février, passé plus d'une heure dans un ruisseau avec de l'eau jusqu'à la ceinture pour échapper à une patrouille allemande avant de porter à Thierry le message codé qu'il devait émettre la nuit même.

Suivaient Bertulier et le vieux Estreaux, leur pétoire à l'épaule, Galy qui portait le F.M. et, croisées en bandoulière, plusieurs rangées de chargeurs aux balles luisantes ; et quelques têtes inconnues au bourg, réfugiés venus d'en ville recherchés comme terroristes ou réfractaires au S.T.O. Certains sortirent des rangs pour aller embrasser leurs parents sur le trottoir avant de revenir prendre place dans ce défilé improvisé.

Dans la foule des badauds, il y avait le curé, toujours modeste, lui qui n'avait pas hésité à recevoir, dans sa cure, des aviateurs en fuite, à apporter même, un soir après le couvre-feu, une extrême-onction factice chez Thierry pour le prévenir car on avait cru son poste radio repéré.

« Vous avez été à la peine, mon père, il faut maintenant être à l'honneur. »

Et à la grande surprise des paroissiennes présentes, Frémont attrapa le prêtre par la manche et lui fit rejoindre, un peu malgré lui, le groupe de ses camarades de combat.

À la vue de cette équipe si disparate, de ses membres si inattendus, beaucoup restaient cois, n'en croyant pas leurs yeux, figés, la main devant la bouche pour marquer leur stupéfaction.

Là devant eux, ils les voyaient ceux qui laissaient ces feuilles imprimées un peu partout, qui, en juillet 1943 avaient, de nuit, fleuri le monument aux morts de 1914-1918 interdit d'approche par le Boche, qui vivaient dans le bois de Fournoux et dont on murmurait qu'ils recevaient des parachutages par ces avions qui passaient parfois au-dessus du bourg.

Des larmes coulaient sur des visages, des larmes de bonheur et de fierté. Sur le parcours, les uns, sortis des maisons ou des magasins, manifestaient leur joie ; d'autres, bougons, faisaient contre mauvaise fortune bon cœur ou regardaient de loin, à travers les vitres de leur devanture. Parmi ces derniers, Albert Patin, l'épicier, qui s'était le plus manifesté dans le clan des pétainistes et savait si bien distiller tickets de rationnement ou non, choisissant ceux auxquels il vendait ses approvisionnements, rayant de ses listes les clients en difficulté ou soupçonnés d'être gaullistes.

Spontanément, des drapeaux apparurent aux fenêtres ; le bourg se réveillait. Un clairon, quelque part, joua approximativement l'air de *La Marseillaise,* des gens s'embrassaient. Les cloches tout à coup se mirent à sonner ; manifestement, le sonneur était également un novice en la matière mais personne n'y trouva à redire… Hommes et femmes de tout âge avaient la tête ailleurs.

Le capitaine Frémont s'installa à la mairie.

L'adjudant de gendarmerie, qui avait fait tout son possible pour renseigner et aider les actions de la Résistance, le rejoignit et, ensemble, ils prirent quelques dispositions pour les jours à venir.

La tension qui avait régné dans ce petit bourg où tout le monde se connaissait, les haines qui pouvaient s'être créées requéraient restauration d'urgence d'une autorité. En effet, il fallait s'attendre à des règlements de comptes, inéluctables après ces années d'humiliation, de privations et de jalousies.

On fit venir Raboulet, le garde-ville, qui, avec son tambour, proclamait les annonces municipales à chaque carrefour et devant l'église. L'homme partit avec un message :

« Le capitaine Frémont de la 3e compagnie F.F.I. demande à la population de garder son calme, de vaquer à ses occupations habituelles, de laisser la gendarmerie assurer l'ordre public. Il est possible que des troupes allemandes se présentent au bourg ; il faudrait alors éviter toute attaque, toute manifestation, tout ce qui pourrait provoquer des réactions dramatiques. Restez dans les maisons, éloignez-vous de leur route. »

Tous avaient en tête la terrible nouvelle du massacre d'Oradour-sur-Glane le 10 juin précédent mais surtout le retour des troupes occupantes dans la ville de Tulle – pourtant libérée – et la pendaison de dizaines d'otages.

De son côté, Catherine, oubliant les signes de mépris qui l'avaient accompagnée durant les longs mois où elle avait supporté le regard des autres sans rien dévoiler de son engagement, n'eut même pas un mot en croisant Philomène, la méchante langue, qui avait pratiquement dénoncé Pertucat, réfractaire pour un retour en Allemagne. « Elle doit être assez vexée, pensa-t-elle, de m'avoir vue entrer en ville avec les camarades et, si elle doit être punie, ce sera aux juges de décider. »

Elle emprunta un vélo et sans faiblir monta à Marcenef.

La libération du bourg avait été imprévue. Pas un coup de feu n'avait été tiré.

Tout cela s'était passé si vite que M. le maire Gustave Bertaud ne savait rien des événements survenus en ville.

En cette fin de mois d'août, ses fonctions d'édile étaient d'ailleurs le dernier de ses soucis. La moissonneuse venait de tomber en panne, le pont à engrener était cassé ; pour corser le tout, il s'aperçut qu'une courroie était cuite… Or les épis étant mûrs depuis plus d'une semaine, attendre davantage compromettait la récolte… Il était d'humeur massacrante et ne se préoccupa pas plus que ça du carillon du bourg qui, depuis un moment, sonnait à toute volée.

La nouvelle de la fusillade de l'avant-veille contre les *gestapaches* était arrivée au château.

Personne n'avait plus vu la voiture de Paul ; il était sauf – du moins pour cette fois-ci ! Mélanie, en apprenant le guet-apens dont son fils avait été victime, n'avait pas décoléré contre les brigands.

Sa bru, arrivant en nage et essoufflée, posa sa bicyclette au bas des marches du perron et entra aussitôt dans le hall.

« Ma mère, les Allemands sont partis ce matin, la ville a été libérée par les partisans du maquis et maintenant il faut que je parle à Gustave. »

Justement, ce dernier revenait de la grange, les mains noires de cambouis et la mine des mauvais jours ; embrassant Catherine, il demanda quelle était la raison de ce remue-ménage au bourg. Elle reprit alors son explication et, tout danger semblant écarté, elle put donner au couple des nouvelles de Maurice, les stupéfiant en leur apprenant qu'il avait été, ainsi qu'elle, au maquis voisin pendant plus d'un an et le responsable de la destruction du pont de Régnât.

« Maurice n'est pas venu vous voir pour ne pas vous mettre en danger et il en a souffert. »

Mélanie resta silencieuse, mais son visage se ferma. Elle était donc de ceux qui lui avaient volé au moins trois moutons les mois précédents, qui prenaient du bois au bûcher de Fournoux, sciaient les poteaux téléphoniques et qui, parfois même, étaient condamnés à mort comme elle avait vu sur les affiches apposées à la mairie. Après tout, ça ne l'étonnait pas que cette fille de rouge, dont le père était militant syndical, se soit engagée avec cette engeance, cette bande de perdus et de traîtres…

Égarée, loin de la réalité, elle n'y voyait pas de contradiction avec la présence de son fils, le « beau capitaine », à ses côtés.

De dépit, elle tordit un torchon entre ses mains lorsque son mari s'enferma dans le bureau avec Catherine, la laissant là toute à ses pensées, plantée dans le hall d'entrée.

Gustave s'assit, complètement suffoqué par ce qu'il venait d'apprendre mais surtout regardant, incrédule, sa bru lui donner d'autres détails et le conseillant sur ce que lui, Gustave Bertaud, devait – selon elle – faire dans l'urgence.

« Mon père, il faut que vous quittiez Marcenef pour quelque temps ; il faut vous cacher car les semaines à venir s'annoncent troublées ; il n'y a plus d'autorité légale, beaucoup d'armes circulent et personne ne sait ce qui va se passer. »

Gustave s'étonna. Il n'avait rien fait de plus ou de moins que d'autres. Le marché noir ? Les ventes aux citadins ou même aux Allemands, les abattages clandestins ? Quel mal y avait-il à tout cela… presque tout le monde avait agi pareillement.

Catherine insista. Elle parla des rancœurs anciennes, des conflits dus aux métayages, des jalousies contre les cumulards, sans compter ceux qui profiteraient des circonstances pour assouvir leurs penchants ; et il y avait tout à craindre de beaucoup !

Gustave la laissait dire, sûr de sa position, de son statut social, d'être M. Bertaud, d'être Monsieur le maire !

Il avait laissé passer le temps, hors des préoccupations des petites gens, attaché à ses certitudes, à son statut de bourgeois qui, depuis toujours, selon lui, le mettait loin des troubles du monde. Il avait géré sa mairie, fait ce qu'on lui avait demandé parce que c'était le préfet qui l'ordonnait, n'avait tué personne, se targuait d'avoir aidé des nécessiteux, des réfugiés, fait revenir d'Allemagne le fils Marty au titre d'agriculteur chef de famille.

Le débarquement ? voué à l'échec, comme à Dieppe… Les Américains sont allés plus loin : le Boche va se reprendre et repousser l'invasion des G.I… D'ailleurs, ces derniers piétinent devant Cherbourg et sont bloqués en Normandie. Les destructions allemandes en France par les bombardements anglais… Ces salauds d'aviateurs tuent les civils, à Radio-Paris Jean Hérold-Paquis en parle chaque jour avec des détails terribles sur le nombre de victimes… La Milice ? Sans réfléchir il laissa tomber :

« Elle combat les terroristes. »

Il donnait ces explications comme pour se rassurer, pour mieux asseoir son raisonnement, garder ses convictions et ne pas paraître se déjuger trop rapidement.

« Et puis, mon père… il y a Dutreuil.

– Dutreuil… que Dieu ait son âme. Que vient-il faire ici ? »

Décidément, il ne comprenait rien…

« Mon père, les Allemands se sont arrêtés chez lui après avoir perquisitionné au château. Cela s'est dit. Marcelle ne s'en est pas privée… et la conclusion logique est que vous l'avez dénoncé lorsque les Allemands étaient ici.

– Mais ce n'est pas vrai ! hurla Gustave, ce n'est pas vrai, nom de Dieu !

– Je le sais, mon père. Je le sais et d'autres le savent aussi mais ce n'est pas le moment d'en parler et d'apporter des témoignages. »

Gustave se tassa dans son fauteuil. Il regarda la jeune femme ; ce n'était plus la presque gamine qui lui était apparue au printemps 1937 avec ses couettes et son col Claudine ; ses traits avaient changé, il y avait quelque chose de grave dans son regard, ses yeux étaient cernés par la fatigue et les soucis. Il ignorait ses nuits sans sommeil, sa peur de voir débarquer brusquement une escouade de *Feldgrau,* ses sursauts à chaque aboiement des chiens…

Après un instant de silence, Gustave comprit enfin :

« Et je dois partir quand, selon toi ?

– Tout de suite, mon père… tout de suite car la libération politique et militaire va être également une libération des esprits et des cœurs, et celle-là on ne sait comment elle va se dérouler. »

Quelques minutes plus tard, partant par les champs, le maître de Marcenef, une musette de vêtements en bandoulière, comme un proscrit, longeant les haies, quittait son château et le soir même couchait aux Échandons sur une paillasse au-dessus des cages à lapins. Il succédait dans la soupente au dépôt, depuis le premier parachutage, d'armes et de munitions et à l'hébergement d'hommes recherchés par la police allemande ou la Gestapo française.

XVIII

Jour de libération au bourg

Au bourg, les événements s'enchaînèrent sans attendre ; l'émotion, la joie, la liesse populaire retombèrent rapidement, au moment précisément où, avec Marie Laplandre, la lavandière, deux femmes entrèrent dans l'épicerie d'Albert Patin :

« Alors, salaud, tu n'as plus l'air triomphant de ces derniers temps... et tu as enlevé de ton revers ton bel insigne décoré de la francisque... »

Marie tournant la tête remarqua un vide au-dessus du comptoir, entre deux réclames de potage et de cirage en acier émaillé.

« Et tu as même décroché la belle photo de ton Maréchal ! »

Les trois arrivantes, d'abord ironiques, s'approchèrent jusqu'au milieu des rayons, se faisant bientôt menaçantes, obligeant le commerçant à reculer jusqu'au fond de sa boutique.

« Mesdames, mesdames… allons, un peu de calme… Pour fêter la Libération, je vais vous faire un petit cadeau. »

Mais elles n'en étaient plus là. Perdiveaux venait à son tour de franchir le rideau de billes de verre multicolore et, entendant ces échanges verbaux, se mêla à l'affaire.

« Moi, je sais où il faut aller » et, levant la main, désigna du doigt la porte de la réserve à demi dissimulée entre un lot de casseroles sur leur présentoir et l'assortiment de couronnes mortuaires.

L'épicier vit le geste, comprit l'intention et essaya de faire face. Perdiveaux avança, le bouscula et, passant devant les trois femmes, leur ouvrit le chemin vers l'arrière-boutique.

« Vous n'avez pas le droit. C'est privé. C'est privé ! »

Là, une vision dont ils avaient perdu jusqu'au souvenir s'offrit à eux. Les étagères débordaient de pots de confiture, de boîtes de sucre, de tablettes de chocolat… Au sol, un bidon d'huile de deux cents litres avec sa pompe branchée sur le dessus semblait les attendre. Plus loin, un sac de riz à moitié ouvert ; sur la gauche, un baril d'anchois et, sur le mur d'en face, encore des victuailles dont des conserves bien alignées, aux étiquettes annonçant leur contenu : sardines, pilchards, thon… Tout ce qui manquait depuis si longtemps se trouvait là à la portée de ces femmes surtout qui faisaient tellement d'efforts d'imagination pour accommoder sans graisse les sempiternels haricots blancs, les gamelles de rutabagas ou les fèves, les « péteuses » comme on disait... Car, malgré le jardinet que beaucoup entretenaient avec soin, la proximité de la campagne n'avait pas profité à tous. Pour cela, il avait fallu être paysan, parent de paysan ou avoir de quoi payer. Semaines et mois de pain noir au son où parfois se mêlait de la sciure, café de vesces grillées et pilules de saccharine remplaçant le sucre avaient plutôt été leur quotidien.

Marie la lavandière s'approcha d'un placard, prit dans la main un morceau de savon de Marseille et le porta à son nez ; longuement, les yeux fermés comme on hume une odeur qui remémore une période heureuse, elle resta ainsi avant de se retourner et d'exploser :

« Et il n'y a pas quinze jours tu as eu le toupet de me dire que tu n'en avais plus ! Et ce stock, tu le gardais pour qui ? pour tes petits copains, je suppose... »

L'épicier voulut protester, prétextant un arrivage récent. Il n'en eut pas le temps. La Bernadette Charrier, mégère forte en gueule, était ressortie et ameutait les passants, les voisins, attrapa par le bras la mère Dufou et la conduisit presque de force à l'intérieur du magasin alors que, sur le trottoir, une foule s'amassait déjà, d'abord curieuse de savoir ce qui se passait. Puis, dans l'excitation ambiante, quelques femmes comprenant enfin la situation entrèrent dans l'épicerie, et comme des furies, perdant toute retenue, se ruèrent sur les marchandises, prenant leur bas de robe ou de tablier pour en faire un réceptacle qu'elles chargèrent en vrac de tout ce qui leur tombait sous la main.

Patin voulut protester, mais lutta vainement.

Perdiveaux l'avait attrapé au collet de sa blouse grise et le poussa *manu militari* jusque dans la rue où des huées accueillirent l'homme qui, jusqu'à ces derniers temps, était de toutes les manifestations et réunions de soutien à Pétain.

Des horions lui furent portés, tabassée surtout humiliante car des crachats se mêlaient aux coups dont un certain nombre courageusement donnés dans le dos. Enfin, le malheureux, se dégageant, parvint à s'enfuir en courant sous les cris et les rires, laissant sa blouse aux mains des plus acharnés et son magasin en proie à un pillage général.

Pendant ce temps, d'autres s'activaient à de plus pénibles constats.

Au *Cheval blanc,* le capitaine Frémont et quelques-uns de ses hommes avaient investi les lieux. Ils voulaient rechercher les indices qui serviraient de preuves des sévices infligés par la Gestapo, autant à leurs camarades de combat qu'à de simples suspects dénoncés ou soupçonnés d'activités contraires à l'occupant.

Le sous-sol de l'établissement leur laissa supposer l'horreur des interrogatoires subis dans ces trois pièces précédemment caves et réserves du restaurant.

Frémont se souvint alors de ce qui se disait à Saint-Varent. Là-bas, la Gestapo avait réquisitionné une maison bourgeoise entourée d'un parc protégé par un haut mur ; des chiens y étaient lâchés le soir tombé et lorsque leurs aboiements cessaient, dans le silence soudain, des hurlements, des appels filtraient de la sinistre maison. « Ils » torturaient la nuit. Les voisins voyaient avec effroi revenir l'heure du coucher et quelques-uns avaient déménagé pour ne plus avoir à entendre ces terribles témoignages.

Ici, une odeur de mort flottait sur l'ensemble. Non, pas une odeur de mort : des remugles nauséabonds évoquant un mélange de sueur, d'urine, de vomi… prenaient au cœur, semblaient coller à la peau, étouffaient presque. Des traces de sang restaient sur le mur et un peu partout sur le sol qui pourtant avait été manifestement lessivé.

Galy explorant du regard un coin de la pièce ramassa un petit morceau de matière blanche ; après examen, tous en conclurent qu'il s'agissait d'un morceau de dent. Frémont pensa à Barthélemy, revit le vieil homme, l'imagina assis sur la chaise qui avait disparu mais dont les quatre pieds jadis scellés au sol avaient laissé leur empreinte dans le ciment. Jamais il n'oublierait ce caveau éclairé d'une maigre ampoule pendant au plafond ni ces soupiraux condamnés par des briques et du ciment.

C'est alors que Catherine entra, s'approcha de lui et lui glissa quelques mots à l'oreille. Sans attendre, avec deux hommes, ils partirent vivement, récupérant leurs Sten au passage puis, montant dans une Traction, quittèrent le bourg en direction de Marcenef.

Place Victor-Hugo, un autre scénario, tragique, lui, se nouait.

Le gros Louis, qui avait tout fait pour profiter de la manne de la collaboration et laissé transformer son établissement en siège de la Gestapo française, n'avait pas pris la mesure des événements. Caché dans l'appartement d'une cousine, il pensait laisser passer quelques jours avant de revenir comme si de rien n'était, mais il fut dénoncé par une voisine. Sarda, aidé par quelques camarades, était donc venu en « prendre livraison ». Ainsi protégé de la vindicte populaire, il avait été conduit à la gendarmerie non sans être l'objet, lui aussi, au passage entre deux rangs d'une foule menaçante, de cris « À mort, à mort, salaud », de coups de canne, recevant même un sabot qui lui fendit l'arcade sourcilière. Avant de le remettre au chef

Delmas, plusieurs fois durant le parcours, Sarda avait promis aux badauds qu'il serait jugé par un tribunal, ce qui avait provoqué des sifflets et même des huées.

Manifestement, le cas de gros Louis était grave. Il récoltait là ce qu'il avait semé, tout le désespoir de la population devant la morgue de ses pensionnaires qui faisaient du *Café Horizon* l'endroit le plus haï de la région, plus que la *Kommandantur* même. Les soirs de nouba, les chants et la musique, et ces dames venues d'en ville habillées à la mode d'avant-guerre de soieries et fourrures, talons hauts et bas de soie… pour elles, bien sûr, pas de galoches, de chaussettes de laine tricotées ou de lourds manteaux pour affronter le froid de l'hiver… Et ça riait en montant dans les voitures, avant de démarrer vers quelque bordel ou autre lieu de débauche ! Autant d'insultes vis-à-vis des gens du bourg.

La foule avait suivi les maquisards et leur prisonnier.

En peu de temps, il y eut bien soixante personnes, peut-être plus, massées devant la grille de la gendarmerie, réclamant qu'on leur livre l'homme. C'est alors qu'une explosion retentit non loin de là. Quelques malins plus ou moins bien intentionnés étaient entrés au *Café Horizon,* pour de probables récupérations crapuleuses ; l'un d'eux trouvant une boîte abandonnée sur une table, curieux, en souleva le couvercle et une grenade péta, laissant mort sur le coup Ignace Pérollot qui fut ainsi la première victime de cette libération.

Lorsque cela se sut, la colère enfla.

Comme chaque fois dans ces cas-là, une sorte de comité s'instaura, s'autoproclama, composé de volontaires d'autant plus ardents qu'ils avaient à revendre tout le courage qu'ils n'avaient pas employé pendant l'Occupation. Sous les hourras, ils envahirent le bureau du chef Delmas. Ce dernier, seul avec un gendarme, fut menacé physiquement et vite débordé ; il essaya de parlementer, de faire comprendre la gravité de la situation et l'illégalité de cette exigence d'avoir à leur remettre immédiatement gros Louis. Mais, sous la contrainte, jugeant sa vie et celle de son subordonné en danger, il dut ouvrir la cellule.

Le cafetier apparaissant sur le perron de la gendarmerie, les deux hommes qui l'avaient agrippé aux aisselles eurent grand-peine à éviter un lynchage ; ce fut le déchaînement.

Au milieu d'une populace hurlante, dans une cohue indescriptible, il fut emmené à grand-peine, traîné plutôt, jusque devant son café. Quelqu'un lança une corde par-dessus une branche de platane ; un nœud hâtif et maladroit… une traction violente et le corps se balança, gigotant quelques instants avant de se raidir.

Autant les vociférations, les menaces et les insultes étaient parties dans un brouhaha insoutenable, dans une bousculade sans retenue, autant le silence s'installa lorsque les pieds du supplicié quittèrent le sol.

Parmi les spectateurs de ce triste épisode, subitement calmés, certains, restant là quasi hébétés, se regardaient, gênés ; il avait été si facile d'assouvir leur vengeance qu'ils ne surent que dire ; d'autres cependant arrivaient à commenter d'un « ce salaud l'a bien mérité » qui fut sa seule oraison funèbre… Et le soir, grimaçant, il pendait toujours, presque dans l'indifférence des passants ; seuls quelques gosses, malgré la défense des parents, venaient sans s'approcher contempler un mort.

De son côté, Marcelle Dutreuil n'avait pas perdu de temps.

Elle avait rameuté ses proches, un cousin et quatre de ses copains dont l'un était armé d'un fusil à broche récupéré dans un grenier. Tous avaient pris place dans la camionnette Citroën empruntée au boulanger et sans attendre étaient partis vers Marcenef.

En quelques minutes, ils parcoururent les cinq kilomètres qui séparaient le bourg du château. Au passage, ils n'avaient pas prêté attention à la jeune femme qui, sur le bord de la route, regonflait un pneu de son vélo. Catherine, elle, par contre, suivit du regard le véhicule et un pressentiment la saisit ; cette voiture allait à Marcenef et ses passagers ne lui étaient pas inconnus.

Mélanie, restée seule au château avec une bonne, envoya cette dernière au potager ramasser des fraises et fermait les portes du rez-de-chaussée lorsque la « boulangère » noir et rouge facilement identifiable déboucha dans la cour.

Mais cette fois-ci ce ne fut pas Octave qui en descendit. Très vite les arrivants gravirent le perron, entourèrent Mélanie, l'agrippant par les bras pendant que Marcelle se plantait devant elle, les mains aux hanches :

« Alors, sale garce, tu fais moins la fière que lorsque tu venais compter les œufs que j'emportais au marché ou que le jour où tu m'as fait vider mon armoire pour vérifier mon linge et voir si ce n'était pas moi qui t'avais pris la paire de draps qu'on t'avait volée sur une haie !

Et sans autre avis, la veuve Dutreuil lui assena une monumentale gifle sur la joue.

« Ça, c'est un acompte pour mon pauvre Georges que vous avez dénoncé et que les Boches ont fusillé ! »

Mélanie était une forte femme ; elle avait de tout temps été maîtresse d'elle-même, supportant les épreuves, menant sa maison avec autorité et jamais, en aucune circonstance, elle n'avait laissé paraître d'émotions. Mais là, elle eut peur.

Peur de ces hommes qu'elle ne connaissait pas, peur de Marcelle qui suait la haine, peur de ne pouvoir rien faire et, tout à coup, elle sentit son esprit se brouiller.

« Et Gustave… où est-il ? car c'est lui qu'on va zigouiller en premier, puis ce sera ton tour. »

Ils la firent entrer dans le hall et, de force, la poussèrent dans un fauteuil, celui-là même où, quelques mois auparavant, un *Feldgrau* l'avait également obligée à s'asseoir…

Et comme lors de la venue des Allemands, ce furent des courses dans le couloir du premier, les portes qui claquèrent, des allées et venues un peu partout. Resté en bas, le cousin de Marcelle avisant la porte du bureau de Gustave essaya de l'ouvrir, mais comme elle était fermée à clef il l'enfonça d'un violent coup de pied.

À l'évidence, le maître de maison n'était pas là… à vrai dire ce n'était pas trop lui que cherchait cet homme. Sans doute bien renseigné, il se dirigea droit vers le secrétaire à côté de la fenêtre et, s'aidant d'un tisonnier récupéré dans la cheminée, commença à forcer l'abattant du meuble. L'ayant fracturé, sans hésiter il tira le tiroir du haut à gauche, en sortit une liasse de billets de mille francs qu'il enfourna dans la poche de sa veste.

Derrière lui, sur le dessus de table en chagrin du bureau était posé l'oignon incrusté d'or de Gustave ; il s'en saisit, le soupesa et la belle montre rejoignit les billets de banque.

Le maire demeurait introuvable. Un tour rapide au pas de course jusqu'aux écuries avait fini de les convaincre de son absence.

Mélanie eut la force de mentir :

« Mon mari est parti avant-hier et ne rentrera que demain soir. »

Les assaillants, soudain désappointés, n'étaient manifestement pas préparés à passer à l'acte qu'à leur arrivée ils avaient promis de réaliser. Hésitants, ils se regardèrent, attendant que l'un d'eux prenne une décision.

C'est alors qu'une autre voiture entra dans la cour. Trois hommes en descendirent et montèrent les marches au pas de course pour se présenter armés de leurs Sten.

C'étaient Frémont, Bertulier et Verdier.

« Mains en l'air… reculez jusqu'au mur ! »

Le ton de commandement du capitaine et ces armes pointées vers eux changeaient la donne. Ce n'était plus à une femme seule qu'ils avaient affaire. Ceux qui les menaçaient n'étaient pas des amateurs, le combat… ils connaissaient ; et il n'avait pas l'air de plaisanter, le petit commis de quincaillerie !

Mélanie, toujours dans son fauteuil, fut subitement prise de tremblements, d'une sorte de convulsion. Elle était dans un demi-évanouissement et ne sut rien de la suite des événements lorsque la bonne, revenant du jardin où elle s'était cachée, la trouva pleurant de nervosité avec des spasmes dans la voix quand elle demanda s'ils étaient partis.

Elle avait le visage tuméfié, la coiffure en bataille ; elle l'avait échappé belle.

Sans la présence d'esprit de Catherine, personne ne pouvait savoir ce qu'il serait advenu, quel sort lui aurait été réservé tant les ressentiments et le besoin de vengeance étaient forts désormais.

Le soir même, sa bru – qui lui avait peut-être sauvé la vie – vint la consoler et dès le lendemain s'installa à Marcenef pour ne pas la laisser seule et la rassurer.

Le jour même de cette libération inattendue, de ces premiers soubresauts sociaux, les gens étaient surtout stupéfaits, tantôt joyeux, tantôt inquiets à l'évocation d'un possible retour des Boches.

Devant sa porte, le bistrotier de la place du Commerce offrait des canons, hélait les passants y compris ceux qui n'étaient pas ses clients, invitant à tout prix à trinquer. Vers 9 heures, son accordéon en bandoulière, Philibert Lebon apparut, Lebon, celui qui avant la guerre était de tous les bals du 14 Juillet ! À peine installé, il attaqua une valse :

« C'est la java bleue
la java la plus belle
celle qui ensorcelle
et que l'on danse
les yeux dans les yeux… »

Dans les esprits, la belle voix grave de Fréhel resurgissait et la foule, spontanément, accompagnant la musique, entonna en chœur : « *C'est la java bleue* ».

Victorin, le violoneux, arriva à son tour et pour la première fois depuis trois ans – Vichy interdisant les bals – les couples se formèrent, couples de femmes surtout ou bien de vieux qui renouaient d'un coup avec le rythme à trois temps qui avait bercé leur jeunesse. On dansait, on riait, on s'appelait, on reprenait goût à la vie, on retrouvait les pas un peu oubliés… c'était irréel.

Les seules à être réservées étaient les femmes de prisonniers. Regardant les danseurs tourner, elles n'osaient – même sans joie – se mêler à cette liesse générale. Quatre ans, cela faisait quatre ans que les jours, les nuits s'écoulaient dans la solitude, l'inquiétude, l'attente d'un courrier alors que les enfants qui grandissaient posaient des questions. Et maintenant que tout était fini, c'étaient elles encore qui payaient une faute qu'elles n'avaient pas commise.

Soudain, d'un coin de la place parvinrent des éclats de voix mais ce n'était pas le traditionnel ivrogne qui faisait un esclandre. Ginette Finot avait voulu se joindre à ce bal improvisé. Ici on ne l'avait jamais vue avec un Allemand, mais il se murmurait qu'en ville… Elle dut battre en retraite sous les quolibets et les insultes : « Traînée, fous le camp d'ici… »

Ce soir-là, fini le couvre-feu, fini le passage des voitures de la Gestapo dont la seule vue faisait battre le cœur d'appréhension même si on ne s'était pas opposé à l'ordre établi.

Pour une belle journée, ce fut une belle journée qui resterait dans la mémoire du bourg. D'ailleurs, l'année suivante la place du Commerce sera rebaptisée place du 20-Août-1944.

À Marcenef, par contre, la soirée n'était pas à la fête.

Mélanie déjà « malade des nerfs » – comme on disait – était maintenant inquiète au plus haut point : Catherine lui avait appris la raison de la fuite de Gustave, les racontars concernant la cause de la mort de Dutreuil et lui avait enfin permis de comprendre quelle avait été l'action de Paul pendant toute cette période.

Pour ajouter à son angoisse, elle pensait à Maurice. Selon Catherine, il se trouvait avec la division Leclerc. Selon les informations données à la T.S.F., il serait donc quelque part en Île-de-France, là où précisément on faisait état d'une résistance acharnée des Allemands.

Marcenef était vide d'hommes et vide de vie.

Vivement que Gustave puisse rentrer ; lui au moins saurait quoi faire pour reprendre les travaux, préparer les terres cet automne, semer les blés d'hiver, reconstruire le cheptel…

Catherine ne se pressa pas de faire quitter son refuge à son beau-père. Elle s'occupait attentivement de Mélanie et, sous prétexte d'aller soigner ses lapins, elle partait régulièrement aux Échandons apportant à manger à Gustave, le sortant de sa solitude et lui donnant des nouvelles de l'évolution des événements.

Trois semaines puis quatre, puis deux mois entiers passèrent ainsi et un jour elle estima que le temps de le délivrer de cet isolement était peut-être venu.

XIX

Lendemains brutaux

CATHERINE POSA SA BICYCLETTE contre la grille de la gendarmerie et entra dans le bureau du chef Delmas.

Entre eux, existait une certaine complicité depuis un jour de novembre 1943 lorsque la jeune femme voyant au loin les képis qui attendaient au carrefour des Bruneaux, bonasses, en « mission », comme ils disaient, effectua un prompt demi-tour. En réalité, à cette époque où la vraie police leur échappait et donnait lieu à des procédures souvent peu démocratiques, les gendarmes avaient pour principe de n'intervenir et de ne sévir que pour des faits souvent banals, conflits de voisinage, affaires de famille… La campagne était calme, les braconniers silencieux posaient leurs lacets ou tiraient leurs sennes. Il fallait bien manger et, à part pour quelques maladroits qui se seraient laissé surprendre, la brigade ne faisait pas preuve de beaucoup d'initiatives.

Donc, ce jour-là, Catherine transportait sur son porte-bagages une grosse pile destinée au nouveau poste de radio reçu quelque temps auparavant, d'où son affolement et sa fuite.

Le vendredi suivant, au marché, le chef Delmas, un peu goguenard, avait demandé à la jeune femme ce qui lui avait pris pour s'être sauvée ainsi.

Gênée, Catherine avait commencé à balbutier quelques explications peu convaincantes lorsque le gendarme, se penchant vers elle, lui glissa sur le ton de la confidence : « Ne te fais pas prendre, fillette, ce serait grave pour toi… Ils n'ont aucune pitié… ils sont féroces, tu sais. »

Catherine se trouva bête. Elle en parla à Frémont et, bien que ce dernier restât évasif, elle comprit que les deux hommes étaient plus ou moins de connivence.

Depuis la Libération, certaines choses étaient devenues plus claires pour elle.

« Bonjour, Catherine.

– Bonjour, chef. »

En privé, cette familiarité était bien la preuve d'une confiance ancienne, comme le soir d'une autre rencontre avec la patrouille faisant semblant de ne pas remarquer son dépassement de l'heure du couvre-feu alors qu'elle revenait d'une livraison de message et avait été retardée par une crevaison.

« Comment vas-tu ? Quel bon vent t'amène ? »

Avant de répondre, Catherine eut un rapide coup d'œil vers la porte du bureau voisin. La période du secret, des habitudes de prudence, du manque de confiance en autrui, des réflexes pour s'assurer que personne ne vous suivait était révolue mais, inconsciemment, tout comme ses réveils angoissés si un bruit suspect venait troubler le silence de la nuit, son esprit n'avait pas encore assimilé la fin du danger. Surprenant le regard de la jeune femme, le chef alla fermer la porte.

« Merci, Alphonse. Pour moi, ça va, je te remercie… il n'y a qu'à la maison… je suis inquiète pour ma belle-mère ; elle a été fortement choquée et ne s'en remet pas. »

Le gendarme était au courant de l'expédition punitive entreprise par Marcelle Dutreuil. Les F.F.I. avaient réglé l'affaire, il n'y avait pas eu de plainte et lui n'avait pas voulu en savoir davantage. Cela faisait partie de toute une série d'agissements qui, ici ou là, avaient donné lieu à des velléités de justice expéditive.

« Et vous, pour la brigade, les événements, comment ça va ? »

La question n'était pas anodine. Les semaines précédentes avaient vu se produire des faits dramatiques.

Les événements dont elle parlait étaient des exactions commises ici, dans le canton, comme d'ailleurs un peu partout. Profitant de la période où l'autorité de l'État était encore vacante et mal établie, des bandes d'individus se déplaçant en voiture, arrivant sans crier gare dans des lieux-dits isolés, fermes cossues, maisons bourgeoises…, pillaient sous la menace, s'étant même parfois présentés les premiers temps comme des maquisards. Dans un hameau, prétextant que les Allemands revenaient, ils obligèrent les occupants à courir se cacher dans les bois voisins ; pendant leur absence, les maisons furent fouillées de fond en comble et, au retour des habitants, linge, bijoux, argenterie avaient disparu.

Tout avait commencé immédiatement après les premiers règlements de comptes locaux du même genre que celui du pillage de l'épicerie. C'étaient des mouvements de foule suivant des mots d'ordre incontrôlables, subits et bien ciblés, qui avaient conduit à des tabassées, des bris de vitrines, des insultes. Trois femmes tondues furent promenées torse nu, le front parsemé de croix gammées dessinées au rouge à lèvres ; en premier Rosette, la bonne du *Café Horizon,* « bonne à tout faire », disait-on méchamment, en réalité pauvre fille dépassée par la vie, plutôt victime que coupable ; et puis Liselotte Després qui, elle par contre, avait fait la belle au bras de l'*Hauptmann* pendant que son mari croupissait dans un stalag quelque part en Silésie.

Il y eut des arrestations logiques : Raboulet, le responsable des L.V.F. du département, qui fut le soir même transféré au chef-lieu pour y être incarcéré. Il eut plus de chance que les frères Malroutet enlevés en bas de chez eux par un groupe d'inconnus... On avait dit qu'ils étaient retenus avec d'autres dans un lieu tenu secret mais leurs corps furent découverts quelques jours après dans une carrière désaffectée servant de dépotoir. Ils avaient été torturés. Pour ces équipées, le plus souvent nocturnes, les malfaiteurs se déplaçaient en voiture alors que la maréchaussée n'avait que des bicyclettes. À Verfeil, une plainte fut déposée et bien vite retirée, dès le lendemain, après une menace téléphonique de représailles.

La peur s'était installée partout car le danger n'était pas repérable. Autant cette peur, pendant l'Occupation, avait un visage, un bras armé, autant désormais l'ennemi était sournoisement caché, invisible, peut-être un voisin, un jaloux, un truand en puissance se chargeant d'une basse besogne par cupidité ou vengeance.

« Il semble que cela se calme... voilà bien quinze jours que nous n'avons pas eu de plaintes ou même connaissance de nouveaux méfaits. L'Administration s'organise, le commerce reprend et tu vas bientôt pouvoir te remettre à tes lapins.

– Tu es bien sûr que tout est fini, chef ?

– Il semble. De quoi as-tu peur ? »

Bien qu'à demi rassurée par les propos du gendarme, le « il semble » ne lui donnant pas une certitude formelle, baissant la voix, elle dévoila enfin le motif réel de sa visite :

« Mon beau-père est terré chez moi aux Échandons dans le faux grenier. (Et regardant le chef, elle implora presque :) S'il te plaît, allez le chercher ; il vous attend.

– Pour quelle raison veux-tu que l'on arrête Gustave ? Il n'y a pas de plainte contre lui que je sache… il n'a commis aucun méfait. On n'a rien à lui reprocher.

– Mais si vous le ramenez et puis le relâchez, tout le monde le saura et en conclura qu'il n'est pas coupable ; il sera dédouané… et tu sais dans quelles circonstances il a été nommé maire en 1940, et puis aussi pour Dutreuil… ces bruits de dénonciation qui ont couru. »

Gustave revenait à pied de la gendarmerie où il n'était resté que quelques instants après avoir traversé le bourg sans menottes.

Comme prévu, autant la réapparition de M. le maire disparu depuis deux mois avait rapidement fait le tour des maisons, autant sa sortie un peu avant midi ne passa pas inaperçue. Il ne s'attarda pas et, soulagé, prit le chemin de Marcenef. Lui qui, depuis son départ précipité du château, ne sortait plus que discrètement la nuit marchait d'un bon pas, heureux de faire un peu d'exercice. Il croisa la vieille Léonie qui faisait brouter sa chèvre sur le bas-côté de la route puis Grégoire qui le salua bien bas en soulevant sa casquette. Derrière lui, un bruit de moteur. Une voiture arrivait. Se disant que peut-être on le prendrait en stop, Gustave se retourna et attendit. En effet, la Traction ralentit à son approche mais au passage une rafale le plia en deux. Le maître de Marcenef, les mains crispées sur son ventre, hoqueta, vomit un flot de sang et s'affala inerte sur le goudron. Au bruit des détonations, Grégoire s'était retourné ; laissant là mulet et charrette, il revint sur ses pas en courant et ne put que constater la mort.

XX

Catherine

Au bourg, beaucoup vinrent à l'enterrement. Les uns par amitié politique, liens familiaux comme les Dubourg-Desfons ou relations d'affaires comme M. Laroque.

Ceux qui ne s'étaient pas déplacés pour prendre part au cortège étaient alignés sur le passage du corbillard, se signant lorsque l'attelage approchait, regardant comme au spectacle les toilettes de deuil, les chapeaux… et surtout guettant comment les femmes réagissaient.

Mélanie, voûtée, la démarche saccadée, faisait presque pitié, même à ceux envers lesquels elle avait toujours manifesté mépris et supériorité.

Elle allait tête penchée, on ne distinguait pas son visage dissimulé sous un voile noir presque opaque ; d'une main gantée elle portait fréquemment un mouchoir à ses yeux ; de l'autre, elle s'appuyait sur le bras de Catherine qui la guidait.

Cette dernière, par contre, marchait bien droite, ne se dérobant pas, soutenant même le regard des assistants, cherchant peut-être dans le trouble d'une attitude qui pouvait être à l'origine du meurtre car il ne faisait aucun doute que les assassins étaient du bourg. Il existait en effet une relation évidente entre la sortie de Gustave de la gendarmerie et cette attaque.

L'air déterminé de Catherine semblait porter à lui seul toute la détermination d'une famille, comme pour dire que ceux de Bernac ne baisseraient pas les yeux, que Gustave mort et Paul déshonoré, la vie continuerait au château après cette parenthèse terrible.

Si les coupables étaient présents parmi ceux qui maintenant se dispersaient après le passage du convoi funèbre, elle ne voulait pas leur donner le plaisir de voir le désespoir s'inscrire sur son visage. Elle en était presque provocatrice, la fille de Clovis !

Elle avait prouvé son courage et compris que la prudence et le silence général des années d'occupation cachaient surtout une grande pleutrerie.

Elle se rendait compte que ceux qui avaient assisté au défilé des maquisards le jour de la Libération étaient quasiment les mêmes que ceux qui, quelques semaines auparavant, avaient applaudi les miliciens venus défiler avec armes et fanfare pour une démonstration de force afin de contrer la campagne d'affichage gaulliste qui « risquait de démoraliser le peuple »…

D'emblée, elle prenait inconsciemment à son compte ce que les Bertaud représentaient depuis toujours : une famille à part car les circonstances avaient fait s'accumuler contre elle jalousie et défiance.

Sa propre expérience d'exclusion, tous ces longs mois de résistance lorsqu'elle était obligée au silence, avaient forgé en elle une résolution sans faille. Elle n'oublierait pas de si tôt les réactions de certains voisins, les défections de ses amies d'enfance, de celles surtout qu'elle avait aidées en leur apportant un lapin ou du beurre et qui l'avaient ensuite dénigrée, l'évitant comme une pestiférée. On avait tué son beau-père, son mari avait trahi… mais elle, elle relèverait le défi comme elle avait su en relever d'autres lorsque l'occasion s'était présentée. Elle était Catherine Bertaud de la 3e compagnie de F.F.I., avait défié le Boche par ses affichages, caché des fuyards et des armes, porté des messages, fourni de la nourriture à ses compagnons du maquis, fait deux fois le coup de feu pour couvrir la retraite de ses camarades… Elle n'avait donc pas à baisser les yeux ni à rougir, contrairement à certains qui, là, sur le trottoir, sans doute intérieurement pas fâchés de voir en deuil cette famille si orgueilleuse, auraient dû agir.

On devait penser qu'elle était bien fière, la fille de Clovis ; on avait raison ; elle était fière et elle les méprisait, tous ceux qui au dernier moment avaient tenté un engagement bien tardif, ceux que l'on appelait « les résistants du 32 août » ! qui s'étaient parés de vertus lorsque le vent avait tourné.

En rentrant au château, en nage sous son tailleur alors que le temps était plutôt doux, Mélanie se sentait épuisée. Elle ôta péniblement son chapeau pendant que Catherine partait à la cuisine lui chercher un remontant.

« Ça ne va pas, petite, j'ai très mal à la tête…

– Ce n'est rien, ma mère. Vous avez veillé ces dernières nuits… reposez-vous, je vais fermer les persiennes. »

Tout à coup, sans que rien ne le laisse prévoir, avec un petit soupir qu'on aurait pris pour du soulagement, Mélanie se cassa en deux, la tête sur la poitrine, et si sa bru ne l'avait rattrapée, elle serait tombée sur le carrelage. À grand-peine, aidée de la jeune bonne, Catherine parvint à la coucher sur le canapé du bureau voisin et fit prévenir le docteur Poigrand.

L'examen de ce dernier fut rapide, le diagnostic tomba sans appel : c'était une attaque.

« L'émotion, la fatigue et une trop forte tension. »

Les causes possibles en étaient nombreuses, toutes plausibles ; Mélanie avait parcouru soixante ans de sa vie sans à-coups, bien à l'abri dans un milieu protecteur, sans difficultés matérielles, dégagée du souci des affaires par un mari omniprésent ; les événements de ces dernières semaines avaient été pour elle au-dessus de ses forces : Paul disparu dans la débâcle générale, Maurice de nouveau en danger, l'agression par Marcelle qui l'avait atteinte profondément et maintenant Gustave… Gustave si fort, si sûr de lui, sur lequel elle se reposait sans crainte tant il avait toujours solution à tout. Son action à elle vis-à-vis des métayers s'était de tout temps réfugiée derrière des contrats parfois léonins, des habitudes traditionnelles jamais remises en cause. Elle commandait, tout le monde obéissait. À la disparition de son mari, elle s'était vue seule avec le domaine alors qu'elle ne connaissait rien aux choses de la terre, à la comptabilité, aux cycles des travaux…

Couchée sur son lit, retenue par un gros oreiller, le côté gauche raidi par une paralysie, le visage déformé par un méchant rictus, elle murmurait parfois des mots incompréhensibles. Seul son regard était encore vivant. Ce regard si froid qu'elle prenait lorsqu'elle écrasait d'une remarque une servante maladroite.

Catherine, oubliant les différends anciens, les remarques acerbes, les sous-entendus pénibles et parfois insupportables, assuma la charge des soins infirmiers.

Elle allait s'y tenir.

La vie devait continuer à Marcenef.

Personne ne savait ce qu'était devenu Paul ; peut-être disparu dans une de ces attaques contre les gestapistes remontés vers le Nord dans les bagages des colonnes allemandes… à moins que lui aussi, comme bien d'autres, n'ait été pris dans une embuscade et abattu au coin d'un bois, détroussé de ses rapines.

Par contre, Maurice avait donné de ses nouvelles ; il était en Alsace, rachetant l'honneur de l'armée, prenant part à la Libération du pays avant certainement de continuer en Allemagne pour en finir avec un régime dont on commençait à dévoiler le vrai visage.

Seule au domaine, Catherine devait reprendre en main l'exploitation, la direction des métayages tenus par des vieux qui avaient pris la relève en 1939. Il lui fallait également reconstituer un cheptel décimé par les réquisitions et les trafics menés par Gustave.

La détermination qu'elle avait engrangée lors de l'enterrement de son beau-père trouva une première occasion de se manifester la semaine même.

Tous les ans, le bois de chauffe du château était livré par les métayers de la Loge. Trois charretées, donc douze stères, que Gustave faisait entreposer entre deux poteaux de la grange du château distants de douze mètres ; le contrôle du cubage était ainsi facilité.

Le grand-père Brunet, puisque son fils était prisonnier en Bavière, arriva donc un matin avec un attelage de vaches ; il fit trois allers-retours, rangeant chaque fois son transport comme d'habitude. Lorsque l'homme eut fini d'entasser le dernier chargement, Catherine s'approcha, prit derrière la porte une baguette de noisetier peinte en rouge. C'était une pige de un mètre. La jeune femme ne se préoccupa pas de contrôler la longueur des bûches ni celle du tas de bois qui allait bien d'un poteau à l'autre, mais sa hauteur.

« Il n'y a pas le compte, père Brunet ! partout je trouve moins de un mètre.

– Catherine, j'ai…

– Madame Bertaud, s'il vous plaît. »

Le ton était sec ; Mélanie en son temps ne l'aurait pas renié.

Le paysan qui connaissait Catherine depuis toujours resta un instant stupéfait, bredouilla, tout bête, regarda le bois et n'eut pas le temps de s'expliquer plus longuement puisqu'elle poursuivait son idée :

« C'est du bois de chauffe qu'il faut et non ces bouts de branche tout juste bons à l'allumage ou au feu de cheminée. »

Se tournant alors vers le fond du bûcher, elle montra de la main les restes de l'année précédente ; de plus forte section, toutes les bûches étaient en chêne comme spécifié sur le contrat de métayage. Et elle continuait son inspection.

« Il y a du bouleau là et puis là encore… et ici, toute la rangée du bas, c'est du frêne qui ne vaut rien. »

De sa baguette, elle pointait les zones où manifestement la qualité laissait à désirer.

« Vous auriez livré ça à Gustave, père Brunet ? Certainement pas. Alors faites comme s'il était encore de ce monde. Vous compléterez demain par trois stères pour faire le compte en volume et en valeur. »

Laissant là le vieil homme, elle repartit vers le château après avoir reposé la pige où elle l'avait trouvée, derrière la porte, pour bien montrer que tout allait continuer comme avant.

Le lendemain, Clovis, qui allait chercher sa couronne hebdomadaire, fut accueilli à la boulangerie par une remarque ironique :

« Ta fille en fait de belles au château… Il va falloir que tu la vouvoies désormais, maintenant qu'elle est Madame. »

La nouvelle avait fait le tour du bourg. Partout on parlait de Catherine avec étonnement : « Pour qui elle se prend ? »

La jalousie et la bêtise allaient faire le reste, revanche habituelle des imbéciles.

« Ce n'est pas parce qu'elle a connu quelques maquisards et donné des lapins pour les nourrir qu'elle va faire sa bourgeoise… »

Son travail de résistance volontairement rabaissé se trouvait ramené à quelques actes sans gloire.

« Sa grand-mère Philomène était domestique et lavait le linge de M. de Fargeix.

– Remonte pas si loin, sa mère faisait des ménages chez Maître Delassus.

– Moi, je plains Clovis. Il va en souffrir, lui qui a toujours été syndicaliste, défenseur des métayers, qui en 1936 était descendu en ville pour défiler avec les ouvriers… »

Clovis, précisément, était parti pour Marcenef afin d'avoir le fin mot de l'affaire et comprendre quelle mouche avait piqué sa fille.

Le vieux Brunet était un homme respectable, travailleur, ses terres étaient parfaitement tenues et jamais on ne l'avait vu faire un esclandre ou repartir ivre du café.

« Papa, il a voulu nous voler ; il n'y avait pas le compte et en plus le bois qu'il a apporté n'était pas de bonne qualité. »

Et comme elle entraînait son père dans la grange, ce dernier dut convenir que la livraison en question ne valait pas la précédente.

« S'il a cru que parce qu'il n'y a que des femmes ici il pourrait nous tromper, il a fait fausse route ! »

Le général de Gaulle – disait-on – allait donner aux femmes le droit de vote… Ce serait promulgué en octobre de l'année suivante.

Clovis regarda sa fille et resta songeur.

Il se rappelait les conseils municipaux auxquels il avait participé, réunions de ruraux où les questions de politique locale laissaient souvent la place à des discussions entre hommes pour parler un peu de tout et de rien, cercle où bien des copinages et des inimitiés se côtoyaient pour ne se déchirer qu'en public, où l'accessoire primait parfois sur l'important comme cette fois où il fallut presque une heure pour décider de quelle couleur seraient peints les bancs du square.

Qu'en serait-il lorsque les femmes comme Catherine seraient de la partie, avec leurs engagements sans équivoque, leur bon sens, leur besoin de s'affirmer comme venait de le prouver cette dernière, à peine vingt-sept ans et déjà très sûre d'elle ?

Il revoyait celles de 1936, les ouvrières de l'usine de filature qu'il avait vues mener leurs actions avec fermeté, sans concession, parfois même plus soucieuses de réussir que leurs hommes…

Marcenef et le domaine de Bernac avaient décidément le don de créer des caractères, de mettre leurs occupants au-dessus des autres, comme si rien que le fait d'habiter ces lieux entraînait le sentiment d'appartenir à une caste privilégiée.

Les débuts de Catherine furent difficiles.

Le notaire aida complaisamment la jeune femme. Bien qu'il y ait plus de un million sur le compte de Gustave et en attendant que la régularisation de la situation permît le déblocage du reste, elle put disposer des bons du Trésor au porteur lui donnant ainsi la possibilité de pourvoir aux dépenses indispensables pour l'exploitation.

À cause de la fuite de Gustave, les blés n'avaient pas été moissonnés ; il fallut les faucher mais pour les brûler sur place. Les terres des Échelettes et celles des Échandons étaient presque toutes en friche ; dans les haies, les ronces partaient dans tous les sens ; les plessis étaient pourris de ne plus être remplacés ; les branches des saules n'avaient pas été coupées depuis souvent trois ans…

Partout improvisant, agissant à l'instinct ou parfois demandant conseil, Catherine s'employa à remettre en ordre un domaine où manquaient de la main-d'œuvre qualifiée, des semences, de la chaux pour les terres à amender et où, enfin, se faire entendre dans un milieu d'hommes n'était pas chose aisée.

Levée dès 6 heures, après avoir prodigué quelques soins à sa belle-mère, donné ses instructions aux deux bonnes, tout comme du temps de Gustave elle rejoignait les hommes qui l'attendaient devant l'écurie.

Goguenards au début, vite remis en place par un simple mot, ils durent se rendre à l'évidence : la fille de Clovis savait ce qu'elle voulait.

« Georges, avant de commencer la taille de la haie, tu pourrais lancer l'écobuage juste au-dessus ; le vent est à l'ouest, ça devrait pouvoir marcher.

– Mortier, il faut faire referrer les deux chevaux ; tu iras chez Gobineau cet après-midi. Je l'ai vu hier soir. Il t'attend. »

Et ainsi, matin après matin, travail après travail, labour avant hersage, renforcement de clôtures puis confection de barrières, remise en état de matériel avant achats de harnais ou d'outillages, progressivement, le domaine reprenait vie.

Sachant que l'approvisionnement des villes en charbon était aléatoire, elle profita du début de la période froide pour faire couper du bois à Fournoux et put le vendre, très cher, aussitôt abattu ; elle en écoula ainsi près de huit cents stères.

Poursuivant les projets de Gustave, elle réunit le reste des terres des Échandons à celles des Bordes. Elle envisageait de créer là un métayage important et se faisait fort de trouver un preneur satisfaisant ; au retour de captivité, pensait-elle, les hommes ne seraient pas difficiles… Récupérant les clauses contenues dans les contrats anciens, elle établit donc un protocole à présenter aux candidats intéressés.

Avec l'aide de son père, elle acheta des veaux, commença une sélection de races à viande. Grâce à des ouvriers agricoles venus remplacer pour un temps les métayers encore retenus en Allemagne, elle se consacra à faire remettre en labour des terres laissées en jachère et, tout l'automne, entreprit un dessolage de celles trop longtemps à l'abandon.

Enfin, les travaux de l'étang arrêtés pendant la guerre purent reprendre avec des prisonniers allemands employés pour le terrassement.

La préparation des semences du printemps suivant approchait lorsqu'un matin une Citroën entra dans la cour et s'arrêta devant le perron. Bien que la guerre fût passée, une angoisse subite, vite contrôlée cependant, saisit un instant la jeune femme. Elle se souvenait de ce que représentait, à peine un an auparavant, l'arrivée de ce type de voiture… des hommes en descendaient, c'étaient une perquisition, une arrestation possible… la Milice ou la Gestapo. Elle en conservait une anxiété pas encore disparue qui la réveillait parfois la nuit ; elle s'asseyait alors sur son lit, en sueur, reprenait conscience et se tranquillisait lentement.

Ce jour-là, la silhouette du conducteur était tout autre.

Maurice, blessé à une jambe, désormais démobilisé, revenait à Marcenef.

Catherine revit avec plaisir et soulagement celui qui avait une si belle cavalière le jour de son mariage avec Paul et qui était arrivé en parachute au maquis une nuit de pleine lune, en mai 1943… Plus tard, alors qu'ils s'étaient côtoyés dans leurs actions de résistance, lui étaient revenues des images anciennes, celles de l'époque où, petite fille, elle voyait passer, sur son cheval, ce beau jeune homme, un des fils du château, lointain et inaccessible, sans un regard pour la gamine qu'elle était. Le jour de son mariage, tout heureuse qu'elle était de son bonheur présent, elle n'y avait plus pensé. Elle avait Paul, peu lui importait Maurice.

Ils s'embrassèrent et restèrent longuement dans les bras l'un de l'autre comme pour laisser silencieusement se rétablir tout ce passé de complicité qu'ils avaient en commun. Puis, Catherine reprenant le dessus sur son sentiment le mit au courant de la situation et, tout en montant les marches du perron, elle lui donna des nouvelles de Mélanie.

Lui, il avait eu connaissance du sort réservé à son père ; ensuite, prenant une voix grave, sur le ton de la confidence, avec tact il annonça que, selon ses informations, Paul avait été probablement tué près de Poitiers.

Les retrouvailles auraient pu être plus heureuses mais les circonstances ne le permirent pas. Mélanie, couchée sur un canapé, respirait avec peine et ne parut pas vraiment reconnaître son fils. Les jeunes gens, servis par une bonne, déjeunèrent en silence sur un coin de table à la cuisine et, dès le début de l'après-midi, Catherine conduisit Maurice dans le bureau de Gustave. Elle lui présenta un livre de comptes et détailla la situation du domaine, le montant des engagements pécuniaires déjà employés, l'état du cheptel, l'avancement des travaux… Son exposé était celui d'un comptable s'adressant à un patron car dans son esprit elle n'avait agi que par intérim ; Maurice était l'aîné, le premier héritier, il saurait comment faire désormais pour gérer la propriété.

Alors qu'elle venait de sortir du secrétaire une liasse de billets et s'appliquait à compter la somme restante, il s'empressa de lui dire :

« Mais, Catherine, je te fais confiance ; tu n'as pas à te faire de souci et je ne te demande pas de justifications. »

Les jours qui suivirent on les vit vers l'étang, dans des prés, le long du ruisseau où une berge s'était affaissée puis, vers le bois de Fournoux pour assister au départ des derniers stères vendus.

Maurice descendit au bourg.

Le capitaine Frémont en était le maire provisoire ; Sarda, maire adjoint. Le conseil municipal nommé par Vichy ayant été dissous le 25 août 1944 par ordre du commandant départemental F.F.I., un comité local remplaçait l'ancienne équipe et en l'absence du maire, disparu, le premier adjoint s'était chargé de transmettre à Frémont les documents ainsi que tout le matériel communal en bon état, tout sabotage devant être puni sévèrement.

Maurice, Frémont, Sarda et quelques autres s'étaient donné rendez-vous au *Cheval blanc* dont les anciens propriétaires avaient récupéré les lieux.

Là, malgré la pénurie, les retrouvailles furent joyeusement fêtées.

Camaraderie des heures noires, des jours de faim, d'attente dans le froid de cabanes ou de granges isolées, souvenirs des combats, des réussites et des échecs, des compagnons morts ou blessés que l'on ne pouvait soigner qu'après un transport difficile et incertain… le tout se mélangeait, leurs regards et leurs rires nerveux témoignaient encore des épreuves. Ils évoquèrent également ce que l'on avait supposé et que l'on découvrait petit à petit. Sans la Milice et la Gestapo française, les Allemands auraient été désarmés contre la Résistance. Les coups les plus sévères avaient bien été l'œuvre de Français !

« Au fait, j'ai des nouvelles de Yolande, la fille qui était avec toi en 1937... Elle a eu quelques ennuis, elle a fait un peu de prison pour collaboration économique et puis on l'a relâchée comme son patron, le vieux Favergeau... Il paraît qu'il est maintenant fournisseur de l'armée ; on aura tout vu !

– S'il avait fallu foutre en prison tous ceux qui ont trafiqué, ce serait le désert ! »

Ils avaient l'impression qu'on leur avait volé la victoire, que les magouilles d'avant, celles des Stavisky et autres escrocs, allaient revenir, que la politique ne ferait pas grand cas de leurs sacrifices ; bien sûr, le droit était rétabli, de Gaulle était au pouvoir, mais d'autres étaient de retour aux affaires, souvent même ceux qui avaient retourné leur veste en 1940.

Maurice se remettait progressivement de sa blessure au genou. Une balle le lui avait endommagé et il marchait souvent avec difficulté, prenant comme une fatalité de ne plus pouvoir monter, lui l'ancien de Saumur, le cavalier émérite qui avait participé avec bonheur à plusieurs concours nationaux. Des chevaux, il en garderait seulement la passion.

« C'est la vie ! goûtons-la, il y en a tant qui n'ont pas survécu ! » disait-il tout en pensant à son frère dont la confirmation du décès leur était maintenant parvenue officiellement.

XXI

Un monde en changement

MÉLANIE N'ETAIT PAS TOUJOURS LUCIDE et n'arrivait pas à communiquer vraiment.

Seuls ses yeux reflétaient de temps à autre quelques sentiments, des bribes de phrase, péniblement interprétées par Catherine, sortaient parfois laborieusement de ses lèvres. Le nom de Paul y revenait souvent. La mort de ce dernier lui avait été cachée, mais un après-midi sa belle-sœur, Joséphine Dubourg-Desfons, vint la visiter et, par étourderie, lui apprit la terrible nouvelle.

Dès lors, la malade s'enferma dans un mutisme total, refusant les soins autant qu'elle put, serrant dans sa main valide un cadre de bois contenant une photo de l'époque du bonheur : Paul en costume marin et Maurice en premier communiant y posaient complaisamment devant le perron de Marcenef.

C'est avec ce cadre appuyé sur sa poitrine que Catherine, venant s'inquiéter de son immobilité, la trouva morte un matin.

La vie à Marcenef n'était pas gaie.

Trois décès en quelques mois, la pénible épreuve des négociations de la fin des métayages, parfois les affres de souvenirs terribles, Catherine et Maurice avaient un quotidien de travail mais sans entrain.

En réalité, Catherine avait gardé la direction du domaine, se dépensant sans compter, du matin au soir au four et au moulin, perdant sa jeunesse et sa vitalité dans un esclavage qu'elle s'imposait pour faire taire ceux qui, désormais, la prenaient non plus pour la fille de Clovis mais pour une de Bernac, une patronne avec laquelle il ne fallait pas plaisanter.

Maurice, lui, avait récupéré chez le notaire les fonds de son père et s'occupait de constituer un élevage de chevaux de selle.

« C'est l'avenir, disait-il à sa belle-sœur (et il ajoutait :) Regarde donc la difficulté qu'il y a à trouver de la main-d'œuvre pour la culture… Les femmes veulent aller en ville et les hommes préfèrent travailler en usine ou devenir fonctionnaires plutôt que de rester à la campagne… Cela fait plus de trois mois que tu cherches un métayer… »

En effet, la belle exploitation pour laquelle Catherine avait élaboré un contrat n'avait toujours pas trouvé preneur. Des candidats s'étaient bien présentés, mais avaient décliné l'offre au vu des conditions. Ils avaient des revendications nouvelles, inhabituelles. Ils ne voulaient plus des obligations stipulées, des « corvées », selon les propos de l'un d'eux parlant des charrois de pierres ou des journées de lessive pour sa femme.

Les terres n'étaient toujours pas prises en mars 1946. Il fallait aller vite pour rattraper au mieux les labours non réalisés, les semailles, sans compter tout ce qui prendrait plusieurs mois – comme les curages de fossés, les remises en état des pâtures où les ronces et la mauvaise herbe prenaient le dessus.

Les jours à venir allaient apporter bien des surprises.

Un matin, en ouvrant son journal, Maurice eut son attention attirée par une information dont il avait déjà eu connaissance quelque temps auparavant mais dont il avait pensé qu'il ne s'agissait que d'un projet : *« La terre à ceux qui la travaillent »*, tel était le slogan qui accompagnait la nouvelle loi de ce 13 avril sur le métayage. À la lecture, Maurice n'en crut pas ses yeux : on saignait les propriétaires, on les mettait à la merci de leurs employés… le métayage allait disparaître et les paysans auraient désormais droit de préemption en cas de vente.

Il resta songeur. Gustave et son père avant lui avaient arrondi leur bien par des achats successifs, souvent à la suite de difficultés pécuniaires des propriétaires ou du décès de leur tenancier, profitant alors du désarroi et de l'urgence de situations parfois désespérées pour saisir des occasions que le notaire ne manquait jamais de signaler, en entremetteur avisé toujours intéressé à favoriser ses clients importants.

Précisément, Maurice se rendit à l'étude.

Maître Borel lui expliqua toutes les dispositions de la nouvelle loi : s'il voulait exploiter lui-même les terres actuellement louées ou en métayage, il lui fallait un diplôme de capacité agricole. Pour l'heure, par contre, des mesures transitoires pouvaient être appliquées mais il lui fit bien comprendre qu'à terme le métayage était condamné.

La semaine précédente, le nouveau maître de Marcenef avait refait les comptes des exploitations du domaine, non sur une année mais sur cinq, de 1935 à 1939. Le bilan était contrasté. L'apparente vitalité de l'ensemble tenait surtout grâce aux acrobaties commerciales de son père, à son sens de l'anticipation pour les ventes ou à des acquisitions avantageuses, à ses choix souvent profitables. Les terres par elles-mêmes ne rapportaient rien, ou si peu, enlevés les amendements, les semences, les dégâts non couverts, les erreurs de rotation dans les assolements, dans les choix des dates de fauche ou de semailles. Il y avait les dépenses imprévues, une année l'achat d'une faucheuse, une autre le changement des embiellages de la vieille moissonneuse, sans compter les étés trop secs comme en 1936, un gel tardif au printemps 1938… Les bénéfices ne payaient pas le travail, les contrôles, la dépendance continuelle pour une surveillance tatillonne des agissements des uns et des autres, sans oublier les mauvaises volontés et tout un climat social souvent malsain à gérer.

Peu de temps après, deux hommes ayant pour intention de prendre le domaine se présentèrent. D'emblée, l'un d'eux, Léon Defour, fut écarté : il était réputé mauvais esprit, toujours revendicatif, parfois arrogant dans son comportement. L'autre était le jeune Masseaux, fils d'un des anciens métayers de Gustave. Il arriva accompagné de Lafranche, du domaine des Chazelette, qui, lui, voulait redéfinir les conditions de son contrat signé en 1939, fermage comportant encore des clauses de métayage.

Maurice les reçut dans son bureau, Catherine dans un fauteuil à ses côtés. Il n'était pas habituel que les femmes assistent à ces discussions mais, compte tenu des circonstances, la laisser à l'écart eût été inconvenant ; elle avait eu sa part de soucis et de responsabilités.

Maurice écouta sans mot dire les demandes formulées, les conditions souhaitées par les deux hommes, jeunes, animés du désir de bien faire, marqués par les épreuves mais sans doute moins obéissants et disciplinés que leurs aînés. Il sentit qu'ils réussiraient en tant que fermiers, ce qui était là leur principale revendication.

Comment les en dissuader ? Comment les inciter à être plutôt métayers ?

Il essaya tous les arguments pour les engager à accepter des mesures transitoires, pour une autre répartition des résultats, rappela qu'il fournissait « le cheptel de fer » et qu'eux n'avaient pas cette possibilité d'investissement, pensant un instant que cette objection pouvait faire pencher la balance. Lafranche répondit que le Crédit agricole lui prêtait sur trente ans à 2 % et que cet achat ne lui posait donc pas de difficultés. Manifestement, ils avaient longuement préparé cet entretien et c'est sans hésiter qu'ils annoncèrent leurs prétentions : fixer les dates des labours, des semailles et des récoltes, vendre quand et à qui ils voulaient selon les tendances du marché, et, de concert, déclarèrent que la récente loi leur donnait le droit de chasser sur les terres qu'ils travaillaient.

« Mais, monsieur Maurice, vous pourrez aussi y chasser, cela va de soi… »

Maurice ne répliqua pas. Cette clause et surtout cette façon de voir les choses lui parurent dites de manière presque condescendante ; lui « permettre » de chasser « chez lui », il le ressentit comme la fin de ce qui, depuis toujours, avait meublé sa vie, cette appartenance à ces familles qui, à tout prix, refusent de se confondre avec le commun.

Voulant prendre le temps de réfléchir, il leur indiqua qu'il leur communiquerait sa décision ultérieurement.

Resté seul, Maurice reprit le contrat des Échelettes.

En effet, le texte mélangeait un peu de fermage et de métayage. Gustave avait conservé tout ce qui lui permettait d'avoir la haute main sur les décisions importantes de l'exploitation. Catherine s'en était inspirée en 1945 pour établir celui du domaine réunissant les Émondins et les Bordes, et c'étaient bien ces restes de pratiques désormais dépassées qui ne satisfaisaient pas les preneurs potentiels.

La vision des deux hommes quittant le bureau avait fait resurgir en lui des souvenirs pas si anciens.

Pendant la clandestinité, lors de ces semaines de jours d'angoisse et parfois de peur, lorsqu'il était tapi au fond du bocage ou dans une cache des bois, il avait découvert un autre monde. Fils d'une famille se voulant bourgeoise, ancien élève des jésuites puis ayant la voie royale vers Saint-Cyr, il avait une connaissance sociale assez limitée… Pour lui, la vie c'étaient le cheval, la fréquentation du club, Biarritz l'été avec les cours de tennis, les réceptions, les bals, les belles amies, les costumes sur mesure et, partout, à la chasse sur le domaine ou au bourg lorsqu'il accompagnait son père, il lui avait toujours semblé lire sur les visages considération et respect.

Au maquis, la promiscuité d'une couche de paille, de repas frugaux partagés dans la même gamelle, les jours de disette les crampes à l'estomac et la tête qui tournait, les cigarettes qu'il apprit à rouler et à partager, la crasse et la barbe d'une semaine parfois lorsque les circonstances empêchaient de prendre soin de soi furent des expériences qui le marquèrent.

Là-bas, il entendit souvent des raisonnements surprenants, des remarques inédites, découvrit ce qu'étaient le peuple, les petites gens, ceux qui subissent et qui, ici, dans ce groupe de résistants, bien que n'ayant rien de matériel à défendre, ni château, ni terres, étaient venus combattre volontairement, pour l'honneur et pour effacer ce qu'ils ressentaient comme une honte. C'étaient des demandes de plus de liberté, d'indépendance, de responsabilités mais surtout de considération ; souvent ces sujets qui meublaient les discussions lors de veillées s'argumentaient de propos parfois simplistes, parfois excessifs mais dont il avait senti confusément qu'ils venaient du cœur. Il avait gardé de cette période un sentiment bizarre, une vision nouvelle de la société.

Il reprit son stylo, refit ses calculs, établit une péréquation des revenus anciens en tenant compte des nouveaux prix de base des productions, chercha, mais sans grande volonté de trouver, des raisons pour maintenir le métayage – ne serait-ce que provisoirement – puisqu'il semblait que le cours de l'histoire ne le voue désormais qu'à disparaître.

Il essaya de peser le pour et le contre mais il savait déjà dans son for intérieur qu'il avait pris sa décision.

Il s'était promis une vie de calme, de tranquillité, de repos, de partage avec des amis et, après tant d'épreuves, il voulait voir Marcenef revivre enfin. Il ne devait pas perdre par des engagements trop conservateurs tout le climat de confiance et d'estime qu'il pensait avoir désormais auprès de ses concitoyens.

Lorsque Catherine apprit qu'il mettait toutes ses terres en fermage, elle, qui n'avait pas l'ouverture d'esprit de son beau-frère, parut étonnée de ce changement de politique, pensa un instant se regimber puis se dit qu'après tout Maurice était chez lui et elle l'écouta en silence lui donner les raisons de ses réflexions :

« Nous avons combattu contre les nazis et leur régime mais aussi pour un monde meilleur. Une autre vie doit pouvoir se développer maintenant. Il faut laisser à ces gens le droit de vivre dignement. Le monde a changé, Catherine, je le lis tous les matins dans *Le Figaro*… Ne soyons pas d'une autre époque. »

Maurice convoqua les deux hommes ; il était d'accord pour le fermage, pour supprimer les charges anciennes, pour leur laisser toute latitude de gérer à leur façon. Néanmoins, il fixa ses prétentions, que le notaire et lui avaient élaborées, protocole basé sur les différents cours, celui du blé en particulier. Ses registres comme preuve, il put certifier à Lafranche les résultats réguliers de la production d'avant-guerre : soixante quintaux de blé par an en moyenne pour les Échelettes… Lafranche fut surpris et, malgré quelques accommodements demandés, il dut signer le contrat.

Masseaux eut plus de chance ; l'exploitation qu'il convoitait étant une réunion de terres, le montant du fermage était plus compliqué à estimer ; en outre, animé d'une certaine sympathie car le jeune homme – dont le père était si apprécié de Gustave – avait été réfractaire au S.T.O. puis avait participé aux combats du côté de Verfeil, Maurice lui proposa une redevance plus facilement acceptable.

Les deux preneurs allaient donc être leurs propres patrons, ne venant plus, sauf catastrophe, au château que deux fois l'an, en mai et en novembre, pour les règlements.

C'étaient deux hommes nouveaux qui quittèrent ce jour-là Marcenef, deux hommes qui savaient que si leur travail en tant que fermiers ne serait ni moins pénible ni moins contraignant, si leurs journées seraient toujours aussi longues, désormais ils œuvreraient pour leur réussite, dans le respect de tous.

Masseaux était un gars du coin, Lafranche venait d'un autre canton, mais tous deux avaient la même connaissance des conditions imposées depuis toujours à leurs parents.

« T'as vu la gueule qu'il faisait, le Maurice ?

– Pas tant que l'air pincé de sa belle-sœur… Ici, tu sais, ce sont les femmes qui ont toujours été les pires.

– À Massias aussi… j'en ai connu une… on l'appelait la colonelle et quand la voiture de son mari passait dans la rue devant l'école, tu me croiras si tu veux mais, au bruit du moteur, les enfants des métayers se levaient de leurs bancs, par réflexe de politesse et de soumission.

– Je vais t'en raconter une. Un jour, Gustave revenait de la chasse avec son chien lorsqu'il croise Finette, celle qui était aux Bordes avant Dutreuil. Elle le salue et lui, regardant le panier qu'elle portait, s'approche, soulève le torchon, voit une livre de beurre et s'exclame : “Mais dis donc, Finette, qu'est-ce que c'est que ce beurre-là ? – C'est ma part, monsieur Bertaud, je l'ai laissée au frais dans le puits et je la porte en ville.” Gustave ne répond pas, sans un mot il sort son couteau, coupe la motte en deux et en donne la moitié à son chien. “C'est la graisse de mes veaux que tu m'as volée”, et, saisissant le torchon, il est parti avec le morceau restant, laissant Finette en pleurs. »

Ils marchèrent un instant en silence et Lafranche, pensif, se souvenant que Gustave avait entrepris une enquête de moralité à son sujet lors de son engagement en 1939 et adressé un courrier à son curé, ajouta :

« Pour nous, la messe obligatoire le dimanche, c'est fini.

– Comme c'en est fini sans doute des gestes déplacés sur une femme de la part d'un régisseur ou d'un patron… Je pense à Larzet, le gros propriétaire de la plaine qui se vantait d'avoir des bâtards car il disait chaque fois “avoir laissé la sauce”…

– Moi, je pense à ma mère et au plumage des oies… La patronne arrivait et commandait : “Tu me les plumes cette semaine ; après ce serait trop tard ! Et ne fais pas comme la dernière fois : au milieu du duvet on a trouvé de la grosse plume ; le plumassier s'est plaint" et ma mère, consciencieusement, s'attelait à plumer les oies, des heures durant, mettant bien de côté le duvet qui serait vendu par le patron pour garnir de la literie. Une année même, je me souviens, sur les douze oies de l'élevage, il n'en restait que onze car le renard en avait pris une. "Eh bien, tant pis pour toi… j'en prends six et, pour me dédommager de la perte de la plume de la dernière, je les choisis !" Ma mère avait bien sûr hérité des plus faiblardes du lot en punition de n'avoir pas pu empêcher le renard de venir.

– Nos anciens ont subi mais nous, nous aurons notre fierté ! »

Au château, l'atmosphère était tout autre.

Maurice rassura Catherine. Il avait bien calculé et savait que la théorie est souvent contredite par la réalité du terrain. Les aléas étaient nombreux alors que là, deux fois par an, tomberaient onze mille francs, nets, indexés sur le prix du blé.

« Et le blé, Catherine, il ne cesse de monter par les temps qui courent. »

Il ne pouvait cependant s'empêcher de penser que si Gustave et Mélanie avaient encore été de ce monde, cette décision les aurait certainement tués.

Le métayage, c'était le signe même du pouvoir, la manifestation de la possession.

Maurice avait gardé environ cent hectares pour ses chevaux. L'étang n'était pas en fermage et, tous les deux ans, il avait calculé pouvoir compter sur plus de une tonne de poissons. Enfin, il conservait les huit cents hectares du bois de Fournoux qu'il se proposait de gérer avec parcimonie.

Il venait de commander pour l'automne mille pieds de chêne et six cents de hêtre pour un premier reboisement après la coupe sévère effectuée l'année d'avant.

Avec sa pension militaire, c'est tout ce qui leur restait, pour vivre. D'après lui, ce serait suffisant.

Peu convaincue par ce raisonnement, le soir même Catherine renvoya une des bonnes, prétextant ne plus avoir les moyens de la payer.

Et partout où les propriétaires étaient confrontés à ces changements, dans les châteaux et les maisons bourgeoises, on jasait.

« On n'est plus maîtres chez nous.

– Le couteau sous la gorge qu'ils nous mettent, je vous dis, le couteau sous la gorge… comme les rouges ! »

Tels étaient les avis les plus communément recueillis ici ou là.

Chez les Laborderie à Montrenoux, le père avait donné congé à tous ces gens ; son fils, ingénieur agronome, reprenait l'exploitation.

« Avec des valets… avec des valets… » disait-il à qui voulait l'entendre, laissant supposer par là quel sort serait réservé à ses ouvriers.

Les Dubourg-Desfons, les cousins de Maurice, après la ruine des parents dans leurs affaires de meunerie, voyaient venir celle des enfants avec cette nouvelle loi sur la terre.

« C'est pire que le Front populaire, mon ami », entendait-on dans les salons alors que d'autres commentaient, laissant resurgir des relents pétainistes :

« Ce de Gaulle, voyez-vous, ne m'avait jamais rien dit de bon… et maintenant ce ministre de l'Agriculture, ce Tanguy – un Breton, je crois… –, qui est-il donc pour nous spolier ainsi ? »

XXII

Le nouveau Marcenef

MAURICE ÉTAIT DE RETOUR depuis un an maintenant.

Il complétait progressivement son écurie, avait acheté deux poulinières demi-sang et les avait fait couvrir aux haras. Quant aux gros chevaux de labour de Gustave, ils étaient voués à l'abandon, progressivement remplacés par des tracteurs plus efficaces et plus sûrs que les anciens d'avant 1939, ces fameuses machines aux roues ferrées, au moteur tournant au pétrole, leurs 15 CV arrivant péniblement à tirer une faucheuse et pour lesquels il fallait un homme « spécialiste » pour l'entretien et la conduite.

Bon connaisseur de la mécanique grâce à sa formation dans la cavalerie et à l'expérience qu'il avait de la technologie américaine, Maurice commanda un Massey-Harris qu'il conduisait lui-même et que des voisins venaient voir avant de s'équiper également.

Mais surtout, il avait concrétisé un sentiment qui le tenaillait depuis plusieurs mois.

Catherine était pour lui une femme exceptionnelle.

Déjà, dans sa solitude du maquis et plus tard, dans ses moments de repos lors de la campagne de France avec sa division, il n'avait cessé de penser à elle.

Dès son arrivée à Marcenef, l'honnêteté et l'habileté avec lesquelles elle avait repris le domaine l'avaient impressionné.

Elle était désormais libre et, progressivement, sûrement, comme une obsession, il avait senti venir en lui le besoin de lui parler, de lui déclarer son amour.

Un jour, alors qu'il buvait le café au salon avec sa belle-sœur, il posa sa tasse sur la desserte, regarda la jeune femme et calmement, du ton presque anodin d'une banalité venant dans la conversation, il lui demanda :

« Catherine, si on se mariait ? »

De saisissement, elle renversa le contenu de sa tasse sur sa jupe.

« C'est malin ! je suis toute tachée ! »

Cette réflexion masquait moins la surprise que le bonheur.

Depuis longtemps elle avait pour son beau-frère des sentiments d'autant plus profonds qu'ils étaient basés sur l'admiration qu'elle lui portait pour ses faits de guerre mais aussi pour son caractère posé, ses avis pertinents, sa culture et, malgré son handicap, sa prestance physique. Mais c'était là son secret, elle ne voulait pas qu'il transparaisse.

Elle le regarda en souriant, se leva et vint s'asseoir à côté de lui.

« Est-ce que tu m'aimeras autant que je t'aime déjà ? »

Elle avait conservé une certaine réserve et, malgré son air assuré devant la bonne ou pour tenir son rôle de maîtresse de maison, jamais elle n'aurait osé la moindre avance, esquissé le moindre geste. Dans son esprit, ce n'était pas à elle de faire le premier pas, si jamais celui-ci devait être fait d'ailleurs. De son mariage puis des épreuves qui s'ensuivirent elle gardait une honte cachée, et si c'était tout naturellement qu'elle vivait au château, elle s'effaçait devant les décisions prises par Maurice, se sentant comme une pièce rapportée dans cette famille que le malheur avait si durement frappée.

Elle lui prit la main, la porta à ses lèvres et, en rougissant un peu, donna son accord.

Marcenef allait enfin revivre.

Petit à petit, le château retrouve cette ouverture au monde qui lui avait manqué depuis si longtemps.

Leur mariage, même célébré dans l'intimité pour ne pas déroger aux règles de grand deuil, avait permis de faire revenir de vieux amis, de la parentèle éloignée et désormais, le premier vendredi soir de chaque mois, Catherine donne un repas dans le grand salon. Sa vaisselle, ce cadeau de mariage dont Mélanie avait tant fait fi, trouve enfin un emploi. Le solennel service aux armes des Marcenef, emballé dans des caisses, a rejoint le grenier pour finir de chasser des souvenirs anciens, de l'époque où les Bertaud, tout gênés de leur subite ascension sociale, n'osaient pas l'utiliser. Ces soirées sont conviviales ; sur place se retrouvent des amis militaires, des éleveurs du monde hippique et tous ceux qui, par leur métier ou leur importance, font la vie du canton.

Frémont, repartant pour sa région d'origine, une grande réception fut donnée au *Cheval blanc*.

Présents pour l'occasion, les camarades du maquis sont là pour honorer celui qui, sous couvert d'un emploi de simple commis quincaillier, avait su si habilement organiser, armer et commander son équipe. Dans ce hall d'entrée où l'*Hauptmann* puis les voyous voulant se faire justice étaient venus semer l'un la peur, les autres la haine, lors du bal, le colonel Favier, après avoir demandé le silence, annonça la promotion de Frémont qui passait commandant pour « services exceptionnels ».

Quelle différence entre cet homme discret et d'autres officiers qui, pendant la guerre, s'étaient prudemment tenus à l'écart des dangers, rangeant leurs uniformes dans les penderies, ceux que par dérision on appelait les « naphtalinards » et qui maintenant reprenaient du service, arguant même parfois avec aplomb de quelques actions personnelles de résistance, si personnelles d'ailleurs que personne ne pouvait en apporter témoignage.

Maurice et Catherine vivent en harmonie et leur couple s'affirme, surtout lorsque cette dernière fait une surprise à son mari en revenant de chez le docteur Poigrand :

« J'ai un cadeau pour toi.

– Un cadeau ?

– Oui. (Et touchant son ventre, elle ajoute :) Ce sera pour l'été prochain. »

Maurice l'embrasse :

« Si c'est un garçon, ce sera Charles !

– Oui. Charles, Gustave, Clovis. »

En cette période de renouveau, la société réapprend à vivre, la vie sociale s'organise.

Une délégation de notables vient demander à Maurice s'il veut se présenter aux élections municipales.

« La place vous est acquise, monsieur Bertaud… il faut saisir cette occasion. »

Il se laisse convaincre et fait donc liste commune avec quelques anciens du maquis, souhaitant aussi y intégrer des jeunes qui, pour lui, sont l'avenir de la commune.

Maurice est élu.

En face de lui se dresse une opposition dont il connaît bien les membres ; il y a là également d'anciens camarades de combat désormais engagés dans une autre lutte, politique celle-là, basée sur la demande d'une autre répartition du pouvoir et des richesses. Léon Defour par exemple, pestant continuellement contre les « proprios », antimilitariste que Maurice avait sauvé un jour lors d'une escarmouche contre des miliciens, donnait à demi-mot son avis sur M. le maire :

« Il est comme les curés : ceux qui font les bons sont les plus dangereux… on ne se méfie pas. »

En face encore, Galy, Sarda, les deux Bertier qui trouvent là la juste récompense de leur civisme et de leur courage.

Maurice se sait marqué par le passé de sa famille, par sa position, mais il se promet de concentrer tous ses efforts afin de marquer son mandat par une disponibilité totale et une impartialité sincère. Cela va lui permettre, dans un premier temps, d'éviter les conflits surtout lorsqu'en avril 1947 il adhère au R.P.F. après avoir, au départ du Général en janvier 1946, exprimé ses regrets. Réflexe plus qu'engagement, sans s'en rendre compte il se coupe de toute une partie de ses concitoyens. Il est étiqueté et désormais pourra être une cible non pour lui-même mais pour ce qu'il représente. D'ailleurs, il sent bien que ses rapports « avec les autres », comme il dit, ne sont plus les mêmes.

Quand il s'est installé à la mairie, il a retrouvé au bas des comptes rendus la signature de son père, large paraphe bien dessiné, tout Gustave dans ce savant entrelacement de pleins et de déliés.

Par curiosité, il a parcouru le registre des délibérations présidées par son père, l'une d'elles en particulier où le secrétaire de mairie avait recopié textuellement les phrases d'un décret :

« Pour appliquer le décret du 28 décembre 1940 préconisant l'installation d'un terrain de sports dans chaque commune, le colonel Cazenave fait don d'un pré cadastré A.12 d'une contenance d'un hectare 225. Le conseil vote ensuite une dépense de trois cent quatre-vingt-neuf francs pour achats de matériels à implanter sur ledit terrain afin "de procurer à la jeunesse de la nouvelle France des aménagements gymniques propres à lui assurer une culture physique harmonieuse et la tirer de la mollesse et du laisser-aller". »

Il reconnaissait bien là son père, attaché à ses valeurs, obéissant au préfet sans états d'âme, suivant Pétain comme d'ailleurs la grande majorité de la population. À la suite de cette lecture, de son bureau de la mairie Maurice regarde par la fenêtre et sourit.

De l'autre côté de la D.17, à un bon kilomètre, se dresse une rangée de hauts sapins ; ils ont été plantés en 1905 lorsque chaque commune, de par la nouvelle loi sur la laïcité, devait construire une école publique.

Monsieur de Laborderie père avait alors donné un terrain à cet usage et fait planter ce rideau d'arbres afin que du bourg – et donc de l'église – on ne voit pas l'école sans Dieu, celle de la « gueuse », comme il aimait à dire.

De tout temps, les remous sociaux avaient apporté leur lot d'intransigeance, de mépris, de discordes. En serait-il ainsi dans ces premières années de paix après cette période si noire et si cruelle ? Une réconciliation serait-elle possible ?

Justement en novembre, lors de la célébration de l'Armistice de 1918, une cérémonie rassemble toute la population, unie pour une reconnaissance légitime.

Sur le mail, près du poids public, un petit garçon et une petite fille tirent sur une ficelle et le drapeau tricolore accroché au mur s'efface, ce qui dévoile une plaque de marbre.

Dessus sont gravés deux noms et des dates :

Georges Dutreuil (1898-1943),
Hector Barthélemy (1896-1943),
morts pour la France.

Dans la foule des curieux qui, avec les enfants des écoles, se pressent pour voir puis écouter le discours de M. le maire, il y a Catherine, fière de son mari avec son écharpe tricolore, et Marcelle, qui pleure en silence en regardant ce petit bout de marbre noir où est gravé en lettres d'or le nom de son Georges.

Les paroles de Maurice sont des paroles d'apaisement. Le temps aidant, une enquête a permis de disculper les Bertaud et tout le monde connaît maintenant ce qui s'est passé exactement le soir de la venue des Allemands à Marcenef.

C'en est fini des lettres anonymes, des dénonciations, de la peur des injustices mais aussi le temps est venu d'oublier les vengeances aveugles souvent injustes.

Cependant qu'en est-il dans les cœurs, dans le tréfonds des esprits de ces familles bafouées, de la honte bue par certains et certaines obligés de vivre en côtoyant ceux qui les ont accusés, molestés, voués à l'opprobre, sans compter ces femmes tondues « collaboratrices horizontales » avec parmi elles des innocentes, simples victimes de jalousies ou des circonstances ?

Le couple Bertaud s'est installé dans la chambre de devant, au premier, celle d'où, de la fenêtre le jour du mariage de Paul, Gustave s'était enorgueilli d'avoir réuni la « terre noire » au domaine de Bernac.

La « terre noire »… l'étang… projet pour imiter M. de Laborderie.

D'ailleurs, cette année-là, l'étang est vidé pour la première fois et c'est avec l'espoir d'une bonne pêche qu'ils regardent les manœuvres de vidange.

Un grossiste est venu des halles pour l'achat.

Une demi-douzaine d'hommes a été mobilisée pour aider et dans les claies de bois installées à la bonde plus de deux tonnes de poissons sont récupérées. En plus de la distribution à ses aides bénévoles pour leur consommation personnelle, Maurice fait préparer une caissette pour l'hospice.

« Tu vois, Catherine, le bénéfice équivaut à une fois et demie tous les fermages et presque totalement le rendement des anciens métayages.

– Eh bien, mon chéri, la moitié est pour moi », et elle expliqua à son mari le marché secret qu'elle avait conclu avec Gustave lors du partage de sa dot.

Ils rirent puis Maurice redevint sérieux.

« Il ne faut pas en vouloir à ma mère, Catherine… elle a toujours réagi comme elle avait appris et c'est à nous désormais de changer cette façon de faire. »

Maurice compta la liasse de billets laissée par le marchand. Il en sortit quatre mille huit cents francs et les tendit à Catherine :

« Tiens, je crois qu'il va falloir que tu apprennes à conduire. (Et devant l'air ébahi de sa femme, il ajouta :) Maintenant les femmes doivent conduire.

Si tu avais vu à l'armée, les officiers de haut rang avaient le plus souvent des femmes comme chauffeurs… Une de ces nouvelles petites 4 C.V., ça te conviendrait ? »

Elle l'embrassa et serra fortement son bras ; le bonheur serait-il enfin venu. Ils remontèrent vers le château.

Devant eux, un bambin trottinait, treize mois, déjà vif et dégourdi. Toute la matinée, bien qu'un peu craintif au début, il avait joué avec de beaux poissons blancs qu'on lui avait versés dans une bassine et il n'avait plus voulu les laisser, faisant même une grosse colère au moment du départ. Il avait sans doute oublié les perches car maintenant il essayait de suivre un papillon. Le petit Charles représentait l'avenir, le gage de leur union, ce premier fils qu'ils regardaient avec les yeux de l'amour et le sentiment que la page était tournée définitivement sur les malheurs de Marcenef.

Il semblait que la malchance renonçait à poursuivre « ceux du château ».

XXIII

M. le maire Maurice Bertaud

MAURICE est maintenant M. Bertaud.

On vient le voir au château, non plus comme avant pour Gustave, la casquette à la main et la peur au ventre, mais pour chercher un conseil, expliquer une situation, remplir un imprimé ou une demande de prêt… on vient même pour donner des nouvelles de chez soi.

Le cadet des Lafranche entre en sixième ; c'est assez rare car jusqu'alors seuls les fils de notables ou quelques élèves remarqués par leur instituteur continuaient leurs études au collège au lieu d'arrêter au certificat ; son père, donc, tout fier, arrive au château pour l'annoncer :

« Le petit veut être facteur, monsieur Maurice… alors vous comprenez !

– C'est bien, mon garçon. Il te faut bien travailler. »

Progressivement, l'élevage de chevaux de Marcenef apporte, avec la reconnaissance du travail fourni, une notoriété professionnelle que Maurice exploite habilement.

Ici et là, la loi de 1946 sur les fermages porte ses fruits.

Les modalités culturales, longtemps brimées par des propriétaires souvent réticents aux progrès ou par des régisseurs âpres au gain, évoluent rapidement.

La guerre de 1914 avait saigné la paysannerie ; de celle de 1939-1945 naît une nouvelle génération d'agriculteurs ouverts aux innovations, soucieux de mécaniser leurs exploitations mais surtout conscients de leurs droits et prêts à les faire valoir.

Un autre monde était arrivé, un renouvellement de générations s'était opéré, des changements profonds avaient affecté la vie traditionnelle des environs comme le départ en ville de nombreux jeunes embauchés à l'usine textile de Favergeau... Désiré Favergeau, celui-là même qui, après avoir fourni en tissu l'armée allemande, profitait maintenant des commandes de l'armée française engagée en Indochine.

À Marcenef, les premiers fermages arrivent.

À la date convenue, Lafranche apporte sa redevance toute en nouveaux billets changés en 1945 par la Banque de France. Maurice vérifie la somme, donne un reçu avant de s'entretenir avec son fermier. Ce dernier, honnêtement, évoque son travail, sa bonne récolte en blé et en betteraves, déplore la perte d'une vache. La seule difficulté avouée porte sur l'inflation qui fait augmenter le prix du blé sur lequel le fermage est calculé. La conversation est naturelle, ouverte, sans regret de l'une ou de l'autre des parties. Les choses sont claires, déterminées. Maurice a du temps devant lui. Il a pris un ouvrier pour l'aider à tenir son élevage et lui, qui avait grandi à l'écart des contingences matérielles, le voilà partant chez un paysan, marchant dans le fumier d'une cour de ferme en allant visiter un électeur.

Il dut faire des efforts pour s'adapter aux obligations d'un mandat qui exigeait, en plus de connaissances techniques, comptables ou culturelles, toute une approche de la vie sociale : boire un ballon lors d'une tournée au *Cheval blanc,* écouter sans broncher une discussion sur une campagne de vaccination ou se laisser expliquer la différence entre la bintje et la blanche… Il lui fallait être non plus à part, mais avec ceux qu'il prétendait administrer.

Oubliés les vieux réflexes paternalistes, les anciennes recettes paternelles, celles de l'époque où tout était dû, où au château on décidait de tout pour les autres… quand on se servait et même qu'on abusait, que l'on condescendait parfois à ce que l'on présentait comme un sacrifice, donner une aumône ou permettre à un vieux métayer retraité de rester gratuitement dans une locaterie.

Généreusement, Maurice puise sur ses fonds propres pour aider aussi bien la caisse du centre social de la mairie que celle des œuvres paroissiales. Il dote la traditionnelle course cycliste de la Pentecôte et pense que cette initiative sera appréciée mais on lui rapporte les commentaires acerbes consécutifs à ce geste pourtant volontaire et désintéressé :

« Il peut donner… avec tout ce que le vieux Gustave et Maître Borel ont su tirer lors des morts ou des héritages !

– Et pour pas cher en plus.

– Ma tante leur a vendu un bien près des Bilières… l'oncle était rentré de la guerre avec une patte en bois et, pour vivre, sa pension ne pesait pas lourd… alors les autres cochons, ils en ont profité. »

Avec l'instituteur secrétaire de mairie, Maurice avait préparé une réunion du conseil municipal, étudiant l'ordre du jour joint à la convocation à envoyer aux treize conseillers.

La routine ou presque puisque la fois d'avant avaient été réglés les points importants comme le vote du budget ou les délégations aux différentes commissions et représentations.

Pour ces dernières, Maurice avait tenu à partager équitablement avec l'opposition, mettant ainsi en pratique sa volonté d'établir des rapports nouveaux pour la gestion de la commune.

En face pourtant, on ne fait pas de cadeaux à M. le maire : c'est la règle du jeu républicain. Ce qui lui fait le plus mal, ce sont les coups bas, les prises de position qui n'ont rien à voir avec la gestion locale et pour lesquelles le conseil devient une tribune. Heureusement il a des amis fidèles et puisqu'il tient la majorité, avec leur aide, il peut administrer sans souci.

Parmi eux Estreaux, son premier adjoint, Desplanques, Bertulier, Octave le boulanger, mais en face il retrouve Galy, Sarda, les Berthier père et fils et surtout Léon Defour, ouvrier agricole aux Échelettes dont il n'avait pas voulu comme fermier. La belle unanimité des premiers mois qui avait vu revenir la démocratie, la liberté de parole avait un temps lié entre eux – peut-être superficiellement – des hommes de convictions divergentes.

Maurice n'avait pas dit non pour la mairie, mais il n'avait pas le caractère de son père. Moins au fait des combines, plus naïf, plus direct dans ses propos – ce qui en politique est une faiblesse –, il avait parfois un certain angélisme dans ses avis, se faisant contrer sans avoir senti venir le coup.

Maurice salua tous ses conseillers :

« Je déclare la séance ouverte. »

On passa à l'ordre du jour : le busage du ruisseau des Vernes au virage avant le pont fut accepté à l'unanimité, les riverains se plaignaient des éboulements qui rendaient l'endroit dangereux. Ensuite, l'adjoint à la voirie proposa l'empierrage du chemin de Monteix ; on discuta de la somme à y mettre, de la possibilité de réaliser les travaux en deux tranches, mais personne ne s'opposa à la dépense. Maurice fit alors état d'un courrier du club de football sollicitant une aide pour l'achat de maillots.

« Je propose d'attribuer cent cinquante francs. »

Galy, après que les mains se furent levées pour donner un accord qui fut général, demanda la parole.

« Je propose que soit également envoyée une somme identique au Comité d'entraide des mineurs grévistes du Nord qui luttent pour leurs droits légitimes avec, en face d'eux, la troupe. »

Un silence embarrassé suivit cette intervention. Les mineurs étaient bien en grève depuis plusieurs semaines, la troupe avait été envoyée et la situation était grave, presque insurrectionnelle. Le Nord était à près de cinq cents kilomètres. Aucun citoyen de la commune n'était engagé dans ces événements et il n'était pas habituel aux élus de voter de telles aides si justifiées qu'elles puissent être. L'argent communal était généralement employé pour des actions locales.

Maurice sentit dans cette requête une arrière-pensée plus politique que sociale.

« Je veux bien mettre cette proposition aux voix mais, pour ma part, je ne suis pas favorable à une telle aide. »

Cet avis était en clair donner une fin de non-recevoir à la demande car, la majorité suivant le maire, le vote serait évidemment négatif.

« Et pourquoi tu ne veux pas qu'on aide les mineurs ? »

Maurice avait l'habitude d'être tutoyé ; Galy était un homme sincère, courageux, parfois emporté dans ses convictions, mais restait un compagnon des mauvais jours et, au retour de la paix, les désaccords politiques n'avaient en rien entamé leur amitié.

« Je pense que nous sommes une petite commune, que nous devons reconstruire et préparer l'avenir et que l'argent des contribuables doit être employé à leur profit. Cette somme, si modeste qu'elle soit, sera plus utile pour nos travaux.

– Oui... comme refaire l'installation des cloches. »

Maurice blêmit. Récemment il avait en effet promis à l'amicale paroissiale d'électrifier le mécanisme des sonneries du clocher et projetait cet investissement pour l'exercice de l'année suivante. Mais, manifestement, cela avait été ébruité et l'opposition, sans attendre, avait trouvé là un moyen de le contrer.

Le maire cependant avait ses arguments :

« Cet aménagement répond à un besoin de nos concitoyens... La commune est propriétaire de l'église et son entretien lui incombe.

– Son entretien oui, mais pas son fonctionnement.

– Les cloches sonnent surtout les heures. C'est d'utilité publique. En plus, le mécanisme nous appartient. Il a été installé en 1896, il est vétuste, on ne trouve plus de pièces de rechange et le faire réparer reviendrait aussi cher pour une durée de vie incertaine. »

Le maire pensait avoir trouvé des justifications matérielles sans équivoque et posa la question dont dépendait la réponse à donner à la demande de Galy.

« Je mets au vote l'envoi d'une subvention aux mineurs du Nord. »

Galy redemanda la parole.

« Monsieur le maire, je souhaite un vote à main levée... nous verrons ainsi qui est pour la soutane et qui est pour le bourgeron. »

Le « monsieur le maire » sonnait encore aux oreilles de Maurice lorsqu'il eut fini le décompte des voix.

« Pour : six voix ; contre : sept voix. La proposition de M. le conseiller Galy est rejetée. »

Pour répondre, Maurice à son tour avait volontairement associé le nom au mandat.

Galy ne s'avoua pas battu ; il regarda ceux qui votaient contre lui.

« Je constate que dans les rangs de la majorité, même ceux qui ont servi au maquis reprennent maintenant les positions réactionnaires des amis de Pétain !

– Je vous interdis, monsieur, d'insulter mes amis ; ils ont le droit d'avoir leurs opinions sans pour cela être assimilés aux moralistes vichyssois… Moi-même, quand j'étais parmi vous, je n'ai jamais fait la différence entre l'origine et les raisons de l'engagement de chacun. Tous les combattants étaient volontaires et n'étaient jugés qu'à travers leur lutte.

– Oui… mais pas tous…

– Comment cela, pas tous ?

– Frémont et vous, vous étiez militaires de carrière ; la guerre, c'est votre métier. Vous avez agi selon votre formation… il ne faut pas confondre le volontariat de Berthier qui est menuisier ou de Sarda et de Berthier père qui sont cheminots avec le vôtre. La preuve d'ailleurs, Frémont s'est retrouvé commandant après la Libération.

– Tout le monde a répondu à l'appel du général de Gaulle.

– Qui a fait la guerre derrière un micro… »

Le maire se tourna vers la gauche, vers le jeune Defour tout heureux de sa repartie, qui regardait ses camarades pour voir l'effet produit et peut-être chercher dans leur regard un acquiescement.

D'une voix calme où perçait quelque ironie, Maurice se pencha un peu pour lui distiller sur un ton de confidence :

« Il a peut-être fait la guerre derrière un micro, monsieur Defour, mais c'est aussi bien que d'avoir déserté son régiment pour partir se réfugier à Moscou ! »

Un silence suivit cette repartie. Maurice baissait la tête, tripotant nerveusement son crayon, attendant avec sang-froid que l'orage se calme.

Galy revint à la charge pour la subvention.

« Maurice ! (Il avait repris le tutoiement et semblait vouloir se faire conciliant :) Tu ne sais pas ce que c'est que d'avoir la troupe aux portes de l'usine… je vais te dire. C'était à Carmaux, je crois, avant la guerre, l'armée avait été appelée lors d'une grève et était présente sur le carreau de la mine ; tous les jours, lorsque les mineurs passaient pour aller à la soupe que leur faisait servir la mairie, ils marchaient, honteux de leur misère, entre deux rangs de soldats qui rythmaient leurs pas en frappant en cadence le sol avec la crosse de leurs fusils. Voilà ce que c'est, monsieur Bertaud, la lutte des classes. »

Defour, tout à son aveuglement, sans trop réfléchir aux conséquences, se manifesta à nouveau :

« Mais M. le maire ne sait pas, lui, ce que c'est que d'être ouvrier... ni à la mine ni aux champs d'ailleurs et ne se soucie pas de savoir ce que ça gagne, un ouvrier. »

Malgré son désir de ne pas tomber dans une polémique inepte, Maurice ne put s'empêcher de répondre :

« Je ne sais peut-être pas ce que gagne un ouvrier mais je suppose que ça lui permet de vivre décemment, si j'en crois ce que vous dépensez tous les samedis soir en boisson que c'en est une honte... comme il y a quinze jours lorsqu'on vous a laissé cuver toute la nuit, couché sur le billard du *Cheval blanc.* »

La première intervention de Defour ne lui avait pas permis de répondre aux allusions de Galy sur l'engagement des militaires dans la Résistance. Il ne voulait pas laisser passer ce qu'il considérait comme une attaque personnelle. Aussi il regarda son ancien camarade du maquis :

« Vous m'avez reproché, monsieur, d'avoir seulement fait mon métier et mon devoir de militaire, je pourrais vous dire simplement que beaucoup n'en ont pas fait autant. Mais je vais aller au plus profond de votre pensée, monsieur Galy, ce qui vous gêne, voyez-vous, c'est que vous ne puissiez rien me reprocher. Il vous aurait été facile de me voir suivre des exemples qui me sont proches et que j'ai combattus... Vous auriez préféré me voir, après la Libération, pendu sans jugement à un platane ou exécuté au fond d'une carrière par de prétendus justiciers que personne n'a eu le courage de poursuivre ou peut-être même, s'ils avaient été retrouvés, de les punir... Vous n'avez pas le monopole de la Résistance. »

Galy écoutait, un peu inquiet. Maurice savait parler, développer des arguments, tourner ses phrases et il se demandait dans quelle confusion pour lui cela allait se terminer.

C'est alors que soudain Estreaux prit la parole, élevant la voix, regardant droit dans les yeux chacun des protagonistes :

« Messieurs, je suis le doyen de ce conseil. Nous avons été élus pour gérer les affaires communales et non pour préparer les prochaines élections ou régler des comptes personnels. Je demande que l'on revienne à l'objet premier de cette réunion. »

Maurice, alors, se leva.

« Monsieur le maire adjoint, je vous prie de terminer l'ordre du jour », et dans le silence de l'assemblée il quitta la salle.

C'était comme un état de grâce qui se terminait pour le capitaine Bertaud.

Le surlendemain de cette éprouvante soirée était jour de chasse chez M. Laroque.

En cette période de reconstruction, l'industriel profitait de circonstances favorables. Depuis la fin de la guerre, son entreprise de récupération et traitement des ferrailles avait prospéré sur les ruines du pays. Opportuniste, l'homme avait ajouté à cette activité une branche B.T.P. en pleine expansion. Alliant le travail aux loisirs, après tant d'années d'interdiction il avait remis à l'honneur l'habitude ancienne de ces réunions cynégétiques traditionnelles. Pendant l'Occupation, ses veneurs étaient régulièrement venus le renseigner sur les hardes, leur composition et l'évolution de cette population qui proliférait malgré les braconnages.

Dès 7 heures, dans la cour d'honneur de son château, le décorum d'antan était de mise. C'était un de ces matins calmes d'automne lorsque le soleil réchauffe à peine l'atmosphère et que l'on sent dans le souffle du vent les prémices des premiers froids.

Tout ce que la parentèle de l'hôte comptait de membres était présent mais aussi les amis, les relations d'argent, tout un monde que les vicissitudes de l'Occupation n'avaient souvent fait qu'effleurer, permettant même parfois la prospérité de leurs affaires.

Beaucoup retrouvaient là la paix et la sérénité qu'ils avaient connues avant la guerre, ces fameux jours de courre en ces mêmes lieux. Les belles manières réapparaissaient pour ce milieu qui semblait ignorer les changements et la fuite de la société annonçant la fin de leur mode de vie.

Les automobiles des invités s'alignaient le long des communs, superbes berlines d'avant-guerre passées au travers des confiscations et des réquisitions, Amilcar, Peugeot et Renault surannées mais si bien entretenues ; il y avait même une Packard aux pneus impeccables de propreté avec leurs flancs blancs. Le comte de Roberty avait ressorti sa Bugatti 1931 et, tout en bout de file, sortie d'un autre temps, venait la Victoria de Georges Mortureau, toujours en retard d'une mode, tirée par un petit cheval gris. Devant le château, le spectacle offert par ces dames était tout à fait gracieux.

En tenue de chasse, tailleur de tweed au col de velours noir, chapeaux à plumes ressortis des penderies et, évidemment, une jupe-culotte, plus moderne, pour Isabelle de Traviniac dont les toilettes étaient toujours originales.

Toutes ces femmes, jeunes et moins jeunes, réunies au pied du perron, papotaient, accueillant les retardataires, cousines, amies ou épouses des relations d'affaires de leurs maris avec des manifestations d'amitié ou des embrassades dont l'enthousiasme semblait parfois surfait. Lors de chaque nouvelle arrivée, les regards jugeaient d'une tenue, d'un détail, d'une coquetterie, du mauvais goût d'un maquillage inapproprié pour une journée de chasse, en un mot de tout ce qui pourrait ensuite alimenter les commentaires lors des futurs thés de l'après-midi.

Par contre, le sérieux régnait dans le groupe des hommes.

En cercle, ils écoutaient attentivement les instructions du maître d'équipage énoncées dans le vocabulaire spécifique et si particulier de la vénerie.

La veille, il avait « fait le bois », marqué quelques « brisées », découvert une « enceinte », précisant pouvoir estimer la qualité de la bête à l'examen « des foulées, abattures et fumées ».

« Selon moi, ce doit être un grand cerf, un mâle ; je le connais bien pour l'avoir observé plusieurs fois ces dernières années ; s'il est débusqué de façon satisfaisante, nous aurons, messieurs, une belle courre. »

Tenus au jeûne depuis l'avant-veille, les chiens, menés par les piqueurs qui avaient retrouvé leurs livrées, venaient justement de quitter leur chenil, partant détourner le gibier en faisant le bois. Mais là, les choses n'étaient plus comme avant. Au lieu d'un piqueur pour vingt chiens de meute, de valets de limiers et de valets de chiens, l'un à pied, l'autre monté, c'était un pauvre équipage qui avait attendu à l'écart, comme pour cacher la misère, le moment du départ. Un mélange de races avait permis de réunir une maigre troupe, quelques chiens d'ordre, les habituels normands mais aussi des bassets et même des corniauds, le tout indiscipliné et peu dressé. Une meute ne se forme pas en quelques mois…

À la mise en selle, M. Laroque, qui généralement ne montait presque plus à cause de son âge et de l'état de ses vertèbres, s'approcha de Maurice :

« Veux-tu rester avec moi, mon jeune ami ? »

Maurice était surtout venu se changer les idées ; c'est donc bien volontiers qu'il accepta de l'accompagner, car lui aussi, à part le pas ou le petit trot, avait quelques difficultés à soutenir des allures plus vives ; son genou ne le gênait pas sur le moment mais, le lendemain, les douleurs lui rappelaient sa blessure.

Depuis leur plus jeune âge, les fils de Gustave avaient été tutoyés par le maître des lieux. En effet, jeunes gens, ils avaient été de tous les goûters, anniversaires et bals qui se donnaient ici, au château, lorsque la demoiselle de la famille espérait trouver son prince charmant parmi les invités.

Aussi chaque allée, chaque buisson, chaque prairie évoquait pour Maurice des parties de colin-maillard, de croquet ou de volant, et c'était là-bas, sous le grand tilleul, que les domestiques apportaient, vers 5 heures, les gâteaux et les carafes d'orangeade. Ensuite, toute cette jeunesse se retrouvait avec les mères au grand salon pour écouter Mlle Solange jouer du piano tout en interprétant un air d'opéra, pensum obligatoire sans doute pour finir de forcer la main à quelque prétendant. Cette prestation était d'autant plus nécessaire qu'il fallait faire oublier qu'en plus des millions du père l'imbécile qui serait tombé dans le piège aurait chez lui une pianiste chanteuse essayant par cet artifice musical de cacher ses défauts : paresse, coquetterie, suffisance et caractère impossible. Faute de mieux, elle avait dû être finalement mariée à un sous-préfet faisant carrière après être sorti du rang, cocu peut-être dès le lendemain de son mariage, lorsqu'un cousin éloigné vint s'installer au château.

Maurice se prit soudain à rêver à ce temps d'insouciance, à cette période de vie facile et désinvolte qui avait été pour lui si riche en découvertes et succès féminins. Il était maintenant meurtri par les épreuves, et celle qui lui était tombée dessus l'avant-veille n'était pas la moindre.

Les attaques politiques faisaient de lui un gibier d'autant plus facile qu'il n'avait pas d'équipe pour le soutenir : Estreaux était âgé et toujours soucieux, Desplanques et Berthulier ne faisaient pas le poids, Octave le boulanger avait trop besoin de sa clientèle pour s'engager dans ce combat. Il revit le jeune Defour l'invectiver, les autres faire corps. Il était seul comme le serait le cerf dans un moment.

Il sortit de ses pensées quand son voisin rompit le silence.

« Il paraît que tu as eu des ennuis au conseil… ? »

Maurice ne répondit pas franchement, acquiesça simplement d'un « c'est exact ». Il n'était pas venu pour en parler, mais Laroque insista.

« Si tu veux mon avis, mon garçon, ce n'est pas toi qui es en cause… Tu ne payes même pas les erreurs de ton père et de ton frère ; ils les ont d'ailleurs payées eux-mêmes, et au prix fort. Non, tu es de Bernac et tu sais ce que l'on dit sur ta famille depuis maintenant soixante ans ! »

Au loin, un cor sonnait le lancer bientôt suivi du « bien aller ».

Laroque, d'une pression du genou, engagea sa monture dans une laie. Maurice fit de même.

Là-bas, tout au fond du vallon, des cavaliers suivant la meute traversaient le rond du Villard avant de disparaître dans la grande allée vers le couvert et le taillis du Moulin.

« Tu vois, Maurice, on n'a rien pardonné à tes grands-parents ni à tes parents et on ne te passera rien non plus… Si tu veux continuer en politique, il te faut oublier ton amour-propre. Tu as quitté la réunion, m'a-t-on dit… tu as eu tort. Il te faut être capable de tout entendre, de ne laisser parler ni tes sentiments ni ton cœur… Si tu veux faire carrière, c'est le prix à payer pour ne pas être dévoré par le système. Ton père, lui, était habitué aux roueries et aux coups bas. »

Une sonnerie annonçait maintenant le débuché ; l'affaire semblait conclue pour le vieux cerf. Puis aussitôt, surprise, retentit le « daguet » : le vieil animal avait feinté et c'est un jeune qui, à sa place, devenait la proie.

Pour Maurice, qui ressassait son infortune, n'avait pas trouvé le repos depuis deux nuits, soudain cette traque fut tout un symbole. Le vieil animal échappé, on se rabattait sur un plus jeune. Les deux hommes avaient arrêté leurs chevaux, guettant les annonces suivantes, cherchant entre les troncs à apercevoir du mouvement, à profiter du spectacle, mais le jeune Bertaud avait l'esprit ailleurs, le regard vide. Il pensait aux conséquences de cette soirée de conseil. Laroque avait raison, son éducation ne l'avait pas préparé à des joutes violentes lorsque sous les mots se cachent l'insulte ou le non-dit, les sous-entendus qui font plus de mal que les paroles.

Là-bas, ce cerf qui se débattait avec une meute aux trousses, c'était lui qu'on ne lâcherait pas mais, comme l'animal, il ne voulait pas tomber sans s'être battu…

Le daguet « coiffé » par les chiens n'allait pas tarder à être aux abois ; puis le cor sonnerait « le cerf à l'eau ». Ce serait alors la fin inéluctable, celle à laquelle on n'échappe pas, la curée, les honneurs enfin.

Comme toujours, l'affaire allait se passer dans l'étang des Millettes ; les chiens entourant leur proie, un veneur s'approcherait pour la servir.

Mais soudain le calme s'installa dans le bois. Les appels, les galops, les aboiements cessèrent.

Nos deux cavaliers avaient laissé leurs chevaux aller au pas ; la futaie était magnifique.

Ce silence impressionnant fut de courte durée. Au lieu de l'hallali, s'éleva une sonnerie inattendue marquant à la fois l'échec des hommes et le salut du gibier.

Celui-ci, malgré son jeune âge, avait rusé et, contrairement aux habitudes, avait été perdu par la meute qui, manifestement, n'était pas à la hauteur.

« Il a certainement fui au rond du Petit-Bois », conclut Laroque qui parut fâché, et, à ces mots, il tourna bride suivi de Maurice encore plongé dans ses pensées.

Au lieu d'une fin qui semblait acquise, d'une mort annoncée, d'une curée où tous se jetteraient sans honte ni pudeur, il vit dans cette fuite du cerf comme une victoire contre les événements, les forces contraires. Dans son désespoir et son désir de vivre, la bête s'était sauvée du péril. Tant qu'il y a de la volonté il y a de l'espoir. Toujours à son idéal, le gaulliste qu'il était retrouvait dans cette issue le sens de l'appel du 18 Juin, celui qui avait conditionné son combat, qui dans les moments de doute et de peur lui avait redonné force et courage.

« Vous avez raison, monsieur, ce n'est pas contre moi qu'ils en ont mais contre ce que je représente. J'ai pensé abandonner car je me suis senti cerné. Je voulais laisser ces luttes pour ce qu'elles sont, c'est-à-dire dérisoires, à d'autres qui semblent les priser. Je reste au poste bien évidemment, ne serait-ce que pour la mémoire de mon père et surtout de mon grand-père qui, si longtemps, ont essayé de prendre la mairie… Je leur dois bien ça ! »

M. Laroque approcha son cheval et, se penchant légèrement, lui tendit la main.

« C'est bien, mon garçon. Je te souhaite bonne chance. Montre-nous encore une fois ce qu'est un homme de Bernac. »

Table des matières

Imprimé en U.E.
Dépôt légal : juillet 2019
ISBN : 978-2-8129-3172-7
www.deboree.com
livres@centrefrance.com